Für Helge, meinen Komplizen.

*Die Stunde der Wahrheit:*
*sechzig Schweigeminuten.*

Wolfgang Mocker (1954–2009),
deutscher Journalist und Autor

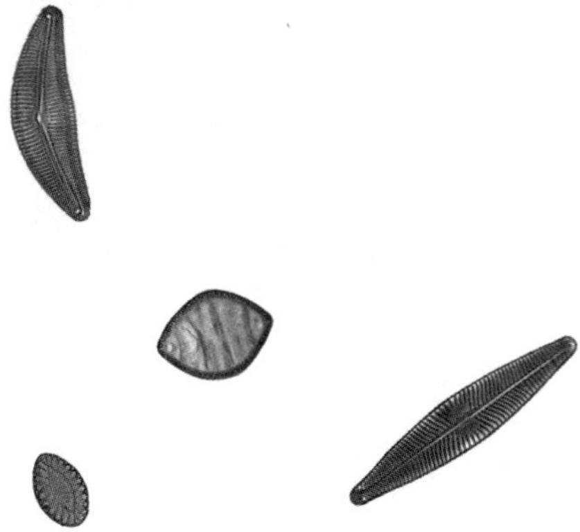

# TEIL I

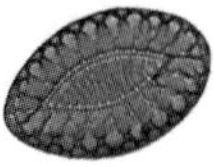

I saw her today at the reception
In her glass was a bleeding man
She was practiced at the art of deception
Well I could tell by her blood-stained hands

**Rolling Stones, You Can't Always Get What You Want**

# 1
# Simone
*Januar*

Eleonora hält die Leiter, an der die Farbdose hängt. Oberhalb von ihr pinselt Maren etwas über die Eingangstür, mit einem groben, verklebten Borstenpinsel und karamellfarbenem Lack. Ein Bienenstock: Marens Idee, nachdem sie die ganze Wohnung ausgemalt hatten. Nachdem sie die Vorhänge aufgehängt hatten. Nachdem sie die Hausregeln auf die Tafel geschrieben hatten, gemeinsam. Eleonora umklammert die Leiter fester als nötig.

Niemand soll behaupten können, nicht vor uns gewarnt worden zu sein, sagt Maren. Alle ziehen am selben Strang, und jede hat einen Stachel, mit dem sie unter Einsatz ihres Lebens zuzustechen bereit ist. Ist doch eine schöne Metapher, oder?

Simone sagt lieber nichts. Zu dick aufgetragen, die Metapher. Zu träumerisch. Was auf Insektenebene so großartig funktioniert, muss sich bei den Menschen nicht durchsetzen, will sie sagen. Aber ganz ohne Träume keine Visionen. Und ohne Visionen keine Veränderung. Und ohne Veränderung immer dieselbe Scheiße. Simone lächelt den Bienenstock an, der eine kleine Beule hat.

*Werde Teil der Frauenrevolution. Mitbewohnerin für nachhaltiges Wohnexperiment »Bienenstock« gesucht. 300 € warm. Keine Tiere, keine Männer, leider nicht barrierefrei. Bewerbungen unter family@bienenstock.at.*

Simone hört Eleonora staubsaugen, erst das Rattern über den Parkettboden, dann das Schlagen gegen die Stuhlbeine und Wände, dann das Umstecken des Aufsatzes und das Stochern in die Ritzen hinter den Heizkörpern, und endlich die Stille. Diese unvermeidliche Putzerei. Hochgeputzt hat sich in dieser Gesellschaft noch niemand, aber ohne Putzen geht nichts. Beim Putzen fängt die Gemeinschaft zum Stinken an. Das hat sich schon oft bewahrheitet. Simone hat Eleonora den Blick der beiden Neuen einfangen gesehen, letzte Woche, als sie vorgesprochen haben. Wie sie um sich geschaut haben, eine vorsichtige Inspektion. Eleonora will nicht, dass es so beginnt: mit leichtem Grausen. Es soll mit glücklichem Strahlen beginnen, mit Gelächter, mit einem berauschenden Festmahl. Das wird es morgen. Maren stampft schon Pesto, wickelt Speck um Zwetschken, stopft Nüsse in Datteln. Die Fenster hat Simone gestern selbst geputzt, so gut sie konnte; wie gründlich, erfährt man erst, wenn die Sonne spätnachmittags hereinscheint. Wahrscheinlich sind da ein paar Einhornfürze zurückgeblieben: So nennt Simone die Schlieren, die entstehen, wenn man die Fenster bei Schlechtwetter putzt. Mit denen müssen sie leben können, findet sie. Ihre Schwester fand das nicht. Wäre sie hier, würde sie noch leben, sie würde mit ihrem schlanken Zeigefinger humorvoll mahnend auf den Mangel zeigen. Simones Schwester hat sich zeitlebens die Seele aus dem Leib geputzt, so wie ihre Mutter. Da hat sich etwas vererbt, was dann ausgestorben ist.

Diese Flora hat sich als eine der Ersten beworben. Sie ist mit forschen, ein wenig nach außen gedrehten Schritten durch die Wohnung geeilt, hat das Zimmer und alles Übrige gesehen. Eleonora, Maren und Simone sind ihr gegenübergesessen, als sie sich die Hausregeln durchgelesen und mit einem Nicken zugestimmt hat, bei dem ihre akkuraten Stirnfransen keinen Millimeter gewackelt haben.

Dein Zimmer ist dein Kaffee, hat Simone gesagt, aber einmal die Woche wird gemeinsam geputzt, wie du gelesen hast. Was dir danach nicht sauber genug ist …

… ist wieder mein Kaffee, hat Flora ergänzt, ohne Lächeln. Simone hat langsam und ernst genickt. Was, wenn ich keinen Kaffee trinke?

Eleonora und Maren haben nicht wirklich verstanden, warum Simone sofort für Flora plädiert hat. Humorlos sei sie, fand Maren. Irgendwie linkisch, warf Eleonora ein. Bei dieser Lilly waren sich alle schnell einig gewesen: sympathisch, neugierig und deutlich jünger als sie. Zuerst sind sie etwas ratlos vor den rund dreißig Bewerbungen gesessen; Maren, Eleonora und sie konnten sich in der Vorauswahl auf fünf Frauen einigen. Die Geschichte-Studentin war einfach allen unsympathisch, die Köchin wirkte zu zappelig und bürgerlich, die Biochemikerin war reizend, bis sie von den erfolgreichen Auftritten (Tourneen, sagte sie) des Kirchenchors, in dem sie sang, erzählte, und Simone Gänsehaut bekam.

Eine Religiöse kommt mir nicht ins Haus, sagte sie sofort streng, nachdem die Biochemikerin aus der Wohnung draußen war.

Kirchenchor ist nicht zwingend religiös, warf Maren ein.

Für Jesus hab ich echt keine Nerven, sagte Simone. Noch nicht. Aber mit dieser Flora werden wir diverser. Ihre Eltern sind aus Guatemala. Sie wirkt wie eine Realistin. Außerdem ist eine Juristin im Haus nie schlecht.

Warum will die zu uns?, fragte Maren. Am Geld kann's nicht liegen.

Exakt, sagte Simone. Der geht es um die Sache. Die hat lange genug alleine gelebt. Jetzt will sie eine funktionierende Frauen-WG. Die ist neugierig und visionär, und nicht nur prekär. Die Prekären nehmen wir, wenn wir expandieren.

Maren zog die Augenbrauen hoch, sagte aber nichts. Eleonora nickte, stand auf und warf die Bewerbungen ins Altpapier.

Ich würde sie am liebsten gleich alle nehmen, sagte Maren seufzend.

Simone nickte. Alle nehmen. Das will Maren immer. Das ist ihr wunder Punkt.

Heute war ihr letzter Abend zu dritt. Morgen würden sie fünf sein. Von drei auf fünf in sieben Wochen.

Simone musste die anderen beiden nicht lange überreden. Von der ehemaligen Berufsschule sind drei Geschoße Bruchbude übriggeblieben – zumindest von außen. Der Makler hatte ihnen den Schlüssel gegeben, mit den Worten: Sehen Sie es sich mal an. Erst überwog das Entsetzen. Der Verfallensgrad des Gebäudes war aus der hofseitigen Perspektive in vollem Ausmaß sichtbar. Ein Dickicht aus Lianen und Holler wälzte sich durch den Innenhof und ergoss sich über ein abgestelltes Autowrack.

Eine Bruchbude, hatte Maren tonlos gesagt. Sichtlich hatte sie sich mehr erwartet, als sie die Anzeige entdeckt hatte.

Gehen wir mal rein, sagte Simone.

Mit Vorsicht bewegten sie sich durch das staubige, postapokalyptische Szenario. Durch undefinierbare Kammern und Lager im Erdgeschoß und alte Schulklassen im Mittelgeschoß, wo die Bänke und Sessel mit den Füßen nach oben zeigten, als hätte jemand sie im Zorn umgetreten. Immer wieder zerbrochene Scheiben, die notdürftig mit Brettern und Platten verriegelt waren. Erst im Obergeschoß sprachen sie wieder.

Immerhin das Stiegenhaus ist ok, sagte Maren.

Allem haftete das überschrittene Ablaufdatum an. *Direktion* stand auf einem altmodischen Steckschild neben der Tür zu ihrer Linken. Maren sperrte auf, und das Erste, was Simone dachte, war: so viel Platz! Vor ihr breitete sich ein langer, breiter Gang aus, gesäumt von Türen rechts und links, durch Oberlichten überraschend hell, entrümpelt, die Wände schmutzig, aber trocken. Sie staunten.

Da war kurz ein Start-up-Unternehmen drin, hat der Makler erwähnt.

Die müssen das renoviert haben, sagte Maren verblüfft, während sie die großzügige, möblierte Teeküche inspizierten, das ehemalige Lehrerklo mit den Duschkabinen, das *WC Direktor* mit der Badewanne (wozu, fragten sie sich sofort); sogar eine alte, kaputte Waschmaschine stand da.

Die Fenster sind zu groß und undicht, sagte Maren. Kalt ist es.

Die Heizung schaut auch nicht gerade modern aus, sagte Simone, als sie über den breiten, staubigen

Rücken der Radiatoren strich. Ein Konferenzraum, eine Direktion, ein Sekretariat, zwei Besprechungszimmer, ein Aktenraum.

Genug Platz für fünf, grinste Simone, und jede hätte ihr eigenes Klo! So billig kriegen wir das nie wieder!

Sie haben Simone, der ehemaligen Lehrerin, das beste Zimmer überlassen, das Direktorenzimmer mit dem *WC Direktor* gleich daneben. Drei Wochen wohnen sie nun schon hier, nach vier Wochen heftiger, wenngleich oberflächlicher Renovierungsarbeiten. Viele der Originalmöbel haben sie behalten: die Schreibtische, die Aktenschränke, die Regale. Ein bisschen Entsorgen, Spachteln, Malen, Kitten, aber hauptsächlich Putzen, Putzen, Putzen. Dann haben sie ihre Habe aus dem 12. Bezirk umgesiedelt und versucht, sich einzuleben. Kalt ist allen, aber den Schulgeruch kann nur Simone wahrnehmen.

Anfangs hat sie nicht in der Wanne liegen können, ohne die Anwesenheit des Direktors zu spüren. Sie sah ihn von der Wanne aus vor sich, wie eine Karikatur ihres ehemals vorgesetzten Direktors Dr. Berger, mit schlechtsitzendem Anzug und beigen Socken, vor dem Klo, wie er seinen Hosenstall aufmacht, um breitbeinig seinen Urin fahrlässig ins und ums Klo zu pritscheln. Dr. Berger hätte nie so etwas Weibisches getan wie ein Bad zu nehmen oder sich am Klo niederzusetzen. Wahrscheinlich wusste er nicht einmal, wie es auf solchen Klos riecht, wenn sie nicht von braven Gattinnen oder unsichtbaren Putzfrauen fünfmal die Woche frühmorgens gereinigt werden, schneller, als der Urin trocknen und seine Schärfe entfalten kann. Nahm sie zumindest an. Auch noch zwei Jahre nach ihrer Pensionierung und ein Jahr nach seinem Tod tauchte er in ihren Träumen auf, demütigte sie in den Konferenzen, maßregelte sie vor ihren Schülern; einmal drehte er sich sogar um und sah ihr von oben herab in die Augen, bevor er mit einem erleichterten Grunzen in die Wanne pisste. Anstatt fauchend aus dem Wasser zu schießen und ihm den Schwanz zuzudrücken, lag sie da und sah den dunkelgelben Strahl auf die Wasseroberfläche prasseln, sich verfestigen, zu einem kristallinen Gitter, das sich um sie schnürte wie ein Korsett, bis sie mit einem Schrei aufwachte. Sie hat danach das ganze Bad mit heißem Essigwasser geputzt und mit Salbei ausgeräuchert, bis ihr die Hände und die Augen brannten, und jetzt ist der Direktor hoffentlich in allen Dimensionen mausetot und Simone kann endlich unbelästigt in der Wanne vor sich hin träumen. Von feministischen Salons in der Küche. Von Feiern in der ganzen Wohnung. Von gemeinsamen Essen, gefüllten Weinblättern, Oliven, mit Mandeln gestopften Datteln und Pilzlasagne, dazu roter Veltliner, blauer Zweigelt und ein bisschen Gras aus Eleonoras Eigenbau. Von berauschten Gesprächen über Protest, Streik und Widerstand, die den Raum der Theorie verlassen dürfen.

Der Bienenstock geriet wackeliger, als Maren ihn gerne gemacht hätte. Er hat eine Ausbuchtung an der linken Seite. Die erste Beule, denkt Simone. Sie stellt sich vor, ihn neu malen zu lassen, unbeschädigt, professionell, wie ein Firmen- oder Vereinssymbol. Ein Parteilogo für eine Frauenpartei könnte so aussehen. Frauenpartei. Das wäre doch mal was Neues, in einem Europa, in dem es alles schon gibt: Piratenparteien, Autofahrerparteien, Christenparteien, Männerparteien, EU-Austrittsparteien, Impfgegnerparteien, sogar Bierparteien. Alles, was ein paar gemeinsame Interessen oder Probleme hat und einigermaßen zusammenhalten kann, hat schon eine Partei gegründet. Alles, außer die Frauen.

Erst einmal eine WG mit genug Platz, der richtige Platz zur richtigen Zeit, denkt Simone. Eine Fünfer-WG aus erwachsenen Frauen ist schon mal genug Revolution für heute. Mit Eleonora und Maren hat es bis jetzt in einer Dreizimmerwohnung in Meidling geklappt, aber der Vermieter hat Eigenbedarf angemeldet. Das hier ist ein ambitionierter Testballon. Die Vergrößerung einer männerlosen Familie. Eine spontan möglich gewordene Solidaritätsgemeinschaft, die auch ohne staatliche Verträge, gemeinsame Kinder oder religiöse Bande halten könnte.

Simone hat beim ersten Begehen der Wohnung die Ameisen auf ihren Unterarmen in Aufruhr versetzt. Die Ameisen kamen bei gutem Sex, bei schlimmem Streit, während der Fahrten in Hochschaubahnen, beim Geschmack frischer Maracujas und als sie erfuhr, dass sie mit Hannah schwanger war. Simone bringt die Ameisen mit Adrenalin in Zusammenhang: Sie schlagen Alarm, wenn es in Sachen Schwerkraft, Urvertrauen und Kontrollverlust brenzlig wird. Aber auch, wenn eine biografische Weiche gestellt wird und ein Quantensprung mit den Hufen scharrt. Simone strich über ihre Unterarme und sah die sichere, familiäre Bleibe, die nicht bedroht war durch gleich wieder auslaufende Mietverträge, Platznot, Scheidungen, Pleiten, Arbeitslosigkeit, Einsamkeit. Sah die Praxis aus der Theorie schlüpfen. Eine Gemeinschaft, die über das bestehende Regelwerk hinauswächst, die ohne Kindsväter, Priester, Standesbeamten, Juristen oder Notare auskommt. Ein Zusammenhalt, in dem das Patriarchat nicht einmal den kleinen Finger drinhatte. So etwas wie einen Matriclan* pflanzen; in einen sicheren, richtigen Boden.

Maren, Eleonora, Simone. Sie sind über ihre Defizite zusammengewachsen. Maren war 34 Jahre alt, gerade ein halbes Jahr frisch verwitwet, und wurde von ihrer Umgebung sanft, aber konsequent verstoßen, bis sie Unterschlupf in Simones und Eleonoras WG fand. Dort strukturierte sie ihr Leben neu, ging mit beiden Händen zur Sache, machte eine neue Ausbildung, schlief mit Frauen, bewarb sich als Kostümbildnerin am Theater und bekam den Job. Jetzt engagiert sie sich im Tierschutz, in der Flüchtlingshilfe, im Klimaschutz. Und Eleonora? Bei einer Wahlparty Ende der Neunziger hat sie Getränke serviert und war mitsamt ihrem Tablett in Simone hineingelaufen. Du bist in mich hineingelaufen und nie wieder hinausgelaufen, sagt Simone gerne zärtlich zu ihr, und allen, die es hören wollen. Aber es wird so gut wie nie gefragt. Es wird ohnehin angenommen, sie wären ein Paar. Sollen sie es doch denken.

* Lebensgemeinschaft nach matricharchalen Prinzipien

## 2
# Lilly
*Januar*

Schon fünf Minuten zu spät, denkt sie, und hofft, dass ihr Vater sich auch verspätet. Genau eine Stunde Mittagspause hat er bis zum nächsten Termin, hat er gesagt. Zehn Minuten muss er hierher gehen, weil Lilly auf genau dieses Café bestand. Muss das sein? Ja, es muss, Papa. Sie stellt sich vor, wie er die Speisekarte durchforstet, auf der Suche nach labbrigen Tramezzini mit Prosciutto oder Thunfisch oder Mozzarella. Als ob er keine Zähne mehr hätte, denkt sie angewidert. Und wie er wohl das Gesicht verziehen wird, erst beim Anblick der Ökobilanzen, die jetzt vom Ministerium auf die Türen geklebt werden, und dann, wenn er sich zwischen veganen Bowls und Raw Wraps entscheiden muss. Sie beschleunigt ihre Schritte. Sie muss nicht alles hören, was er sagt. Oder denkt. Was er gesagt hat.

*Mit dieser Frauenquote hat sich die Regierung mehr als ein riesengroßes Ei gelegt. Aus den grünen Eiern schlüpft schon die nächste Generation von Besserwisserinnen: jünger, härter, geschlechtsloser und besser gespindoktert als ihre Vorgängerinnen.*

Woke Ökofaschistinnen, so sagt er zu Frauen wie ihr. Sie betritt das Lokal, findet ihn an einem Tisch gleich neben dem Eingang. Er springt auf und umarmt sie, ein bisschen zu fest, eine Spur zu lange, als hätte er sie seit Monaten nicht gesehen.

Papa, sagte sie, es klingt gequetscht und genervt, sie setzt liebevoll nach: Drück nicht so fest.

Entschuldige bitte, sagte er, ich habe dich so lieb.

Sie lächelt verzeihend.

Wie geht es dir denn in der neuen Wohnung?, fragt er, noch bevor sie sich hinsetzen kann.

Sie zuckt die Achseln. Bisschen kalt ist es. Aber sonst super. Viel besser als bei den Tussis.

Tussis, wiederholt er. Und: Warum heizt du nicht?

Du weißt schon, sagt sie und sieht aus dem Fenster.

Ich weiß gar nichts, sagt er. Du erzählst ja nichts.

Er streicht sich über seinen Dreitagesbart. Ein Insektengeräusch.

Aber lass uns erst mal bestellen, sagt er.

Er wirft einen Blick in die in grünes Leinen gebundene Karte und seufzt. Matchatee, Brennnessel-Smoothie. Marokkanische Minze. Na, das kann ja alles nicht besonders nachhaltig sein, sagt er.

Ist es aber, sagt sie tapfer. Nimm die Edamame-Bohnen, mit Mandelmus und geröstetem Buchweizen, sagt sie. Das ist lecker.

Lecker, sagt er gallig und klappt die Karte zu, es klatscht viel zu laut, mitten in das eigenartig altmodische Oboengedudel hinein, das im Hintergrund läuft. Die Kellnerin sieht alarmiert auf, stellt ein Tablett ab und kommt schnell zu ihnen. Lilly geniert sich ein bisschen für ihren Vater. Dass er die Kellnerin verunsichert hat, wenn auch unabsichtlich, scheint ihm zu gefallen. Er beugt sich vor, drückt die Brust raus und hält ihr die Karte hin, gnadenvoll. Ein Bier und die Edamame, sagt er.

Ich nehm auch die Edamame, sagt sie, und einen Matcha.

Es ist das erste Treffen seit dem Streit vorige Woche. Papa findet es unmöglich, dass sie in eine Frauen-WG mit älteren Mitbewohnerinnen zieht. Was soll denn das, hat er gesagt. Was stimmt denn nicht mit den Mädels?

Wenn sie das schon hört. Mädels. Wir sind Frauen, denkt sie, auch wenn die Mädels sich Mädels nennen, ihm steht das nicht zu, Frauen ihres Alters zu verniedlichen. Papa ist ein Saurier, denkt sie und öffnet ihren Zopf, nur um ihn wieder zusammenzubinden, um streng und unerbittlich auszusehen.

Was macht die Uni?, fragt er und lässt den Blick schweifen.

Seit der Diskussion letzte Woche ist er in ihrem Ansehen gesunken, kilometertief. Er hatte zu viel von dem affigen, chilenischen Bio-Chardonnay getrunken, den Mama immer beim Händler ihres Vertrauens bestellt. Und dann ging es los, in diesem lallenden Lamento: diese Verteuerungen beim Fleisch, diese Steuern auf konventionellen Anbau, die teuren Spritpreise. Sojamilch, pflanzliche Eier, vegane Kuchen, Radfahrhighways auf Kosten des Autoverkehrs! Alles, was Spaß macht und selbstverständlich ist, wird beschnitten, hatte er beanstandet. Und du machst da mit! Fehlt nur noch eine Ficksteuer!

Das Wort allein. So ein Wort sollte ein Vater nicht sagen, findet Lilly. Sie ist wortlos aufgestanden und gegangen. Wenn Papa nicht eine Entschuldigung geschickt hätte, sie wäre nicht hier.

Die Kellnerin bringt den Tee und das Bier, es ist in einer winzigen Flasche abgefüllt, aus der die Kellnerin den ersten Schluck in eine Art Sektglas leert. Er hebt das Glas mit Zeigefinger und Daumen, spreizt den kleinen Finger ab, prostet ihr zu, sie versucht, nicht zu lachen.

Weißt du, sagt er nach dem ersten Schluck, heute Morgen, als die Ampel zugunsten der Radfahrer umsprang, hab ich mich gefragt, wie lange es noch dauern wird, bis einer wie ich zum Amokfahrer wird und in so eine Radfahrerkolonne hineinfährt.

Sie hebt den Matcha an ihre Lippen.

Ich verstehe ja deine hehren Ziele, aber überall rund um uns verpesten die Menschen weiter den Planeten, und hier dürfen die Ökonaivlinge sich ihre kleine, heile Welt vorgaukeln. Der Klimakatastrophe sind eure Solarvisionen, euer veganer Fraß und die feuchten Radfahrträume komplett wurscht! Versteh mich bitte ein bisschen.

Sie stellt sich Simone vor. Was würde sie ihrem Papa entgegnen? *Wir tun etwas.* Papa, unsere Generation redet nicht nur, *wir tun etwas*. Du solltest auch die Welt retten wollen, der Zukunft zuliebe, ein bisschen zumindest. Den Enkelkindern zuliebe, die ferner denn je scheinen. Sie weiß schon, was er entgegnen würde. Sie hat es schon hundertmal gehört. Als ob er und seine Generation immer nur auf der faulen Haut gelegen wären. Oder seine Elterngeneration. Sein ganzes Leben lang hat er sechzig Stunden die Woche gearbeitet, Müll getrennt, das völlig überteuerte Biofutter seiner Familie gezahlt und Umweltorganisationen unterstützt! Sie kennt das alles. Er ist ein Monat in Karenz gegangen, er hat als einer der Ersten ein überteuertes E-Auto gefahren, noch bevor sie massentauglich geworden sind. Er hat bei weiten Fahrstrecken an der Ladestation Daumen gedreht und zugesehen, wie die anderen schnell mal tankten und weiterfuhren! Und jetzt soll er tunlichst seinen Mund halten, nur weil sie empfindlich wie eine Mimose geworden ist? Mit ihren komischen Frauen geht Lilly auf Demonstrationen, gegen die Rechten, gegen Sexismus, für $CO_2$-Steuern und Abtreibung.

Was soll denn das! Gibt es nicht längst Verhütung für alle? Sind Frauen nicht Kanzlerinnen, Industriebosse, Museumsdirektorinnen? Und jetzt zieht sie auch noch mit lauter fremden Frauen in eine Bruchbude.

Ich hab einen Zweier auf Psychologie, sagt sie, um vom Thema abzulenken.

Super, sagt er. Ich bin froh, dass ich so eine kluge Tochter habe.

Er ist abgelenkt. Sie beobachtet ihn dabei, wie er einen Mann seines Alters für das Schlabbern eines Süppchens mit grasgrünen Bohnen und durchsichtigen Nudeln darin verachtet, und den leuchtendgelben Tee dazu. Papas abschätziger Blick wandert weiter, zu zwei Frauen, eine mit vollen braunen Locken, die andere mit halblanger Wuschelfrisur; die Lockige trägt ein tief ausgeschnittenes Shirt, der Wuschelköpfigen hängt die nackte Schulter raus. Sicher denkt er, es seien Lesben. Am liebsten würde sie ihn an den Schultern rütteln.

Nichts weiß er über sie, weil er nie zuhört. Immer nur schaut er. Und sieht die fünfjährige Lilly, die ihm den mit dem Fahrrad totgefahrenen Hamster verschweigt. Und sieht die vierzehnjährige Lilly, die ihm gleich gestehen wird, dass sie seine IWC-Automatikuhr ungefragt ausgeborgt und irgendwo in der Schule abgenommen und liegengelassen hat. Die gute Schülerin, das hübsche Mädel, dieses gelungene, kluge Geschöpf, aus so etwas Banalem wie seinem Ejakulat entstanden. Er ist dermaßen vollgestopft mit selbstgefälligen Erinnerungen an sich, dass er nicht sieht, wie erwachsen und selbstständig sie geworden ist. Und trotzdem ist sie voller Liebe zu ihm.

Wie geht es dem Waldorfkind, fragt er.

Samu, korrigiert sie tapfer. Dem geht's gut. Der ist im Gefängnis, Praktikum machen.

Weißt du, wir haben nicht absichtlich alles falsch gemacht, lenkt Papa plötzlich wieder ab, trinkt sein Bier mit einem Zug leer und deutet der Kellnerin, noch eines zu bringen. Wie aufmerksam die augenblicklich gehorcht und die Bestellung an die Bar weiterleitet. Lilly wünscht sich, dass die Kellnerin ihn anlaufen lässt. Ihm was Falsches bringt. Das wird aber nicht passieren. Papa hat bei ihr Eindruck hinterlassen, durch seine übermännliche Großkotzigkeit. Prompt kommt sie wieder, die erste Portion Edamame stellt sie vor ihm auf den Tisch, er schiebt sie gönnerhaft Lilly zu. Die Dame kommt zuerst, wissen Sie das nicht?

Eine peinliche Pause entsteht, in der die Kellnerin sachte errötet und in die hinein Lilly improvisiert.

Papi weiß ohnehin nicht, wie man Edamame isst, sagt Lilly lässig und greift sich eine Schote. Keine Angst, ich zeige es ihm. Die Kellnerin lächelt ihr dankbar zu und macht kehrt.

Papa sieht sie an, die Demütigung überspielt er gut, nur sein zuckender Adamsapfel verrät seinen Ärger. Das hat sie von Simone gelernt. Lieber einen guten Freund verlieren als eine feministische Spitze auslassen.

Er sagt nichts und greift stattdessen in ihre Schale. Gib her das Hasenfutter, sagt er lässig und steckt sich die ganze Schote in den Mund.

Nicht so!, ruft sie aus.

Ich hab dich gefüttert, als du noch in die Windeln geschissen hast, sagt er, zieht sich die leere Schote umständlich aus dem Mund und sieht sie angewidert an. Also erzähl mir nicht, wie ich deinen veganen Fraß essen soll. Tapfer steckt er sie zurück und schluckt die zähe Schote als Ganzes hinunter.

Sie muss lachen, er auch, er verschluckt sich, klopft sich auf die Brust, hustet. Dann wendet er sich wieder seiner Tochter zu, die Augen feucht vom Husten, ein bisschen zu feucht vielleicht. Lilly spürt, dass jetzt ein guter Zeitpunkt ist, ihn um Geld zu bitten. Um sehr viel Geld.

# 3
# Simone
*Januar*

Simone hat ihren grünen Kaftan über den Pulli gezogen, die Haare aufgetürmt und die Rubin-Ohrringe ihrer Mutter durch die seit Jahren zugewachsenen Löcher gebohrt. Sie wünscht, es würde bluten, aber es stinkt nur, und schmerzt. Sie bereut es schon wieder, dass sie vereinbart haben, sich festlich aufzuputzen. *Schönheit muss leiden.* Die dämlichsten Sprüche sind die wahrsten, denkt sie. Und Feiern muss sein, Festlichkeit ist angebracht. Den Tisch haben sie in die Mitte der Teeküche geschoben, die Schultafel ist aufgeklappt, Maren hat darauf das Bühnenbild gemalt: einen Urwald mit Schlingpflanzen, Schmetterlingen und Bienen. In großen Gurkengläsern flackern über die Wohnung verteilt Kerzen.

Lilly sitzt verloren in ihrem riesigen Rollkragenpulli bei Tisch und hält sich an ihrem Glühwein fest, das Handy liegt vor ihr, immer wieder greift sie wie beiläufig danach, ihre gelenkigen Daumen gleiten mühelos und effektiv über das Display. Was auch immer sie tut, es dauert nie länger als ein paar Sekunden. Sie hat das kleinste Zimmer ausgefasst, dafür zahlt sie fünfzig Euro weniger. Und ihr ist einer der ehemaligen Aktenschränke für ihr Zeug zugesprochen worden, das sie im Vorzimmer aufbewahren kann. Jetzt sind die letzten beiden eingezogen, Flora und Lilly haben ihre Kisten ausgepackt, ihre Gewänder und Bücher verstaut, sich im Bad eingerichtet und schließlich die Kartons im Gang zusammengeklappt. Jetzt darf gelebt werden.

Und gefeiert. Maren klopft den Kuchen aus seiner Form, zuckert ihn und trägt ihn quer durch die Küche auf den festlich gedeckten Tisch, mit diesem engagierten Eisenbahn-Gang, der immer schlimmer wird, je älter sie wird. Sie hebt die Knie und stampft auf, als müsse sie ein Rudel Kindergartenkinder bei Laune halten. Als wäre sie verpflichtet, ihre Umgebung ständig mit guter Stimmung zu begasen: Das ist, je nach Anlass, Marens beste Seite und gleichzeitig ihre nervigste. Das hier ist kein bunter Abend im Altersheim, wir schaffen das ohne Kosmetik, alles wird gut, will Simone zu Maren sagen.

Simone rührt in der Gulaschsuppe, von der sie noch Tage werden essen können. Hinter ihr vollendet Flora ihren Rohkostteller. Sie trägt ein dottergelbes Wollkostüm, das an keiner Stelle ungewollte Falten wirft. Diese Akribie spiegelt sich in den kurzen Eindrücken wider, die Simone gewinnen konnte: die Ordnung im Fach des Badezimmerregals, die Art, wie sie das Gemüse militärisch in Sternform um eine braune, unansehnliche Soße herumgeschlichtet hat, ihr eigenes Schuhregal. Nur die Lammfellpatschen passen nicht ins korrekt-vegane Sittenbild. Simone taucht eine der geometrisch perfekt geschnitzten gelben Rüben in die zähe Masse, die sich als Erdnussdip herausstellt.

Wie feiern Unbekannte miteinander? Wie leben sie miteinander? Hat sie sich das gefragt, als sie mit Jürgen zusammengezogen ist, oder Maren, als sie geheiratet hat? Eben. Genauso wenig wie Milliarden und Abermilliarden von Frauen, die sich auf Wohngemeinschaften mit Männern eingelassen haben, ohne sich mit Zweifeln aufzuhalten. Mit berechtigten Zweifeln, wenn man sich partnerschaftliche Gewaltdelikte und Eigentumsverhältnisse global ansieht. Oder wenn man persönlich zurückblickt.

Fehlt noch Eleonora. Da kommt sie auch schon, dick eingemummelt wie immer, die übliche kalte Rauchfahne hinter sich herziehend. Flora dreht sich um, Missbilligung im Gesicht; Eleonora gibt vor, es nicht zu merken.

Simone schneidet das Brot in dünne Scheiben. Wann soll sie ihre Mitbewohnerinnen einweihen? Soll sie sie überhaupt einweihen? Oder selbst entscheiden und sie dann überrumpeln? Die Einladung kam letzte Woche, das Treffen mit der Halbritter war gestern. Big Sista heißt das Format, für das sie angefragt wurde. Bei dem sie mitmachen sollen. Ein anspruchsvoller, niveauvoll eingedampfter Spin-off von Big Brother, ohne Eingesperrtsein, ohne Rausschmisse per Voting, ohne platte Romanzen, stattdessen Lifestyle und Content: geladene Gäste, gedeckte Tische, erleuchtende Gespräche im kuscheligen Hafen der gelebten Frauensolidarität. Gesponsert von einer Tageszeitung und einer Buchhandelskette. Gepflegte Unterhaltung mit feministischem Grundtenor, hat die Halbritter gesagt. Hatten wir noch nicht. Wird doch Zeit. Oder?

Simone war zu Beginn skeptisch. Seit wann macht Feminismus Spaß? Wer soll sich das anschauen, wenn es so niveauvoll ist?

Auch Leute mit Niveau wollen unterhalten werden, hat die Halbritter schlagfertig geantwortet, und ganz ohne Unterhaltung kann man Content auch nicht mehr bringen.

Simone legte nach. Warum haben die Leute, die jahrzehntelang nichts davon sehen wollten, ihre Meinung geändert?

Sei doch froh, dass der Feminismus jetzt endlich schick geworden ist, hat die Halbritter gesagt und mit den Schultern gezuckt. Wie Schwulsein. Oder Transgender. Oder Blackness. Jetzt müssen sogar die Saurier in den Redaktionen buckeln. Ist ja auch schön für die Quote!

Falsche Schlange, denkt Simone. Als hätte die Halbritter, die mit dem *Tochter-von*-Ticket in den staatlichen Rundfunk einziehen durfte, jemals so etwas wie eine Quote notwendig gehabt. Immerhin bringt sie Talent mit. Und den Riecher für populäre Projekte. Gerade deswegen ist ihr nicht zu trauen. Das war schon damals so, als man Simone interviewte, als sie die Schule verklagt hat. Die Halbritter, damals noch eine junge, ehrgeizige Lokalreporterin, griff das Thema auf, machte einen flotten Beitrag draus und ließ sie und den Anwalt der Schulbehörde in der Arena gegeneinander antanzen. Das gefiel den Leuten: David gegen Goliath. Kleine Lehrerin mit zertrümmertem Knie auf Krücken gegen übermächtigen, aalglatten Szeneanwalt des Schulapparates. Mit den Spenden, die nach der Sendung reinkamen, konnte Simone die Prozesskosten zahlen. Damals ist sie eine Art Symbiose mit der Halbritter eingegangen. Seitdem greift die Redakteurin mit dem strohblonden Bürstenschnitt auf sie zurück, und Simone sagt jedes Mal brav Ja, auch wenn es ihr nicht immer Spaß macht, auch wenn es kein Honorar gibt. Alles hat seinen Preis. Für eine, die nicht regiert oder bezahlt, ist sie verhältnismäßig oft auf dem Schirm, wenn es um Feminismus, Streitbarkeit, Stutenbissigkeit geht. Kaufen kann sie sich wenig drum. Außer Sendezeit und Aufmerksamkeit.

Die Halbritter hat sie zu einem schmuddeligen In-Vietnamesen eingeladen und ihr das Konzept unterbreitet.

Woher weißt du überhaupt von unserer WG?, hat Simone gefragt.

Spricht sich rum, sagte die Halbritter, zwinkerte und leerte sich Chilisoße über den Papayasalat. Simone kostete die Suppe, verbrannte sich die Zunge und sah die Halbritter wütend an.

Vom Minister, sagte die Halbritter. Was ich so gehört habe, seid ihr eine gute Mischung.

Das hat er gesagt? Simone war empört. Eine *gute Mischung*?

Ja. Die Halbritter legte das Besteck zur Seite und dachte kurz nach. Eine junge Unbedarfte, eine alte Hartgesottene, eine gemütliche Omi, eine verkorkste Hardlinerin und ein lesbischer Freak in einer alten Direktion. So ähnlich hat er es ausgedrückt.

Simone holte tief Luft. So hatte sie es dem Minister bestimmt nicht erzählt. Das ist es also, was er hört, wenn sie sich ihm anvertraut, dachte sie. Dass er Eleonora als Freak und Maren als Omi bezeichnet, sieht ihm ähnlich. Die beiden kennt er nur aus Simones Schilderungen, und es ist traurig genug, was er aus denen herausdestilliert. Wie kommt er dazu, Flora als Hardlinerin einzustufen? Als geradlinig und pedantisch hat Simone sie ihm beschrieben. Und gut, vielleicht hat sie Lilly als jung und unbedarft bezeichnet. Und sie selbst ist also die alte Hartgesottene. Als wäre sie ein vertrockneter Braten. Fünf Frauen, fünf negative Zuschreibungen. Mehr Fantasie hat er nicht für sie übrig. Zeit, ihm wieder mal den Kopf zu waschen.

Was hältst du vom Konzept?

Nicht wenig, aber auch nicht viel, antwortete Simone und legte den Löffel zur Seite. Immer noch zu heiß. Sie hörte der Halbritter zu, wie sie das Konzept verkaufte.

Stell dir vor, sagte sie: Wir entstauben die ganzen alten Themen. Ihr müsstet nicht mal in einen scheußlichen Container.

Der scheußliche Container kommt ins Haus, antwortete Simone.

Genau, alles bei euch daheim, sagte die Halbritter, nachdem sie heruntergeschluckt hatte. Normaler Alltag, bisschen Maske, und klar, ohne Verkabelung geht nichts. Aber nicht mehr als drei Stunden Dreh am Stück.

Wer sind die Gäste? Oder Gästinnen?, fragte Simone.

Politikerinnen, Influencerinnen, Journalistinnen … Du weißt schon.

Und mit denen sollen wir diskutieren.

Genau. Und kochen, sagte die Halbritter. Es soll um tagesaktuelle Themen gehen. Du weißt schon. Um Feminismus natürlich! Und Nachhaltigkeit. Was uns eben so unter den Nägeln brennt.

Uns. Simone hätte gern hämisch aufgelacht. Du privilegierte Ziege. Als würde dir was unter den Nägeln brennen. Die Halbritter hatte gepflegte Nägel, nur der rechte Daumennagel war abgerissen. Oder abgekaut?

Gib mir eine Woche, sagte Simone. Ich muss die anderen fragen.

Die Halbritter hat gegrinst. Warte nicht zu lang, wir haben ein paar Kandidatinnen ausgesucht. *Du weißt schon.*

Gar nichts weiß Simone, aber sie kann es sich denken. Es hat wohl schon Castings gegeben. Vorausscheidungen. Schiebung. Konkurrenz. Ohne Wettbewerb läuft so eine Show nicht. Kein Spaß ohne Zickenkrieg. Kein Köder ohne Haken. Am liebsten hätte Simone gleich Nein gesagt und: Schieb dir deine pseudofeministische Nabelschau in den Hintern. Such dir andere Trottel. Aber Simone hat gelernt, diese intuitiven, rohen Beschimpfungen reifen zu lassen. Reden ist Silber, Schweigen ist Gold, das hat ihr ihr Vater ins Stammbuch geschrieben.

Die Halbritter rief die Kellnerin. Ich muss leider. Sie zahlte, wischte sich den Mund ab, nahm einen Lippenstift und einen kleinen Spiegel aus ihrer Handtasche und zog sich versunken die Lippen nach, presste sie aufeinander, das matte Dunkelviolett war jetzt makellos.

Enttäusch mich nicht, sagte der violette Mund.

Erst als sie ging, war die Suppe essbar. Während sie löffelte, ärgerte sich Simone über die Halbritter, die sie hier so schamlos kaufen wollte. Von wegen Feminismus. Die will doch nur, dass sie ihr Privatleben an die Öffentlichkeit zerren, als wären sie und ihre Mitbewohnerinnen Zootiere, die man beim nachhaltigen, feministischen Kochen und Quatschen bestaunen kann. Und dann die anderen, mit denen sie um Beliebtheitswerte kämpfen muss. Wer kriegt die meisten Likes? Wer schaut sich das überhaupt an?

Andererseits, dachte sie, während sie ihre Schüssel von sich schob, vielleicht ist es genau das, was der Feminismus braucht: zeitgenössische Formate, die die bittere Wahrheit auf einem Stückchen Zucker präsentieren. Nah am Leben, vorstellbar und nicht immer nur trockene Theorie, sondern auch mal eine scharfe, saftige Realität zum immer selben Diskurs. Wo kommen progressive, feministische Diskurse denn schon im Mainstream vor? Es wäre eine Chance, das ständige Gegeneinander gegen ein Miteinander auszutauschen.

Sie hätten es in der Hand, wie die Gespräche verlaufen würden: untereinander, und mit diesen Gästen.

*Gästinnen.* Wie sie dieses Wort hasste. Wie sie diese Sprachpolitik nervte. Dieses woke Erbsenzählen. Jeder Text ein Minenfeld, an jeder Ecke die neuen Moralistinnen, die einem an den Lippen hingen und jedem falschen Wort auflauerten und Aussagen auf Mikroaggressionen prüften. Die einem bis in die Kindestage nachrecherchierten, ob eh immer alles politisch korrekt gewesen war. Ob man eh immer schon gegendert und eh nie Zigeunerschnitzel bestellt hat. Aber wenn sie es mit Humor angehen, können sie sich ja auch mit der Konkurrenz verbünden. Gemeinsam subversiv diese Unterhaltungsarchitektur unterlaufen. Lieber ein niveauloser, voyeuristischer Feminismus als gar keiner. Wen hat die Halbritter denn noch gefragt? Vegane Influencerinnen? Queere Baugruppen? Junge Szene-Sprachpolizistinnen? Neben denen schauen sie sicher alt aus. Nun. Sie könnte ihr Alter auf dem Silbertablett der Diversität präsentieren. Das wäre mal was: sich den Altfeministinnen-Geruch wie ein Dinosaurierparfum auftragen, und die Ageism-Keule schwingen. Das glaubst du doch selber nicht, Simone. Sollen die Jungen sich doch zum Affen machen!

Inzwischen haben sich alle in der Küche eingefunden und tratschen miteinander. Eleonora hat Musik gemacht. Simone schaltet den Herd ab, trägt Suppe und Brot zum Tisch und lässt sich auf den letzten freien Platz in der Küche fallen. Den Vorsitz: Sie haben ihn ihr überlassen. Jetzt erstirbt das Gespräch, die Frauen sehen sie abwartend an. Also, sagt sie, da wären wir nun. Unser erster Abend. Sie sieht in die Runde, versucht, es auszusitzen. Ein Spruch wäre praktisch, etwas, das gemeinsam zitiert werden könnte, am besten mit Körperkontakt.

Es gibt leider keine feministischen Tischgebete, sagt sie. Die Frauen lachen. Sie wird verstanden, aber sie schauen immer noch so erwartungsvoll. Gerade jetzt neidet sie den Gläubigen ihren Zugang zu Ritualen, die über die kleinen und großen Peinlichkeiten des Zwischenmenschlichen hinweghelfen. Wildfremde können miteinander Sprüche aufsagen, singen, Oblaten lutschen, Händchen halten und einander Frieden wünschen, und alle trinken aus ein und demselben Kelch, das Blut ihres Anführers, alles todernst, ohne einen Funken Verlegenheit. Einer nach der anderen sieht sie ins Gesicht. Maren knabbert selbstvergessen an einem Stück Brot, Lilly führt die Tasse an die Lippen, Eleonora sieht sie gespannt an und sehnt sich sichtlich nach einer Zigarette, dann blickt sie in Floras fast schwarze Knopfaugen. Der Name Flora passt überhaupt nicht zu dir, denkt Simone. Zischlaute würden passen, denkt sie, harte Konsonanten, Tatjana, oder Elsbeth. Red doch du, denkt sie eindringlich und hält den Blick aufrecht. *Red endlich.*

Wo habt ihr drei euch eigentlich kennengelernt?, fragt Flora in die Stille.

Eleonora und ich kennen uns schon ewig, und Maren ist später dazugestoßen.

Seid ihr ein Paar?, fragt Flora unverblümt und sieht zwischen Eleonora und Simone hin und her. Kein Schmunzeln, keine Missbilligung im Gesicht, denkt Simone. Unlesbar.

Ein Wohn-Paar, sagt sie und beginnt, sich am reich gedeckten Tisch zu bedienen. Auch die anderen greifen zu.

Und du?, fragt Flora jetzt Maren.

Maren fährt sich durch die kurzen Locken. Vor dem Krebs hatte sie glattes Haar gehabt. Fünf Jahre ist es her, da hat Eleonora ihr die Haare rasiert, und Simone hat bunte gehäkelte Häubchen besorgt, die sie ihr gleich danach aufgesetzt haben, um auszuprobieren, welches am besten passt. Sie haben abwechselnd heulend und lachend die Haare rituell verbrannt und den Krebs gleich mit, sagt Maren manchmal. *Hoffentlich.* Sie kennen einander so lange, dass sie die Geschichten der anderen erzählen könnten, im Wortlaut: ihre Märchen, ihre Wurzeln, ihre Lügen.

Mich hat der Tod meines Mannes aus der Bahn geworfen, sagt Maren. Wir waren jung verheiratet. Dann haben mich die biederen Pärchen aus ihrer heilen Welt verstoßen. Als würde ich Unglück bringen. Egal, ob ich ein Konto eröffne, einen Fragebogen beim Arzt ausfülle oder um eine Rückerstattung ansuche: ledig, verheiratet, verwitwet, was anderes gibt es nicht zur Auswahl. Ausgestoßen! Die Witwe wirst du nicht los, wenn du nicht wieder heiratest. Da ist mir einiges klar geworden. Ich geh nicht mehr zurück. Das haben sie jetzt davon.

Die Funktionierenden haben Maren in die Arme der Feministinnen getrieben, sagt Simone jetzt, weil sie weiß, dass Maren es liebt, wenn sie die Gute-Nacht-Geschichte zu Ende erzählt: und von dort zu Eleonora und mir.

Das war das Stichwort für Eleonora, die aufsteht, sich in ihre Decke wickelt und fragt, ob sie eine Zigarette rauchen darf, am Fenster.

Ich dachte, das ist eine Nichtraucher-WG, sagt Flora.

Es ist eine Fensterraucher-WG, sagt Eleonora.

Eine Fensterraucherinnen-WG, korrigiert Maren.

Ob Eleonora sich traut, vor den Neuen Gras zu rauchen? Nein, rät Simone, noch nicht. Sie sieht Eleonora im Halbprofil, der hohe Wangenknochen, der einen dreieckigen Schatten wirft. Welche Version wird sie erzählen? Die fantasielose, in der sie direkt aus einem Studentenheim zu Simone gestoßen ist? Oder die von der Unbehaglichkeit des Alleine-Wohnens? Simone sieht die Zigarette glühen und riecht nur Tabak. Flora verzieht das Gesicht und kräuselt die Nase.

Nein, Eleonora entscheidet sich für die Version von den traumatisierenden Jahren, in denen sie für einen Freund putzen und kochen musste. Eleonoras richtige Wohngeschichte ist auch nichts für den ersten Abend, denkt Simone. Die von dem Herbst, als sie siebzehn wurde und sich Mutti einen besonders üblen Säufer eingetreten hatte, und bald hieß es: der Säufer oder die Elli. Die von den Sauforgien und Schreiduellen und dem besoffenen Gerammel, das meist darauf folgte, und wie Eleonora in die Schrebergartenhütte eines Onkels ausgewichen war, so lange, bis der Säufer weg war, was dauerte, also richtete sie sich ein, so gut es ging. Sie besorgte sich Decken und Heizstrahler und ließ den Schlüssel stecken, wenn sie absperrte, wegen des Onkels, der *nach dem Rechten sehen* wollte, und wegen allen anderen. Du glaubst gar nicht, wie viele Obdachlose im Schrebergarten überwintert haben, hat sie Simone erzählt. Und wie viele versucht haben, in meine Hütte zu kommen! Aber du überlebst das eine Zeit lang, wenn du den Tag im Büro überdauern kannst und einen Elektrostrahler hast, und eine Heizplatte, und einen dicken Schlafsack, und einen Schürhaken. Seitdem kann ich keine Obdachlosen mehr sehen, ohne dass mir sofort kalt wird, sagt sie. Seitdem kann ich fressen wie eine Bärin vor dem Winterschlaf; es wächst nichts an. Dann kam ja ich in dein Leben, denkt Simone auch diese Gute-Nacht-Geschichte zu Ende, damit alles seine Ordnung hat.

Eleonora dämpft die Zigarette aus und schließt das Fenster.

Und du, Flora?, fragt sie.

Ich war viel für NGOs unterwegs, in Genf, Mexiko und in den USA. Spannende Tage, langweilige Abende in Hotels. Dazwischen in Dienstwohnungen, jahrelang. Es ist nicht so, dass ich das Unterwegssein und Alleinsein satthabe, aber mich interessiert die feministische Praxis hier, im Alltag. Euer Inserat war wie ein Weckruf. Wisst ihr, die Theorie hängt mir zum Hals raus. Die hab ich in der Juristerei zur Genüge. Ich will endlich mal was auf die Beine stellen, was nicht nur auf dem Papier existiert. Oder in den sozialen Medien. Was mach ich bei der x-ten Gruppe, die vor sich hin werkelt?

Simone nickt. Die x vor sich hin werkelnden Gruppen, bei denen sie auch dabei war. Viele kleine Enthusiasmen, die vor sich hin explodieren. Voneinander isoliert und ineffektiv, wenn sie nicht kurzgeschlossen werden. Womit? Mit frischer Einigkeit. Mit neuer Wut. Simone überlegt, ob sie das auf einen Zettel schreiben soll, damit sie den Gedanken zu einem späteren Zeitpunkt weiterführen kann. Sie ist zu müde, um aufzustehen.

Welche Theorie hängt dir denn genau zum Hals raus?, fragt sie stattdessen Flora. Heutzutage muss man aufpassen, vor allem bei den Feministinnen. Das weiß sie. Feminismus ist pseudoreligiös geworden. Für ein Gendersternchen, Kopftuch oder Prostitution sieht man Frauen neuerdings in den feministischen

Dschihad ziehen – immer gegen andere Frauen natürlich. Nur online, versteht sich. Dafür umso gnadenloser. Diese Flora könnte ihr heute Abend schwesterlich um den Hals fallen und schon morgen früh unwiderruflich die Freundschaft kündigen – Liebe und Hass trennt oft nur eine Position, ein Post in irgendeiner Diskussion in irgendeinem sozialen Medium, ein Like unter irgendeinem Statement.

Die Theorie von der Frauensolidarität. Vom Zusammenhalt, sagt Flora. Ich wünsche mir Synergieeffekte. Und bei dir läuft doch viel zusammen. Du hast doch schon ein paar Synergien hergestellt.

Simone winkt ab. Proteste im Hosentaschenformat. Rechte Hosentasche, linke Hosentasche, sagt sie, dazu gestikulierend.

Wie meinst du das mit den Hosentaschen? Lilly hat sich vorgebeugt und endlich ihre Knie losgelassen.

Ein Feminismus, der bestenfalls von der rechten Hosentasche in die linke Hosentasche arbeitet, sagt Simone.

Flora lacht. Genau. Ein schönes Bild.

Alle machen sie gute Arbeit, die kleinen Organisationen und Kulturvereine und Aktivistinnen. Sie arbeiten praxisnah, sie unterschreiben dieselben Petitionen, und wenn sie sich privat treffen, dann erzählt eine Feministin der anderen, wie ungerecht das Patriarchat ist. Aber nie tun sie sich zusammen und erreichen eine kritische Größe, so wie eine Partei oder große NGOs oder Religionen. Da wird nichts auf Tische geknallt oder in eine handlungsfähige Dimension gebracht. Die feministische Agenda ist überall ein bisschen dabei, aber bleibt schön im Hosentaschenformat und sprengt es auch dann nicht, wenn sich ein paar ein bisschen zusammentun. Vorher lösen sich die Organisationen auf oder die Mitglieder springen ab, weil sie die Schnauze voll haben.

Oder Kinder kriegen, sagt Maren.

Oder es werden die Förderungen gestrichen, sagt Flora.

Lilly nickt und greift zu ihrem Handy, kurzes Wischen, kurzes Lesen, kurzes Tippen, dann liegt es wieder vor ihr. Simone würde gern wissen, wie man das macht; seine Aufmerksamkeit so elegant zu fraktionieren.

Den Rest denkt Simone sich. 51 Prozent der Menschheit, die überall schlechtergestellt sind. Bringen nichts Gemeinsames zusammen. Das meint sie eigentlich. Aber wenn sie anfängt, so zu denken, kann sie ihre WG gleich wieder auflösen.

Floras Gesicht ist hart und flächig. Ihre Hausaufgaben hat sie gemacht: Sie hat Simone gegoogelt.

Aber du hast schon ein paar Querverbindungen hergestellt, sagt Flora jetzt, mit lehrerinnenhaftem Unterton. Was du in der Mädchenarbeit getan hast, deine Publikationen, und die Sache mit der Gerichtsdoku …

Rechte Hosentasche, linke Hosentasche, sagt Simone.

Jetzt stellst du dein Licht aber unter den Scheffel, sagt Flora verärgert. Sie lehnt sich zurück, als müsse sie ihren Eifer bremsen.

Was für eine Gerichtsdoku?, fragt Lilly, als sie aus ihrem Pullover herauswächst wie eine Schildkröte.

Also erzählt Simone es. Dass sie früher unterrichtet hat, in einer dieser Hauptschulen, die dann umbenannt wurden, erst in Neue Mittelschule und dann in Brennpunktschule. In denen der Stoffwechsel des Kapitalismus schon aus dem Gleichgewicht war, lange bevor es die Neoliberalen offiziell als normal deklariert haben. In der Jahr für Jahr mehr schwererziehbare Jugendliche akkumulierten, weil sie sitzenblieben, anstatt zu reifen. In Simones Klassen sammelte sich, was bei der Gesellschaft unten rauskommt, wenn man oben Gier und Neoliberalismus reinschaufelt: Armut, Bildungsdefizite und Aggression.

In einer Klasse hatte sie Jugendliche, denen alles egal war, die verwahrlost aufgewachsen oder aus Kriegsgebieten geflohen waren. Die Buben dealten, schwänzten, prügelten und demütigten einander mit archaischen Ritualen. Manche von ihnen hatte Simone ganz gut im Griff. Sie unterrichtete Deutsch und Geschichte, aber eigentlich unterrichtete sie Liebe, Aufmerksamkeit und Traumabewältigung. So war sie aufgewachsen, unter Freigeistern und Sozialarbeitern; auf Zuständigkeit sozialisiert. Das vorgezeichnete Scheitern dieser Kinder zu ertragen, ihre Aggressionen nicht persönlich zu nehmen, fiel ihr damals noch nicht schwer. Immer wieder bat sie um Unterstützung, immer wieder wurde ihr mitgeteilt, die Mittel wären zu knapp. Bis es zu einem Stanleymesser-Kampf in ihrer Klasse kam. Der Versuch, die beiden Streitenden zu trennen, kumulierte in einem Tumult, in dem Simone einen Tritt ins Knie kassierte, der ihre Kniescheibe aushebelte und so gut wie alle Bänder durchtrennte. Sie weiß nicht, wer es war, ob es Absicht war oder ein Unfall. Aber sie erinnert sich an ein Bein im Augenwinkel, bevor ihr vor Schmerz schwarz vor Augen wurde. Geht das, unabsichtlich treten?

Irgendjemand hat einen Kollegen geholt, und Simone hat noch versucht, nach Hause zu humpeln;

aber der Kollege bestand darauf, sie ins Krankenhaus zu fahren. Im Wartebereich vor dem Röntgen kamen das Weinen, die Atemnot und die Gewissheit, dass sie nicht mehr zurückkonnte. Da nutzte es wenig, dass sie *ihre Burschen*, wie sie sie bis dahin gerne genannt hatte, nach der Operation im Krankenhaus besuchten. Oder dass es nur drei gewesen waren, die tatsächlich in den Vorfall involviert waren. Sie saß aufrecht im Bett, in ihrem aufgeblähten Knie ein Schläuchlein, aus dem Wundsekret sickerte. Die Burschen wanden sich vor Grausen oder Scham oder beidem, fast hatte sie Mitleid mit ihnen, als einer ihr den lieblosen, mageren Nelkenstrauß in der Plastikhülle überreichte, in dem ein Billett steckte. *Liebe Frau Prof. Hebenstreit,* stand da in der Handschrift der Sekretärin des Direktors, *werden Sie bald wieder gesund! Wir vermissen Sie! Ihre Kollegen und Schüler*. Sie hatten sich nicht einmal die Mühe gemacht, selbst zu unterschreiben. Da stand nicht: Wir hätten Sie beschützen müssen! Oder: Wir werden umgehend einen Krisenstab bilden! Oder: Wir entschuldigen uns bei Ihnen für die Unannehmlichkeiten einer jahrhundertealten Bildungsmisere, deren Konsequenzen Sie nun leider auslöffeln müssen!

Flora und Lilly schauen entsetzt. Simone redet sich in Rage, immer noch, nach 27 Jahren.

Sie sind uns wurscht, hätten sie gleich hinschreiben können! Mein zertrümmertes Knie war nur einer dieser *tragischen Zwischenfälle,* analysiert sie. Hauptsache, man hat ein verharmlosendes Wort parat! Für Femizide hat man das Wort *Ehedrama*, für Vergewaltigungskultur hatte man das Wort *Sex-Attentat*, und ich war halt zur falschen Zeit am falschen Ort. Als wäre so ein Tritt ins Knie eine Naturkatastrophe, die sich allein durch die Anwesenheit von Testosteron einfach überall zusammenbrauen und entladen kann. Tragisch, bedauerlich, aber kein zwingender Anlass für irgendetwas.

Naturkatastrophen bedürfen nie einer Entschuldigung, sagt Maren.

Sich dagegen versichern ist auch schwierig, wirft Flora ein.

Genau, sagt Simone. Dass man Schuldbewusstsein nicht unterrichten kann, weil Empathie nicht unterrichtet werden kann: Das habe ich damals begriffen. Dass ich für mein teuer investiertes Mitgefühl nicht automatisch Mitgefühl zurückbekomme. Weil ich nur eine Frau bin vielleicht, oder nur eine Lehrerin. Plötzlich war es *die Sache. Die Sache* kam nicht zur Anzeige. *Die Sache* wurde innerschulisch gelöst. Über *die Sache* wurde bald nicht mehr geredet.

Alle haben aufgegessen, nur Maren ist noch nicht fertig, noch eine Speckzwetschke, noch eine Dattel, noch eine Pistazie.

Was Simone jetzt nicht erzählt: dass sich einer der Burschen unabsichtlich gegen das Schläuchlein gelehnt hat und es einen winzigen, aber unendlich schmerzvollen Millimeter aus der frischen Operationswunde gezogen hat. Verschwindet, rief sie ihnen zu. Alle! Und während die Burschen ratlos das Krankenhaus verließen, heulte Simone. Sie beweinte die Mühen des Alleinerziehens, sie beweinte, nicht den gutbürgerlichen Weg gegangen zu sein, nicht bei Jürgen geblieben zu sein. Hätte sie doch in ihre Tochter investiert und ihre Ideale geopfert und einfach in denselben sauren Apfel gebissen, der allen anderen scheinbar süß genug war! Alles wäre besser gewesen, als diese Monster mit Liebe zu füttern, während sich das eigene Kind inzwischen alleine die Haustür aufsperrte und das Gulasch aus der Thermoskanne in den Teller goss, weil seine Mutter auch nachmittags Förderunterricht anbot.

Und du hast es zur Anzeige gebracht und es den Medien zugespielt, sagt Flora mit einem zufriedenen Unterton.

Das hat die Halbritter gemacht. Und den Prozess hab ich verloren.

Aber die Sympathien waren auf deiner Seite!, wirft Flora ein.

Simone reibt sich über das Knie. Den Prozess hab ich verloren, wiederholt sie. Und versetzt wurde ich auch, nach Floridsdorf. Es ist nichts passiert. Obwohl. Seit der Sache mit dem Knie habe ich keine Sekunde mehr in einen Mann investiert. Ich bin nur mehr für die Frauen da. Hab ich mir zumindest vorgenommen.

Sie lächelt in die Runde. Es ist andächtig ruhig in der Küche.

Wir sollten Musik machen, sagt Maren.

Warte, sagt Flora. Und zu Simone: Du hast eine Tochter?

Ja, und einen Kindsvater. Ich bin mit 25 Mutter geworden, unehelich. Und hab mich mit 27 getrennt, zu einer Zeit, als das Jugendamt noch die Vormundschaft gestellt hat. Das weißt du wahrscheinlich gar nicht, oder, Lilly?

Lilly schaut fragend.

Wie einem die Behörde das Leben schwer machen konnte, bis 1989. Wegen jedem Scheiß musste ich zum Jugendamt. Neuer Reisepass, Schulwechsel, Ummeldung…

Lilly nickt. Davon hab ich gelesen, sagt sie.

Hätte Jürgen nicht so zwanghaft herumgevögelt, ich

hätte ihn vielleicht sogar geheiratet, fährt Simone fort. Vielleicht wäre ich immer noch bei ihm.

Aber er sicher nicht mehr bei dir, sagt Maren lachend.

Stimmt, gibt ihr Simone recht. Weißt du. Bis zu der Sache mit dem Knie war ich nicht einmal besonders visionär.

Das Alleinerziehen hat dich sicher radikalisiert, sagt Eleonora jetzt. In einer glücklichen, gleichberechtigten Ehe wird so etwas wie ein Revolutionsgeist nicht groß.

Glückliche Ehen. Das sind doch alles Kompromisse, seufzt Flora.

Manchmal bin ich neidisch, sagt Simone. Auf die heile Welt, die uns vorenthalten bleibt.

Du hast wenigstens ein Kind, sagt Maren. Als Einzige von uns.

Simone blickt Lilly an. Was hält sie von der glücklichen Ehe? Hat eine aus ihrer Generation noch Illusionen? Simone versucht, kein grauenhaftes Bild von den Jungen zu haben. Sie machen es einem schwer. Digitale Zombies, neokonservativ, postfeministisch, gleichgültig, naiv, und wenn sie geistig wach sind, dann woke.

Lilly steht auf, geht aus der Küche, kommt mit einer Box in der Hand zurück, sieht fragend in die Runde.

Was wollt ihr hören?

Was hören wir so?, fragt Simone in die Runde.

Fado, sagt Flora.

Billie Holiday, sagt Simone.

Die Stones, sagt Maren.

João Gilberto, sagt Eleonora.

Lilly nickt, tippt eine Weile in ihr Handy, dann erfüllen traurige portugiesische Klänge die Küche.

Und du?, fragt Simone.

Ich höre alles, sagt sie.

Aber warum bist du hier?

Lilly verschwindet wieder ein bisschen tiefer in ihrem Rolli. Meine alte WG war mir zu wenig nachhaltig, sagt sie. Und zu wenig feministisch, setzt sie pflichtbewusst nach.

Simone nickt. Du siehst nicht besonders feministisch aus, denkt sie sich, und auch nicht nachhaltig. Sie weiß, was so ein schöner Pulli aus nachhaltiger Wolle kostet. Sie weiß es, weil sie sich solche Pullis nie leisten konnte. 300 Euro, rät sie, oder mehr. Eine Monatsmiete. Und dann die Schuhe: Holzsohle, handgenäht, feinstes Leder. Noch mal 400 Euro drauf. Und diese Uhr. Geschenke? Papi? Heimliche Einkünfte? So eine wunderschöne Frau, denkt Simone, mit ungefärbtem, vollem, blondem Haar, natürlich gepolsterten Lippen, Riesenaugen, langen Beinen. Solche Frauen blieben in ihrer Generation und in der danach selten unverheiratet. Irgendeiner kam und überzeugte sie davon, sich fortpflanzen zu müssen. Wenn sie überhaupt überzeugt werden mussten, so stark war der Zug zur Familiengründung. Ist das immer noch so? Sie würde Lilly gerne fragen. Sogar ihre Tochter, die revolutionäre Hannah, hat geheiratet, obwohl Simone ihr vorgelebt hat, dass es nicht funktionieren kann. Obwohl es so ausgesehen hat, als würde sie sich ihre Freiheit bewahren. Obwohl sie ihr zugeredet hat, warnend, bittend, Unmögliches versprechend. Tu das nicht. Du kannst ja andere Männer auch noch lieben. Ich schau auch auf dein Kind, wenn du alleinerziehend bist! Jetzt hat Hannah einen Mann und ein Kind und erwartet ihr zweites. Jetzt ist es zu spät für alles.

Ach, die Kinder. Sie machen alles so kompliziert. Die ganz Jungen können sich vielleicht noch nicht vorstellen, wie brutal diese Liebe zu den Kindern sein kann, wie rücksichtslos sie sich auf Kosten von anderem ausbreitet: Partnern. Träumen. Sich selbst. Die Kinder sind die Weichstelle jeder Revolution, dort wächst ihr kein Knochen, nicht einmal Hornhaut. An der Liebe zu den Kindern ist noch jede weibliche Revolution zerbrochen. Ihre Kinder werden Frauen niemals opfern. Darauf ist Verlass. Darauf können alle Männer bauen, am allermeisten die Väter.

Sie hören Musik, plaudern, zum Feiern sind sie alle zu müde. Flora ist die Erste, die gähnt, alle anderen stimmen mit ein. Simone steht auf, sieht aus dem Fenster, sie reibt die Hände aneinander, bis sie warm werden. Hinter ihr beginnen die Frauen mit dem Abräumen des Tisches. Sie reibt sich das linke Knie, beugt es, streckt es. Die Sehnsucht nach ihrer Tochter ist geweckt, nach der Enkeltocher. Sie würde sie gerne besuchen, ihr die Kleine abnehmen, mit ihr herumtollen.

Simone greift in die Schale mit den Pistazien, die in der Mitte des Tisches steht und fast leer ist, bis auf ein paar fest verschlossene Kerne. Die Teller wurden inzwischen abgeräumt, nebenbei, von ihnen allen, sie haben gemeinsam sauber gemacht und es nicht einmal gemerkt. Simone bohrt den Daumennagel in den feinen Schlitz, dreht ihn, knackt die Pistazie auf und beißt in den Kern.

Sie werden hier ihre WG auf Schiene bringen. Eine WG ohne Kinder. Eine WG mit Vorbildfunktion. Eine kleine Revolution, die aus ihrer Hosentasche kriechen darf. Jetzt oder nie, sie gibt sich einen Ruck.

Was haltet ihr davon, TV-Stars zu werden?, fragt sie in die Runde.

# 4
# Lilly
*Februar*

Sie klappt die Knie zusammen, sein Kopf taucht auf, der Blick ratlos, ein bisschen dümmlich, denkt sie und versucht, ihre Wut aus der Stimme rauszuhalten. Lass mich bitte, ich kann heute nicht, sagt sie.

Er legt sich neben sie und nimmt sie in den Arm. So ist es besser. Sie kann mit Samus Verständnis rechnen, immer. Sie muss nur den Waldorf-Knopf drücken. Anders als bei diesen Regelschultypen, die vor Samu gewesen sind. Da musste sie immer übersetzen, bevor sie etwas sagte oder tat. *Ich kann nicht* oder gar *Ich mag nicht* konnte man zu so einem Typen nicht sagen, wenn man gerade nicht geküsst, gefickt oder geleckt werden wollte. Sondern man musste einen Grund haben. Traurig sein. Oder die Regel haben. Oder einen Streit vom Zaun brechen. Umgekehrt fragte sie sich auch immer, was diese Typen eigentlich meinten, wenn sie einfach gingen. Oder Wutausbrüche kriegten. Oder sich mit Energydrinks und Wodka aus dem Leben schossen oder sich das Hirn weichkifften. Vielleicht wollten oder konnten sie in Wirklichkeit gerade irgendetwas nicht sagen oder tun und mussten sich anders ausdrücken.

Samu ist nur zwei Jahre älter als sie. Im Gegensatz zu ihr hat er in seiner Schule wahnsinnig viel gelernt, was man auch tatsächlich verwenden kann. Samu kann Obstbäume schneiden, Teppiche weben, Russisch und Französisch sprechen, eine Ukulele stimmen, spielen und dazu singen, er kann Gedichte schreiben, wochenlang ohne Handy auskommen und theoretisch seinen

Namen tanzen, auch wenn er es hasst, damit aufgezogen zu werden. Ihn kann sie alles fragen, was sie sich niemand anderen zu fragen traut und was ihr zu recherchieren zu anstrengend ist. Sie selbst kann zwar Goethe-Gedichte interpretieren und Sartre auf Französisch zitieren; die wirklich wichtigen Dinge hat sie aber nicht gelernt. Statt Linolschnitte anzufertigen, hätte sie lieber gelernt, wie man einen Siphon ausräumt. Oder wie man einen übergriffigen Professor bloßstellt und erzieht. Oder wie man sich für eine interessante Ausbildung entscheidet und danach trotzdem einen Beruf findet, der Spaß macht und das nötige Geld einbringt. Das wird sie jetzt alles nachholen.

Samu wollte immer schon Sozialarbeiter werden, und wenn er nächstes Jahr seine Ausbildung zu Ende bringt, wird er auch Sozialarbeiter werden, und nebenbei Psychologie oder Soziologie studiert haben, und Lilly zweifelt nicht daran, dass ihm Arbeit und Studium leichtfallen und Spaß machen werden. Auf all das hat man ihn lange vorbereitet, so, dass er ohne großes Kopfzerbrechen wusste, wie sein Weg aussah und wann er wo abbiegen musste. Sie hingegen hat man, sicherlich mit den besten Absichten, zu einer bürgerlichen Oberschichttussi herangezogen, die sich mit einer Allgemeinbildung schmücken kann, die mehr zu Dekorationszwecken taugt als zu sonst etwas. Jetzt ist sie sich selbst gegenüber ungerecht. Erstens kann sie ja gar nichts dafür. Und zweitens berechtigt sie ihr Abschluss zu einem Studium; in ihrem Fall Volkswirtschaft. Und drittens wohnt sie in einer Frauen-WG, die demnächst Teil der Big-Sista-Show sein könnte. Was den Bienenstock betrifft, hat sie Samu bis vor Kurzem auf Distanz gehalten, aber das geht ja nun nicht mehr. Sie wird ganz nervös, wenn sie daran denkt. Ein paar WGs sind im Rennen, das Casting läuft noch. Sie waren gemeinsam im Studio und wurden einzeln aufgerufen, zwei Männer und eine Frau haben ihnen Fragen gestellt, die sie vor laufender Kamera beantworten mussten.

Ich weiß nicht, hat Samu gesagt. Möchtest du das wirklich, dich für so eine Show verheizen lassen?

Dabei hat er ihr dazu geraten, dort einzuziehen. Vergiss die Tussis, hat er über ihre ehemaligen Mitbewohnerinnen, *die Mädel*s, gesagt. Samu hasst *die Mädels*, und sie hassen Samu. Bleib doch ein paar Monate bei den Revoluzzerinnen, wenn du wirklich einmal irgendwo dabei sein willst, wo sich etwas anderes bewegt als die Trommel eines Wäschetrockners, hat er gesagt. Eine bessere Resozialisierung kannst du dir nicht ausdenken. Lilly findet das zwar ungerecht und großkotzig, aber im Kern wahr. Den Mädels ist sie mittlerweile auf eine Art und Weise entwachsen, die fast schon wehtut. Das kleine, längliche Zimmer mit Blick auf die Backsteinmauer fühlt sich richtig an. Die Frauen fühlen sich richtig an. Allen voran Simone. Wie sie vorgestern in der Küche zusammengesessen sind, bis drei Uhr morgens. Zuerst war es ein fades Einweihungskränzchen gewesen, das genaue Gegenteil von der Einweihungsfete mit den Mädels vor zwei Jahren, bei der gleich die Polizei gekommen war. Aber als Simone ihnen das Big-Sista-Konzept eröffnet hat, ist es rundgegangen. Letztendlich werden sich alle darauf einlassen; Flora war der härteste Brocken, mit ihren juristischen Bedenken. Aber das wird schon, sagt Eleonora.

Danach sind alle bis auf sie und Simone schlafen gegangen. Simone hat von ihrer Jugend in Oberösterreich erzählt, davon, wie sie sich nachts davongestohlen hat, um mit dem Sohn des Milchbarons zu vögeln, oder mit dem des Schweinebarons.

Im Heuboden?, hat Lilly gefragt.

Nein, hat Simone gelacht, Heuböden gibt es nicht mehr. Kühe kriegen Silage, und Schweine kriegen Sojabohnen aus Brasilien, wusstest du das nicht? Auf Sojabohnen fickt es sich schlecht. In der Garderobe der Feuerwehr schon besser. Und auf Traktorsitzen. Oder hinter der Kapelle. Oder in ihr. Wie war denn das in deiner Generation, in der Stadt?

In seinem Kinderzimmer, in meinem Kinderzimmer, im WG-Zimmer, alles nicht besonders exotisch, dachte Lilly. Dann fiel ihr doch etwas ein.

Ein Festivalzelt in Ungarn, sagte sie, zwischen lauter Zelten, die eigentlich nur zu diesem Zweck aufgestellt wurden, eines neben dem anderen. Fuck-Camp haben sie dazu gesagt. Oder im Türkenschanzpark, bei der Frauenstatue.

Auguste Fickert, sagt Simone plötzlich. So viele gibt es nicht. Wie gut, dass du dir nicht Adalbert Stifter ausgesucht hast, den alten Langweiler. Solchen Frauen wie der Gusti hast du es zu verdanken, dass du nicht verheiratet sein musst, um irgendwo wohnen zu dürfen. Sie war eine Große. Die Gusti ist eine gute Fickunterlage.

Samu akzeptiert, dass sie bei ihm schläft, und umgekehrt er noch nie bei ihr zu Hause war. Das war auch früher schon so, wegen der Aversion gegen die Mädels. Aber jetzt ist es eine WG-Ordnung: keine Männer im Bienenstock. Irgendwann ändern die Tanten schon ihre Meinung, hat Samu gesagt. Tanten; so sagt er tatsächlich. Sie korrigiert ihn nicht.

Während sie ihren Kopf von seinem Brustkorb in seine Achsel bettet, steigt ihr ein schwacher Schweißgeruch in die Nase; als würde zwei Räume weiter Suppe gekocht werden. Eine gute Suppe, mit Lauch und Karotten und Kräutern, ohne Hühnergurgeln und Rindsknochen. Sie sieht an sich und ihm runter, ihre verschlungenen Gliedmaßen schimmern im Licht der Straßenbeleuchtung ganz ebenmäßig und golden, wie mit einem Insta-Filter. Seine Beine sind noch braun vom Urlaub, Freediving auf den Kapverdischen Inseln. Selbstverwirklichung sticht Flugshaming. Sie wird ihn vermissen, wenn er nächste Woche fürs Praktikum in die Strafanstalt fährt. Samus Beinbehaarung leuchtet einladend, gern hätte sie dieses Fell gekrault, aber sie will ihm keine falschen Hoffnungen auf Sex machen. Der Streit mit ihrem Vater macht sich so im Kopf breit, da ist an nichts anderes mehr zu denken. Papa wird eine Zeit lang nicht mit ihr reden, und es sieht auch nicht so aus, als würde er ihr das Geld geben. Borgen, wohlgemerkt.

Wofür denn, hat er gefragt. Und gesagt: 10 000 Euro borge ich dir doch nicht ohne Begründung.

Sie hat nur gemurmelt: für die Renovierungsarbeiten in der WG. Ich zahle es dir auch zurück. Sie hat nicht *Bienenstock* gesagt, sie sagt das nie laut. Ob sie verrückt sei, hat er gefragt. Ob er sie daran erinnern dürfe, dass der Mietvertrag nicht auf ihren Namen laufe, und selbst wenn: Für Instandhaltung müsste doch der Vermieter aufkommen. Wer das eigentlich sei? Dass er doch nicht bereit sei, sein sauer verdientes Geld irgendwelchen verrückten, mittellosen Weibern in den Rachen zu werfen, damit sie eine abrissreife Bruchbude renovieren. Dass er es ihr aber sehr gerne geben würde, also richtig schenken, wenn sie mal in eine schöne Mietwohnung, oder noch besser eine Eigentumswohnung zu investieren gedenke. Da würde er schon mitzahlen, keine Frage, gar nicht so wenig. Und was das eigentlich solle mit diesen Frauen, mit denen sie da zusammenwohne. Ob das eine Sekte sei. Warum er und Mama noch nie eingeladen gewesen seien. Und dass er jetzt schon mal fragen möchte, ob ... Und sie solle jetzt nicht gleich wieder aufstehen, wenn ... Lilly hat gar nicht mehr zugehört, sie ist einfach aufgestanden und gegangen. Erst hat er ihr streng und dann bittend nachgerufen, er ist aufgesprungen, aber dann doch nicht hinter ihr hergelaufen. Sie ist schnell weggegangen, damit er nicht sieht, dass sie weint. Sie mag jetzt nicht schon wieder heulen, sonst muss sie sich Samu erklären, und darauf hat sie schon gar keine Lust. Was erklären? Sie weiß ja gar nicht, warum sie weint! Weil ihr Vater ein kontrollsüchtiges Arschloch ist, weil sie sich schämt, oder weil er ein bisschen recht hat?

Ihr ist nicht kalt, aber trotzdem zieht sie jetzt die Decke über sich und Samu. Sein Zimmer ist weder pedantisch noch chaotisch, sondern genauso unordentlich, wie Lilly es mag. Und so herrlich warm. Man kann nackt im Zimmer herumgehen, und wenn Samus Mitbewohner Aaron nicht daheim ist, kann man nackt durch die ganze Wohnung gehen, ins Klo, ins Bad, ohne Schuhe. Geliebte Fußbodenheizung. Einmal ist Aaron zur Eingangstüre hereingekommen, da war Lilly gerade auf dem Weg vom Klo zu Samus Zimmer unterwegs. Sie hat sich kurz umgedreht und ihn schief grinsen gesehen. Keine schlechte Erinnerung, auch wenn sie Aaron nicht besonders mag und auch nicht attraktiv findet; bei seinem langgezogenen Kopf muss sie immer an eine Jagdtrophäe denken, einen schmalen, knochenweißen Schädel, die Durchbrüche der Augenhöhlen ein bisschen zu tief- und zu weit auseinanderliegend; und eben ohne Geweih.

Es macht ihr auch nichts aus, wenn theoretisch jemand vom Haus gegenüber durch die Fenster schauen sollte. Sie ist doch nur eine von vielen Nackten, wie die, die überall für alles Werbung machen. Bald wird sie eine von vielen sein, die im Fernsehen zu sehen ist. Das ist auch nicht viel anders. Wer sieht denn noch fern? Redet sie sich ein, wenn sie zu nervös wird.

Als sie vor zwei Wochen in den Bienenstock gezogen ist, musste sie den riesigen Wandspiegel in der alten WG lassen, und bis vorgestern lebte sie praktisch spiegellos. Im Bad und im Vorzimmer des Bienenstocks enden die Spiegel auf Brusthöhe.

Wir brauchen einen Ganzkörperspiegel im Vorzimmer, hat Lilly gesagt.

Wirklich?, hat Simone entgegnet. Um zu wissen, wie du aussiehst, musst du dich nur fragen, wie es dir geht, sagt Simone. Und solltest du mal Schnittlauch zwischen den Zähnen haben oder Schokoladeflecken am Hintern, sagen wir dir Bescheid.

Lilly sieht sich gerne in den spiegelnden Fensterfronten dabei zu, wie sie durch Samus Wohnung geht. Einen Spiegel für ihr Zimmer hat sie natürlich schon gekauft und aufgehängt. Mit den Unterschieden in der Auffassung von Schönheit und Selbstbild wird sie leben lernen. Mit der Kälte nicht. Für den kleinen Heizkörper in ihrem Zimmer hat sie Unterstützung in Form eines Infrarot-Strahlers besorgt. Dort geht es jetzt. Bleiben noch die anderen Räume.

Der Vorraum und das Klo sind so gut wie unbeheizt. Nur im Bad gibt es einen alten, orange glühenden Heizstrahler, den man rechtzeitig aufdrehen muss. Und die Küche ist nur dann warm, wenn sich alle auf einmal darin aufhalten. Aber die kalte Luftschicht über dem Boden bleibt trotzdem, und der Luftzug von den Fenstern: Da können Eleonoras Polster davor noch so bunt und schön sein und mit Stoff aus Thailand bezogen. Flora hat den Vermieter schon im Visier. Irgendwann muss er neue Fenster einbauen lassen, oder eine neue Heizung. Bis dahin muss Lilly zum ersten Mal in ihrem Leben mit klammen Wohnräumen, kalten Böden, frostigen Klobrillen und beschlagenen Fensterscheiben zurechtkommen. Wie früher, hat Simone gesagt. Lilly macht das nicht schlecht, findet sie. Fast stolz geht sie, so wie die anderen, mit ihren dicken Wollpatschen herum und trägt ihre Wolldecke über den Schultern. Auf die Klobrille setzt sie sich nur im Notfall, wenn sie groß muss. Manchmal sitzt eine in der Kabine neben ihr, und vorgestern hat Maren neben ihr einfach zuerst zu singen und dann zu reden angefangen. Darüber, wie verdauungsanregend sie es findet, am Klo reden zu dürfen. Wie bei den alten Römern, hat sie geschwärmt. Und ob Lilly es auch so komisch findet, wie schambehaftet sie sich alle in Kabinen einsperren, um dort ganz normale Stoffwechselprozesse abzuwickeln. Zum Schwitzen, Essen und Trinken brauchen wir ja auch keine Intimität, hat sie gesagt.

Lilly freut sich auf den Sommer, dabei ist erst Februar. Sie hat keine Ahnung gehabt, wie kalt eine Wohnung sein kann. Auch nicht, wie schwierig es ist und was es kosten würde, so eine marode Schule zu renovieren. So schnell sagt sie nicht mehr, was sie sich denkt. Ein bitteres, mitleidiges Lachen ist in der Küche ausgebrochen, als sie gesagt hat: Na, dann renovieren wir halt selbst. Dieser Ausbruch von Naivität ist Lilly immer noch peinlich, aber Simone hat streng die Hand gehoben und geschimpft: Jetzt lacht nicht! Wer von euch wusste schon mit 22, was es kostet, eine Wohnung zu renovieren? So was lernst du nicht in den Schulen. Schon gar nicht in den höheren. Simones Verteidigung war fast noch schlimmer als das Ausgelachtwerden.

Lieber friert sie ein bisschen, als dass sie den Mädels noch länger beim Koma-Shoppen und Grillen von Hühnerbruststreifen aus Massentierhaltung zusehen muss. Sie hat versucht, Mona und Jen von einer nachhaltigen Lebensweise zu überzeugen, aber die beiden sind hoffnungslose Fälle. Seit Lilly Samu und seine Waldorf-Community auf einem Festival kennengelernt hat, hat sie das Dahinplätschern satt. Samu hat sie mit ins Kino genommen, zu Dokus über die Fleisch- und Fischindustrie. Es war nicht so, als hätte sie es nicht gewusst. Mit Samu neben sich wurde es aber plötzlich persönlich. Neben ihm fühlte sie sich bald wie ein verhätscheltes Schneewittchen, das lange genug in einer Cartoon-Welt die Realität verschlafen hat. Die tut weh, aber Leute wie Jen und Mona werden weniger. Und Jen und Mona haben längst Ersatz für sie gefunden: Alina. Außerdem zahlt Lilly jetzt nur 350 Euro Miete für ihr Zimmer, die Hälfte dessen, was sie in der alten WG aufbringen musste. Allerdings hatte ihr da Papa regelmäßig etwas zugesteckt – 800 Euro im Monat. Das macht er ja jetzt nicht mehr. Dafür darf sie die wohl visionärsten Frauen des Landes beim Wohnen und Kochen begleiten, beim Streiten und beim Zusammenwachsen, beim Aushecken von Protesten. Und das Land darf ihnen dabei zusehen.

Sie freut sich darauf, ins Zentrum von Diskussionsrunden zu geraten, in denen sie live erlebt, was wirklich wichtig ist. Endlich ist sie ganz nah am Puls jener Debatten, die in das globale Schicksal eingreifen, und zwar jetzt. Und wenn sie nicht will, muss sie ja nichts sagen. Der Stoff, mit dem sie auf der Uni abgespeist wird, kommt ihr sagenhaft verstaubt und inaktuell vor. Im Bienenstock ist sie mitten im tagesaktuellen Diskurs. Wenn sie etwa vor den kommenden Wahlen warnen, vor dem Gesinnungswandel und den Konsequenzen für die Frauen, wenn die Koalition mit den Ökos zerbricht. Sie hört, dass die Roten stärker werden müssen, gerade jetzt, wo die Frauenpolitik in den Wahlkampf einzieht. Sie darf dreiste Wahrsagungen hören, und Revolutionsrezepte aus Simones faltigem Mund. Sätze wie: Das Pendel wird nicht nur nach rechts, sondern ganz bewusst gegen die Frauen ausschlagen. Die Neurechten wollen uns die Quote wegnehmen und wir sollen wieder hinter den Herd, und zwar gratis. Diesmal haben sie ihre Weihrauchfässchen und ihre Mutterkreuze ausgemottet.

Es ist gar nicht so leicht, diese WG zu erklären, ohne die Unworte auszupacken. Feministisch. Patriarchal. Matriarchal. Was in den sozialen Medien flott von der Hand geht, ist im richtigen Leben schwierig umzusetzen. Welche Sprengkraft so eine einfache feministische Frage haben kann. Als Flora bei einer kurzen, spontanen Diskussion über Unterhaltszahlungen während des Essens gefragt hat: Was tut deine Mama denn, wenn dein Papa sich eine Jüngere nimmt? Freut sie sich dann über das Unterhaltsgesetz, das sie wieder ins Berufsleben schickt?

Was für ein Berufsleben?, hat sich Lilly gefragt. Lilly hat erst da begriffen, dass da ein Thema war, von dem sie die ganze Zeit nichts mitgekriegt hatte. Dass sie in einer Familie aufgewachsen ist, in der ihre Mutter erst einen Teilzeitberuf und dann gar keinen mehr hatte und von der Gunst ihres Vaters abhängig war, war vorvorgestrig. Sie ist vorvorgestrig sozialisiert. Sie, die Jüngste. Sie dachte immer, es gäbe einen Feminismus, der ohne das giftige Vokabular auskommt, das sie selbst so viele Jahre, wenn überhaupt, dann nur abfällig benutzt hat. Sie wünschte, sie wäre schon früher aktiv geworden. Aber Frauen wie Simone haben das für sie getan. Und all diese Frauen an der Wand in der Küche, die wie eine Ahnengalerie wirkt. Plakate und Ansichtskarten von Johanna Dohnal. Marianne Hainisch. Rosa Parks. Ruth Bader Ginsburg. Und vielen mehr.

Lilly ist vor der Galerie gestanden, Simone hat sich neben sie gestellt.

Was die alles erreicht haben, hat Lilly gesagt.

Ja, und was alles nicht, hat Simone geantwortet. Was würdest denn du fordern?

Lilly war überrumpelt.

Dass Frauen alles dürfen, was sie wollen, hat sie schließlich gesagt.

Und was hat der Feminismus falsch gemacht, dass es nicht so ist?

Ich weiß nicht, hat Lilly geantwortet. Er ist nicht mehr so begeisterungstauglich und sexy wie früher, glaube ich. Er ist so … beschwerlich.

Simone hat gelächelt und genickt. Der immer selbe, daueraktuelle Feminismus, in neue Schläuche abgefüllt, hat sie gesagt und die Arme verschränkt. Das wär's doch.

Lilly hat keine Gegenfrage gestellt. Diese Frauen verdienen ihre Achtung, auch wenn sie digitale Saurier sind, mit ihren alten Smartphones und ihren Facebook-Accounts. Was sind dann die Insta- und TikTok-Feministinnen, denen sie folgt? Modern? Wenn sie Harry Potter, mit dem Lilly aufgewachsen ist, verteufeln, weil J. K. Rowling transfeindlich und antisemitisch ist?

Warum ist sie hier? Wegen Simone Hebenstreit. Die das diffuse Unbehagen, das sie seit einem Jahr hat, in knappe Worte fasst. Seit sie mit Samus Schwester Nato in einen Diskussionsabend zum Thema *Beziehungen. Das Politische im Privaten* geraten ist und Lilly der Mund offen gestanden ist, als sie Simone dort zum ersten Mal gesehen hat. Wie sie die politische Funktion der Kleinfamilie zerlegt hat, von Beginen und Matriclans in Asien, Mexiko und Afrika erzählt hat. Wo es tatsächlich friedliche, gleichberechtigte Gesellschaften gibt, wo die Mutter an die Tochter weitergibt. Wo es freie Liebe gibt und alle gemeinsam die Kinder großziehen. Lilly hatte ja keine Ahnung. Es soll nicht umsonst gewesen sein, dass sie ihren schweren Zirben-Vollholzbettrahmen drei Stockwerke hinaufgeschleppt haben, zu dritt, Eleonora, Flora und sie.

Jen und Mona sollen sich doch die Haare täglich mit Palmöl-Shampoo waschen und Föhnschaum einkneten und mit dem Glätteisen Frisuren zaubern und sich schminken und all diese schicken Sachen tragen und Storys auf Insta posten. So wie sie früher auch. Erst haben sie geshoppt, danach haben sie sich gestylt und sind in ihre *prewashed* Jeans um 19,90 € geschlüpft und in die Kunstlederjäckchen; und dann ab in die Cafés und Clubs. Lilly hat sich ihre Haare gestern mit Roggenmehl gewaschen, mit Natron und Essigwasser, in das sie ein paar Tropfen Melissenöl gibt, weichgespült, genau so, wie es in diesem Zero-Waste-Tutorial vorgemacht wurde. Na ja. Sie sehnt sich nach den teuren Biokosmetik-Shampoos daheim, die ihre Mutter nachgekauft hatte, bevor sie zur Neige gingen. Aber nicht nach den Zeiten, bevor sie Nato kennengelernt hat. Nato, die in der Siebenten in die Klasse geplatzt ist, und kein Stein blieb auf dem anderen. Nato, die nackt in der Donau schwamm, sogar im Winter, und Lilly saß manchmal am Ufer und sah ihr zu. Nato, die ihr den Bruder Samu vorgestellt hat, bevor sie ab nach Peru ist, Entwicklungsarbeit.

Wenn du einmal die Tierversuchsanstalten gesehen hast, die Müllberge, die verdreckten chinesischen Flüsse, die Müllhalden und die versklavten Arbeiterheere, die Palmölplantagen, die Orang-Utan-Waisen, die Kinder in den giftigen Baumwollfeldern; dann kannst du nicht mehr säckeweise modischen Firlefanz aus den Textilriesen anschleppen und auch noch *Skinny Latte* schlürfen, hat Nato gesagt. Wenn Lilly jetzt noch die Kühe vor sich sieht, die von ihren Kälbern getrennt werden, dann hat sie schon wieder genug von der Welt, der sie bewusst den Rücken gekehrt hat. Lilly will alles richtig machen. Sie will aber nicht auch noch missionieren, wie Simone und Flora. Am besten läuft es natürlich mit Samu. Wie um das zu feiern, verdrängt sie den wütenden Vater im Café, klettert auf Samu und beginnt ihn zu küssen, hinter dem sicheren Vorhang ihrer langen, frisch gewaschenen Haare.

# 5
# Simone
***Februar***

*An den Kleinigkeiten merkt man zuerst, dass man sich ein Arschloch zum Zusammenleben ausgesucht hat,* schreibt Simone. *Bei mir war es das Klopapier, für das Jürgen sich einfach nicht zuständig fühlte. Wie oft ich zu improvisieren anfangen musste, während Hannah im Stubenwagen brüllte, und mit heruntergelassener Hose auf der Suche nach Taschentüchern durch die Wohnung watscheln, weil Jürgen, der pedantische Auswischer, schon wieder nichts als die leere Kartonrolle für mich übriggelassen hatte.* Sie schreibt es auf, auch wenn es peinlich ist. In einem Vortrag mit dem Titel *So wird das nie was* muss so etwas auch drinnen stehen. Eine Kleinigkeit, die flott zu einer Ungeheuerlichkeit anschwellen kann. Simone muss diese in ihrem Text erwähnen: wie sie mit Wochenfluss und Brechdurchfall angeschissen und vollgekotzt völlig übernachtig durch die Wohnung tappte, stolperte und der Länge nach aufschlug, und all das nur deswegen, weil der Kindsvater sich um so etwas Banales wie das Nachlegen einer Klorolle nicht kümmern kann. So wie sie sich darum gekümmert hatte, drei Tage zuvor, als er mit Darmgrippe über dem Klo hing. Weil frau das gelernt hat, das Kümmern, man aber nicht.

Das ist es, was in den Schulen gelehrt werden sollte, findet Simone. Wahrheiten, die diese jungen Studentinnen, vor denen sie sprechen wird, nie gehört haben. Warnungen vor dem, was da auf sie zukommt, wenn ein Teil der Gesellschaft nur gibt und der andere nur nimmt. Ganz normaler Alltagsfeminismus, das ganz banale Private, das hochpolitisch ist. Nicht diese abgehobenen Debatten um Transrechte und Sexarbeit. Auch alles wichtig, denkt Simone, aber die Wahrscheinlichkeit, dass all diese jungen Frauen mal Kinder kriegen und mit Brechdurchfall vor einer leeren Klorolle stehen, ist nun mal höher, als dass sie ihr Geschlecht wechseln oder selbstbestimmt gegen Geld Schwänze lutschen. Kann sie das so sagen? Natürlich nicht. Sonst ist sie gleich unten durch. Sie spürt, wie der Denkfluss in ihrem Kopf sich staut, verzweigt und schließlich stockt.

Simone lässt die Finger unzufrieden von der Tastatur gleiten und beschließt, eine Pause zu machen. Sie geht mit ihrer Tasse in kleinen Schritten in die Küche. Die rote Decke hat sie wie ein Saunatuch um die Brust geschlungen. Die großen Küchenfenster schauen auf den Platz, über den der Nordwind mit voller Wucht fegt und sich säuselnd durch die undichten Fenster zwängt. Im gläsernen Wartehäuschen warten frierende und zappelnde Schulkinder. Sie schraubt den Espressokocher auseinander, klopft den Kaffee aus dem Filter, füllt Kaffee und Wasser ein, schraubt zu und schaltet die Herdplatte ein.

Diese Ahninnengalerie ist ja schön und gut, aber dort, wo sie den Jesus von der Wand genommen haben, ist ein Schatten zurückgeblieben. Den sie übermalt haben, der Simone jedoch an etwas erinnert hat. Daran, dass sie den Herrgottswinkel neu befüllen wollte. Aber womit?

Sie war letzten Samstag auf einem Flohmarkt und hat gesucht und gesucht, nach etwas, das Jesus das

Wasser reichen kann. Etwas, das schützt, tröstet, Mut macht und auch mal um Hilfe gebeten werden kann.

Haben Sie etwas, das in einen Herrgottswinkel passt, außer Jesus? Etwas Weibliches? Hat sie einen durchgefrorenen Antiquitätenhändler gefragt.

Eine Muttergottes habe ich, hat der zufrieden geantwortet.

Nichts Christliches, hat Simone entgegnet.

Einen Putto hätte ich da, hat er gesagt.

Simone deutete auf den kleinen, wurstförmigen Penis zwischen den fetten Schenkeln des Engelchens.

Sieht schlecht aus, sagte er und ließ seinen Blick suchend über den Verkaufstisch wandern.

Hier, sagte er plötzlich und zog eine handtellergroße, verschämt ein Tuch an sich raffende Frauenfigur aus Holz aus einer Schachtel.

Simone fuhr über die Brüste, ihre Finger fanden die Brustwarzen, die sich durch das Tuch drückten. Sie biss sich auf die Lippen und legte die Figur zurück.

Danke, sagte sie.

Ihre Milch ist aus. Wessen Milch darf sie borgen, oder stehlen? In jedem Fach eine andere. Als sie noch zu dritt waren, gab es keine Fächer und keine Meins/Deins-Regeln. Es gab auch keine Milch-Diskussionen: Wer auch immer die Bio-Milch kaufte, wähnte sich in der Sicherheit, kein Verbrechen begangen zu haben. Das ist jetzt anders. Sie wusste auch schon vor Lilly und Flora, dass praktisch jede Milch einem Verbrechensakt entspringt. Kuhmilch, weil sie die Mutterkühe versklavt und ungeliebte männliche Kälber produziert. Mandelmilch, weil sie den Wasserhaushalt Kaliforniens zerstört. Hafermilch, weil sinistere Firmen darin verwickelt sind. Sie hat schon geahnt, dass sie sich als Omnivore unter Veganerinnen quasi mit jedem Bissen und jedem Schluck schuldig macht.

Wie löse ich das?, hat sie Lilly gefragt. Reicht es, wenn ich mich bei jedem Schluck und Bissen bei der Erde bedanke oder entschuldige?

Das Bewusstsein ist ein Anfang, hat Lilly gesagt und so lieb gelächelt, dass Simone sie im Glauben ließ, es ernst gemeint zu haben. Hier, koste meine Erbsenmilch mal!

Erbsenmilch, denkt Simone grimmig. Diese gesinnungstreuen Jungen und ihre Lust an der Correctness! Neben dem Kühlschrank zerfällt Marens Badeschwammkuchen unter einer Glasschüssel ungegessen zu Sand; sie wirft ihn in den Mistkübel. Sie tut den Jungen unrecht. Flora ist älter als Lilly und noch viel gesinnungstreuer. Sie spricht korrekt, isst korrekt, konsumiert und denkt korrekt und hält mit nichts davon hinter dem Berg. Eigentlich kann Simone gar nichts gegen Floras Sprach- und Konsumregime einwenden: Im Gegenteil, sie hat endlich ein Gegenüber, das sich traut, sie zu korrigieren. Trotzdem krampft sich etwas in ihr zusammen: bei den Sprechpausen genauso wie beim Kopfschütteln, mit dem Flora alles, was nicht vegan ist, ablehnt. Das ist vielleicht das Schlimmste: Die Gesten transportieren einen Vorwurf, der dann in Simones Kopf nachhallt, später, wenn sie sich ein Stück Käse in den Mund schiebt, wenn sie einfach das Binnen-I verwendet oder das Wort *man*. Persönlich wirken Vorwürfe besser als unpersönlich. Du darfst mir nicht böse sein, hat sie zu Flora gesagt, ich gehöre zu einer ausgelaufenen Generation von weißen Altfeministinnen. Wir werden ja eh bald aussterben!

Blödsinn, hat Flora gesagt. Wenn die Altfeministinnen eine Evolution durchmachen, müssen sie nicht aussterben.

Langsam nimmt der Kaffee Fahrt auf, die Kanne beginnt, sachte zu wackeln. Am Vormittag sind sie und Eleonora meistens alleine zu Hause. Alle anderen arbeiten. Auch Maren. Sie hilft überall aus, wo »Not am Mann« ist. Not a man, so sagt Simone dazu. Weil überall dort, wo scheinbar Not am Mann ist, Frauen arbeiten, und zwar unbezahlt. Maren ist eine von diesen Frauen, die ihren altruistischen Neigungen nachgehen müssen. Vielleicht geht sie gerade mit einem Hund aus dem Tierheim spazieren; oder sie kocht Suppe im Obdachlosenheim, oder sie hilft einem afghanischen Flüchtling Deutsch lernen. Sie wäre nützlicher, wenn sie ein bisschen mehr Geld einarbeiten würde. Simone hätte gerne, dass alle Frauen, auch die in der WG, viel mehr Geld verdienen. Auch Eleonora, die offiziell und geringfügig als Simones Assistenz angestellt ist. Um nicht ganz 400 Euro, für wie viele Stunden eigentlich? Zehn, zwanzig? Simone hat keine Ahnung. Nun, es ist Eleonoras persönliche Entscheidung, bettelarm zu sein. Aber Simone nervt das ständige Kratzen am Existenzminimum um sie herum. Endlich mehr Kapital haben. Sich etwas leisten können. Neue Fenster, eine neue Heizung. Ohne den Vermieter anbetteln zu müssen. Sie könnten für einen fetten, gemütlichen Buller-Ofen in der Küche zusammenlegen, inklusive Anschluss. Flora ist die Einzige, die neben Simone nennenswert Geld verdient. Lilly studiert und lebt von Papi. Maren kriegt eine magere Witwenpension, sie könnte mehr, aber sie will nicht. Ihre Genügsamkeit ist ärgerlich. Ich kann ja nichts außer ein bisschen nähen, behauptet sie, und zu alt sei sie auch. Betrachtet mich als alteingesessenes Haustier, sagt sie. Lieb, anschmiegsam, wohlgenährt, aber nur begrenzt nützlich!

Rot und sinnlos und ewig glüht das Ceranfeld um die kleine Espressokanne herum. Sie vermisst den Gasherd in der alten Wohnung.

Wie gehen wir mit Mitgliedern um, die die Gesellschaft mehr kosten, als sie ihr einbringen? Mit dieser Frage wurde Simone einmal in einer Podiumsdiskussion zur geschlechtergerechten Umverteilung konfrontiert. Sie ist geschickt um den Kommunismus herumgetänzelt und hat gleichzeitig die Faust gegen den Raubtierkapitalismus geschüttelt. Simone hat den Metaphernmuskel spielen lassen, und ein Zitat von ihr wurde von einer Influencerin auf Twitter gestellt und auf Social Media rauf und runter geteilt.

*Was, wenn wir Menschen nicht für ihre Anwesenheit bezahlen, sondern dahingehend bewerten, was uns ihre Abwesenheit kostet?* Seit damals hat sie einen Twitter- und einen Facebook-Account, die sie beide widerwillig angelegt und bestückt hat, bis Eleonora eingriff. Dreitausend Likes auf Facebook, hat sie gesagt, die verspielt man nicht leichtfertig. Überlass das mir. Jetzt pflegt Eleonora Simones Accounts mit Zitaten, Bildern und der Mistgabel. Insta, Twitter und TikTok stünden auch noch an, aber Simone hat keine Lust. Wie viele hübsche Insta-Bildchen und Sprüchlein muss sie sich am Tag ansehen, um den Anschluss nicht zu verlieren? Wie viel echter Revolutionsgeist ist im Netz zu holen? Der Netzfeminismus, den sie mitkriegt, schwebt gerade über dem Regenbogen ins Einhornland, während darunter so gut wie jedes Terrain, das in den Siebzigern erstritten wurde, von den Patriarchen zurückerobert zu werden droht.

Der Kaffee röchelt und spuckt, Simone schaltet den Herd aus. Diese Ökonomie des Zusammenseins. Naivität und wirtschaftliche Unbedarftheit haben so manchen Kommunen das Genick gebrochen. Revoluzzer können selten rechnen. Oder sie verkalkulieren sich bei der Wahl der Familienmitglieder. Die telegenen 68er-Kommunen, in denen sich alle hinter dem Kommunismus und dem Antiimperialismus verschanzt haben, nur, um sich endlich das Joch der Moral vom Leib ficken zu dürfen, hielten nicht lange. Oder zu lange. Sie denkt an Otto Muehl. Spätestens als er die Kontrolle über sein Ego und seinen Schwanz verloren hat, hätte man ihn rausschmeißen müssen. Aber die Männer gehorchten dem Alphamännchen, und die Frauen gebaren ihm Jedermannskinder, für deren Schutz sich kein Mann zuständig fühlte. Die humanitären Reinfälle schafften es immer schon in die Medien. Die funktionierenden, visionären WGs, die den Wandel lebten und nicht spielten, nicht. Manche waren vorbildliche Familien, wenn auch nur auf Zeit. Sicher welche, bei denen Frauen mitbestimmt haben. Anstatt über die Zweck- und Notgemeinschaften von vernunftbegabten Frauen und Männern zu berichten, die erstaunlich gut funktionierten, weidet man sich Jahrzehnte später immer noch an Geschlechtskrankheiten und Findelkindern der Promi-Kommunarden, damit die Gesellschaft in Schreckstarre verfallen kann. Seht her, was euch blüht, wenn ihr von der Kleinfamilie abweicht! Den Preis für die vermasselte Revolution zahlt ihr Frauen, mit euren unehelichen Bälgern, die im Puzzle der kapitalistischen Gesellschaft nirgends dazupassen. Über den Preis, den Frauen bezahlen, wenn sie sich in der Kleinfamilie aufopfern, redet niemand.

Simone hatte so viele Freunde und Freundinnen, die vieles richtig gemacht haben. Wo sind die jetzt?

*Irgendeine Milch,* schreibt Simone auf die Tafel. Soll Eleonora sich doch darum kümmern, welche. Simone hat als Pensionistin mehr Arbeit als je zuvor. Sie muss wiederkäuen, was schon so oft gesagt wurde, damit nicht in Vergessenheit gerät, was es zu verteidigen gilt. Sie muss E-Mails beantworten, die im Zusammenhang mit Big Sista stehen. Sie muss Seminare halten, Kontakte pflegen, bei Podiumsdiskussionen sprechen, Fragen beantworten, networken, sich unter Mitstreiterinnen aus Politik, Wirtschaft, Medien und Forschung mischen, ein bisschen Aktivismus betreiben. Dabei hat alles ganz harmlos begonnen: in der Mädchenbildung.

Ihr schulisches Projekt *Die Frauenschule,* in dem sie noch als aktive Lehrerin Ungeheuerlichkeiten veranstaltete, wie mit pubertierenden Mädchen die erste Regel zu feiern, hatte sie Ende der 90er in die Reihen der Wiener Sozialistinnen gespült, die gerne und viel darüber sprechen, dass sich doch etwas verändern müsse, irgendwann. Und von dort wurde sie weitergereicht in die Reihen der Intellektuellen, die gerne und viel darüber sprechen, woran es liegen könnte, dass sich nie etwas ändert. Und von dort wurde sie weitergereicht in die Kreise der Künstlerinnen und Medienfrauen, die ihr Geld damit verdienen, kunstvoll bis unterhaltsam zu verwursten, dass und wie sich nie etwas ändert. Simone wird bald sechzig, und ihr Idealismus geht zur Neige.

Seit Jahrzehnten schaut sie den Frauen beim Drohen zu. Theoretisch. Aber praktisch nie ließ eine ihr Kind fallen oder ihren Mann stehen, um ein Recht, das ihr auf dem Papier zusteht, einzulösen. Simone hat es mit Parteipolitik versucht, aber auch die Parteien sind ihr zu kompromissbereit, zu wenig radikal und viel zu hierarchisch. Wie viele Bücher hat sie schon darüber gelesen, wie viele Vorträge und Diskussionen gehört und geführt; und immer noch hat sie keine Antwort darauf, warum sich die Frauen nicht auflehnen. Trotz Altersarmut? Trotz ungleicher Bezahlung? Sexueller Gewalt? Ungleicher Machtverteilung? Nichts davon mündet in einer Revolution. Revolution, das ist ein großes Wort, das immer noch niemand in den Mund nimmt. Dabei führt nichts an einer Revolution vorbei! Noch schläft sie, wie eine gemächliche Anakonda in ihrem Terrarium unter der Wärmelampe. Und will gefüttert werden: mit Ideologien, Theorien, Opfern und Entbehrungen; und ab und an muss sie auch mal ihre Kinder fressen. Bis es ihr zu eng wird und sie sich unter das Volk wälzen darf, verursacht so eine Revolution nur Dreck, Streit, Missverständnisse und Hassnachrichten auf sozialen Medien.

Simone beginnt, Marens Brösel wegzuwischen, und weil der Küchenschwamm frisch ist und gut in der Hand liegt, wischt sie gleich weiter, über den Herd, die restliche Arbeitsfläche.

Jetzt kommt die Show, und alle haben eingewilligt. Sie ist der Halbritter dankbar für die Gelegenheit. Frauen, die einander gegenübersitzen und miteinander reden, anstatt aufeinander einzuposten – das ist doch mal was anderes. Die Vorverträge für Big Sista sind unterzeichnet.

Keine Angst, es ändert sich nichts, hat Simone gesagt. Wir leben unsere Leben. Und einmal im Monat sind wir Teil einer gut besuchten Publikumsdiskussion, aber wir sitzen auf dem Podium, wir können die Themen steuern, und Honorare gibt es auch.

Steuern?, hat Flora gefragt. Wir können uns ja die Leute nicht aussuchen.

Wir sind fünf, hat Simone gesagt, wir werden mit allen fertig. Und wir kochen. Schlimmstenfalls greifen wir zu unverdaulichen Maßnahmen.

Gansl, sagte Maren und grinste.

Bohnen, korrigierte Flora.

Wenn dieser Winter vorbei ist, beginnt sie zu denken und hört gleich wieder damit auf. Dann werden neue Winter kommen, und dazwischen brütend heiße Sommer. Wir werden Außenjalousien brauchen, und neue Fenster, denkt sie. Wie haben das die Lehrer und Schüler ausgehalten? Wie die Lehrerinnen und Schülerinnen? Kein Mensch und schon gar keine normale Frau will auf Dauer jeden Winter in einer Eishöhle und im Sommer im Backofen lehren und unterrichtet werden. Was ist schon eine normale Frau, denkt sie dann einlenkend. Maren nicht, weil sie panisch einsam ist. Flora nicht, weil sie bei allem, was sie tut, fanatisch ist. Lilly vielleicht noch am ehesten, weil sie naiv und unreif ist. Simone hatte anfangs Bedenken, weil das Zimmer so klein war, weil diese Lilly so tussig und bürgerlich daherkam mit ihrem langen goldenen Pferdeschwanz und ihren blitzeblanken weißen Turnschuhen. Aber Lilly ist zufrieden mit der ehemaligen Aktenkammer, und beschämt vernahm Simone später von Flora, dass Lilly eine vegane Klimaschützerin ist und alles, was sie trägt, aus nachhaltiger Produktion stammt. Nicht so wie du, sagte Flora und zupfte an Simones billigem Wollpulli.

Wir werden Geld brauchen, und einen Segen, denkt Simone, aber es wird schon irgendwie gehen. Sie trippelt wieder in ihr Chefzimmer, lässt sich in den Lehnstuhl am Schreibtisch fallen und liest, was sie schon für ihre Geschichte-Studentinnen geschrieben hat.

*Es geht nicht um ein bisschen Feminismus. Es geht um das Hinzufügen einer fehlenden Dimension. Ohne Mitdenken des weiblichen Parts bleibt die Geschichte eine zweidimensionale Darstellung. Jene Geschichtsschreibung, die uns von Kind an formt und uns den Platz zuweist, ist eine plumpe Abbildung, in der nur Krieg, Herrscher, Grenzen sichtbar sind. Männer haben die Sprache besetzt, die Liebe, den Glauben, die Wirtschaft, die Literatur. Die Frauen wurden aus dem historischen, spirituellen und wirtschaftlichen Weltgeschehen und sogar aus der Sprache geschnitten.*

Wie dick darf sie zum Thema *His-Story/Her-Story. Feminismus in der Geschichte* auftragen? Nicht zu dick, sonst graust den Studentinnen, aber auch nicht zu dünn, sonst bleiben sie hungrig. Despotische Kinder, die nicht wissen, wie dick sie die Butter auf ihre Brote haben wollen. Die manipuliert werden wollen. Geschichte mit emotionaler Sprache spürbar zu machen, sie mit einer längst überfälligen Empörung anzureichern; das ist Simones Aufgabe. Empörung darüber schüren, wie einseitig die Geschichtsschreibung strukturiert und gelehrt wird. Sie warnen, diese jungen, optimistischen Dinger, dass der Feminismus immer ein Thema bleiben wird, auch für sie, und es wird dringlicher werden, je älter sie werden.

*Das ganze Leben und Leiden wird ausgelassen, die Frauen werden ausgelassen, immer noch, immer schon, die Kinder, die Arbeiter, die Sklaven, die Machtlosen. Die den Geschichtsschreibern das Leben geschenkt haben, ihre Paläste gebaut und die Äcker bewirtschaftet haben.*

Das mit den Äckern und Palästen klingt jetzt sehr nach Agrarkommunismus. Ob sie damit bei den Jungen ankommt? Die brav ihre Pronomen aufsagen, mit Begriffen wie *weiblich gelesene Person* oder *FLINTA** hantieren und sich dabei in ihrer politischen Correctness suhlen?

Sie schlägt die Decke zurück, wickelt sich aus. Der Text erstickt sie. Ist es das wert? 400 Euro hat sie verlangt. Sicher viel zu wenig. Sie streckt sich, geht aufs Klo, geht ein bisschen im langen Gang auf und ab. Sie ist keine Hochschulprofessorin, sondern Mittelschullehrerin, Deutsch und Geschichte.

Wenn sie eine Funktion hätte, wäre sicher alles einfacher. Wenn sie einen dicken Bauch und einen weißen Rauschebart hätte, Universitätsprofessorin wäre, zu einer Partei gehörte, die für *die Sache* stünde. Aber diese Partei gibt es nicht. Es gibt nur Männerparteien, die Frauen in die erste Reihe schieben, wo sie dann wieder Männerpolitik machen dürfen. Keine Frauenpartei, die sich für deren Probleme starkmacht. Es gibt ja auch keine Frauenbewegung mehr, die Frauen sind eingerostet. Sie lassen sich vielleicht passiv bewegen. Vom Geld, vom Ehrgeiz, vom Gebrauchtwerden, von der Sucht zu gefallen; aber im Allgemeinen treiben sie auf einer vermeintlichen Sicherheit dahin. Sie muss sie anstacheln, dann bewegen sie ihren Arsch vielleicht wieder. Man muss halt schon fest stacheln. Manche sind abgestumpft, manche totgerackert, bei den anderen ist der Speck zu dick. Und bei den Jungen herrscht das woke Narrativ, das am liebsten im Internet aktiv ist.

Stell dir das einfach vor, Simone, sagt sie zu sich. Stell dir die Frauen wie eine Masse vor, wie einen vielzelligen Organismus, der riesig groß, aber bewegungsunfähig ist, weil die Zellen keine Verbindung zueinander haben. Eine gigantische Amöbe. Wie war das mit diesem Schleimpilz, der aussieht wie ein Spuckefleck, über den sie unlängst eine Dokumentation gesehen hat? Sein ganzes Schleimpilzleben kriecht er auf feuchtem Holz herum, ohne Hirn und ohne Ziel; keine intelligente Lebensform, nur lauter einfache Zellen. Aber dann, wenn es um die Arterhaltung geht, kriechen sie plötzlich zusammen, kommunizieren und erheben sich zu einem richtigen Pilz, mit Kopf und Stiel. Allerdings nur, bis die Sporen draußen sind. Dann ist der Zirkus auch schon wieder vorbei. So ein biochemisches Signal bräuchte es. Eines, das zum Erheben anstachelt, das dann auch anhält, bis endlich alles ausgehandelt ist, was sich seit den Siebzigern nicht mehr bewegt.

Damals, während dieser Pandemie mit ihren Lockdowns, hat es einmal kurz funktioniert. Erst hat ein Mediziner gefordert, dass die Leute ihre Kinder daheim lassen und nebenbei Homeoffice machen, dann hat ein Politiker betont, wie leicht das alles ginge, arbeiten, Kinderbetreuung, bisschen Kuchenbacken. Und als Lehrergewerkschafter dann verlangten, die Kinder müssten zum Schutze des Lehrkörpers noch länger zu Hause bleiben, platzte Simone der Kragen. Eher spaßhalber hat sie auf ihrer Facebook-Seite zu Protest aufgerufen. *Schickt die Kinder doch in die Lehrergewerkschaft, wenn sie nicht mehr in die Schulen gehen sollen. Oder gleich ins Kanzleramt,* postete sie. Aber anstatt den Aufruf nur zu liken, zu teilen und zu verlinken, vernetzten sich die Frauen, verließen ihre Häuser und schleppten ihre Kinder vor das Kanzleramt und die Lehrergewerkschaft. Die Muttis hatten Decken, Tee und Suppe in ihren Thermoskannen dabei; aber sie gingen. Endlich war der Leidensdruck groß genug! Sie verstopften die Straßen und schrien ihre Parolen in die kalte Märzluft. Und sie erreichten, dass die Kinder getestet wurden und der Lehrkörper geimpft. Aber dann war auch schon wieder Schluss mit Revolution.

Das war die dritte Welle an Likes, die Simone bekommen hat. Seitdem geht es so dahin, und nun fühlt sie sich ein bisschen zuständig für Revolutionsfragen. Weil es ja sonst keine zu sein scheint. Wo sind alle, außer auf Insta und Facebook? Schade, dass es keinen Beruf dafür gibt, kein Institut und kein Gehalt. Nicht mal in den linken Parteien scheint sich jemand dafür zuständig zu fühlen.

Die richtige Geschichte ist ein guter Anfang, denkt sie und schreibt. *Nie kommen Frauen vor, nie schreiben sie mit. Geschichte, wie sie geschrieben und gelehrt wird, ist eine Geschichte ohne Alltag, ohne Frauen und Kinder. Kriegsgeschichte. Nicht das Leben, sondern das Töten wird beschrieben. Nicht Alltag, sondern Allmacht in Königs- und Kaiserhäusern. Das Leben wurde von Menschen aufgeschrieben, die es nicht gegeben haben. Die es nicht aufgezogen und ermöglicht haben. Das Leben wurde von Mönchen und Gelehrten beschrieben, die damals schon in Umständen gelebt haben, die wir heute privilegierte Blasen nennen. Aus diesen Blasen heraus haben sie uns Frauen gezeichnet, verschwommen und unwichtig. In ihre Schulbücher haben sie uns gezeichnet, in ihre Romane und auf ihre Bilder. Unseren Kindern hat man eine Geschichte der weißen Lücken gelehrt. In die weißen Lücken hat man Hexen, böse Stief-*

*mütter und Starlets geschrieben. Wenn die Wirklichkeit für Frauen niedergeschrieben stand, dann in Verboten, die ausschließlich für sie reserviert waren. In ihre Gesetz- und Gottesbücher haben sie geschrieben: Du darfst nicht wählen. Du darfst nicht studieren. Du darfst nicht Rad fahren. Du musst gehorchen, gebären, schön sein. Du bist schuldig! Sie haben uns in ihre Gesetze eingesperrt, in ihre religiösen Gebote, in ihre sexuellen Ansprüche.*

Liest sich wie ein Revolutionsaufruf, denkt Simone zufrieden, als sie es noch einmal überfliegt. Fertig. Sie steht ruckartig auf, greift sich auf das Kreuz, wiegt es hin und her, kreist die Schultern, schüttelt die Beine aus, beginnt den ganzen Körper zu schütteln, als müsse sie die Gedanken durch ihren Körper rütteln.

Du betreibst Raubbau am Nervensystem. Das Drahtseil, auf dem du deine Balanceakte vollführst, wird immer schmäler, hat Hannah gesagt. Sie hat die Stimme ihrer Tochter freigeschüttelt. Sie werden dich irgendwann abknallen oder vergiften, bevor du die Frauen aufhetzt. Sie werden dich ruhigstellen, weil ungehorsame Frauen, das ist das Letzte, was sie brauchen können. Hannah und ihre Sorgen!

Sie folgt einem Impuls, zieht sich Schuhe, den dicken Mantel an, Haube, Handschuhe, und verlässt die Wohnung, als hätte sie es eilig. Auf der Straße der Wind. Die lange Ampelphase. Eine Ungeduld im Unterbauch, wie ein Darmvirus. Ein weißer Passat steht ein bisschen in den Zebrastreifen hinein, sie kann den Fahrer hinter der getönten Scheibe nicht erkennen, unterdrückt beim Vorbeigehen einen Schlag auf die Motorhaube und hastet weiter in den Park, schlägt irgendeine Richtung ein.

Mit dem Aufwärmen von alten Theorien ist sie natürlich nicht die Erste. Alles wurde spätestens im Zuge des Kampfes um das Frauenwahlrecht gekocht und wird jetzt in Wellen aufgewärmt. Erste, zweite, dritte Welle. Kein Wunder, dass es niemandem mehr schmeckt. Alles schon da gewesen, alles schon tausende Male ersonnen, ausgesprochen, niedergeschrieben, umzusetzen versucht. Andere waren schon erfolgreicher als sie, und charismatischer. Allerdings nie von Dauer. Die feministische Revolution in Deutschland und Österreich wurde von den Weltkriegen lahmgelegt, von Hitler. Man kann nachlesen, wie die Nazis revolutionäre Frauen auf Todeslisten gesetzt haben, sie ins Gas geschickt haben, ihre Schriften und Fotos vernichtet, ihre Bauten zerstört, ihre Bäuche mit Babys gefüllt. Eine konsequente Ausrottung.

Sie ist am Ende des Parks angelangt, biegt ab, die Wege sind für kurze Distanzen gemacht, sie entscheidet sich dafür, Runden zu gehen. Immer kredenzen sie Hitler. Wenn aber Hitler schuld war, warum gibt es keine Gleichberechtigung in England? In den USA? In Japan? In der Schweiz? In Saudi-Arabien und in Nigeria? Überall dort gab es keinen Hitler; und trotzdem regieren auf allen Kontinenten der Welt Männer, haben die wirtschaftliche Übermacht, stellen die Gottheiten, bezahlen Frauen schlecht, begrapschen sie und schieben ihnen all die unbezahlte Arbeit zu.

Zwei junge Frauen laufen an ihr vorbei. Unbeschwert sehen sie aus. Wartet nur, denkt Simone. Revolution. Ein großes Wort. Die größten Pleiten der Welt haben mit Revolutionen begonnen. Meist sind sie zum Wandel verzwergt. Wandel ist die lauwarme, bürgerliche Version von Revolution, die der Kapitalismus gnädigerweise erlaubt, ein träges Wälzen, eine Revolution light, eingeschlafen, bevor sie überhaupt aus dem Bett gekrochen ist.

*Wir im Bienenstock versuchen, am Patriarchat und am globalisierten Raubtierkapitalismus vorbeizuleben.* Das hat sie bei dem Vorstellungsvideo in die Kamera gesagt. Visionär bleiben, dick auftragen, Märchen erzählen. Immer in der Hoffnung, dass jemand anbeißt. Es ist wie Angeln. Anders kann man Träume nicht verkaufen.

Simone beschließt, sich aufzuwärmen und steuert das kleine Café an. Eins dieser hippen Cafés mit veganen Bowls und glutenfreien Kuchen. Sie stellt sich in die Reihe hinter einen Mann, der ein quengelndes Kind aus dem Wagen nimmt, während sein Kaffee zubereitet wird. Sie kauft sich auch einen Kaffee, lässt ihren müden Körper auf den Hocker an der fensterseitigen Bar fallen, der ächzt. Der Mann sieht kurz zu ihr her. Kinnlange Haare, eine lange Nase und dichte Brauen, er lächelt, dann zieht er sich seine Jacke aus, krempelt die Ärmel hoch und setzt das Kind geübt in den Hochsitz. Es streckt freudig die Arme aus, rudert euphorisch seinem Apfelmus entgegen, das der Mann mit großem Ernst verfüttert, immer wieder öffnet sich der Kindermund zeitgleich mit dem schönen Männermund, Löffel für Löffel. Sie sieht den beiden gerne zu. Diese neuen Väter, die ein paar Wochen in Karenz gehen, Kinderwägen schieben, Windeln wechseln. Die dieses patriarchale Ernährersein satthaben und ihre Kinder genießen können. Sind diese erwachten Männer endlich jene Komplizen, auf die sie so lange gewartet haben? Ist ihnen zu trauen? Noch lieber würde sie abgerackerte

Väter sehen, die da durchmüssen, und nicht dürfen. So wie sie durchmusste, egal wie müde sie war und wie verzweifelt. Wo sind diese Väter?

Ihr Telefon vibriert. Eine Nachricht vom Minister.

Treffen übermorgen Nachmittag?, fragt er.

Gerne, antwortet sie.

Was soll ich mitbringen?, fragt er.

Eine Heilige für meinen Herrgottswinkel, tippt sie.

Er schickt ein Fragezeichen.

Nicht Maria, keine Titten, kein Engel, und doch würdig, schreibt sie.

# 6
# Lilly
***Anfang März***

Sie öffnet den Kühlschrank. Nussmus, Cashewkäse, Lemonpickle. Ein paar verrunzelte Karotten. Natürlich, Samus vegane Grundausstattung. Lilly hat seit gestern Abend nichts gegessen. Es ist Mittag. Sie lebt ja auch vegan, seit drei Monaten schon. Nicht selten muss sie sich selbst daran erinnern, so wie jetzt. Dort, im zweiten Fach, stapeln sich die Tiere: Schinken, Käse, Joghurt, Pastete, Eier. Aarons Revier. Sie fixiert den Käse. Das Einzige, was ihr beim veganen Essen wirklich fehlt: Käse. Und Eier. Warum sich Samu Aaron für seine WG ausgesucht hat? Weil sie sich schon von klein auf kennen. Weil er zu faul war, sich einen unbekannten Mitbewohner zu suchen. Manchmal hat sie das Gefühl, Samu hat sich Aaron als eine Art Referenzmedium in seine Wohnung gesetzt; damit er sich gegebenenfalls über jemanden erheben kann. Über Aaron, den Autofahrer. Aaron, der Red Bull aus Dosen trinkt, Einwegrasierer aus Plastik benutzt und seine Anzüge und Hemden in die Putzerei trägt. Aaron, der nicht mal daran denkt, seinen Müll zu trennen. Wenn Samu von seiner Freediving-Expedition nach Hause kommt und ein schlechtes Gewissen hat wegen der Verbreiterung seines ökologischen Fußabdrucks, kann er in den Kühlschrank sehen und sich immer noch besser fühlen als Aaron.

Aaron weiß gar nicht, dass Lilly da ist. Ganz in Ordnung ist das nicht, dass sie sich hier aufhält, wenn Samu weg ist. Aber Aaron arbeitet wie ein Muli in einer

Unternehmensberatung, und normalerweise kommt er erst spätnachts heim. Hier ist ohnehin niemand zu Hause, und es lernt sich einfach besser im Ruhigen und Warmen. Samus Wohnung ist so überheizt, dass sie ihre Hose ausgezogen hat und nur mit einer Bluse bekleidet in der Küche steht.

Es juckt sie am Rücken, unter dem Pflaster, dort, wo der Hautarzt das Muttermal entfernt hat. Wie er sie angesehen hat. Er hat nicht gesagt: Bitte freimachen. Er hat gesagt: Ich will alles sehen, ja? Und wie er über das Muttermal auf ihrem Rücken gefahren ist. Gehörte das zur Behandlung, Verbindungslinien zwischen den Muttermalen zu ziehen, mit seinen grauslichen Gummihandschuhfingern? Und wie er dann mit dem Holzstäbchen die Schenkel aufgedrückt hat. Sie ist ganz starr geworden. Eigentlich müsste man ihn anzeigen. Aber wo? Mit welchen Argumenten? Und welchen Beweisen? Zu dem geht sie nie wieder. Sie beutelt das Erlebnis ab, stellt einen Topf mit Wasser auf und entzündet die Flamme am Gasherd. Ein bisschen Käse über die veganen Nudeln, denkt sie plötzlich, und an den scharfen Geschmack von Grana, und wie er sich, wenn er in der richtigen Korngröße gerieben wird, mit einem guten Olivenöl verbindet und an den Nudeln kleben bleibt. Oh ja. Nur dieses eine Mal. Sie öffnet den Kühlschrank, tatsächlich, in Aarons Fach liegt ein bereits angebrochener Grana Padano in seinem kleinen Plastikgehäuse und wartet auf sie. Sie holt die Reibe hervor, nimmt den Käse aus der Verpackung und setzt ihn an, da hört sie plötzlich ein Geräusch im Vorzimmer und in der nächsten Sekunde steht Aaron in der Küchentüre. Sie erstarrt mitten in der Bewegung.

Was machst du hier?, fragt er verwundert.

Käse reiben, sagt sie. Entschuldige bitte, ich wusste nicht, dass du zu Hause bist.

Er hebt das Kinn und grinst.

Meinen nicht veganen Käse, sagt er.

Sie spürt, wie sie rot wird.

Mach mir auch was zu essen, und ich erzähle Samu nichts von deinem … er sucht nach Worten … Delikt. Er geht um sie herum, nimmt ein Glas Bolognese-Fleischsoße aus dem Küchenkasten, stellt es ihr neben den Herd und geht wieder in sein Zimmer.

Sie muss gar nicht überspielen, wie ertappt sie sich vorkommt. Stattdessen ärgert sie sich jetzt über sein überhebliches Auftreten. Als sie ihn gerade vorhin im Türrahmen gesehen hat, sind ihr die Knie weich geworden vor Schreck: Im ersten Moment hat sie mit einem Einbrecher gerechnet. Aber jetzt hat sie sich wieder gesammelt. Sie ist erwachsen, Samu ist erwachsen, alle sind das. Was soll die Heimlichtuerei. Ja, manchmal macht sie eine Ausnahme, isst ein Stück Käse oder ein Milchbrötchen. Ihr Leben, ihre Entscheidung.

Die Spaghetti mit seiner Soße kann sie aber trotzdem kochen, quasi als Wiedergutmachung, dass sie sich hier in die Wohnung eingeschlichen hat wie ein Wärmeparasit. Sie hat sogar Spaß daran, ein paar übriggebliebene Gurken und Karotten aus Samus Gemüselade zu einem Salat mit Sesamöl, Zitrone und Sojasoße zu verarbeiten, aber beim Decken des kleinen Tischchens gibt sie sich nicht allzu viel Mühe; übertreiben muss sie es auch wieder nicht. Sie geht sich eine Hose anziehen, und als das Essen fertig ist, wartet sie darauf, dass Aaron kommt, aber er kommt nicht. Er muss sich doch denken können, dass die Pasta schnell fertig ist, er muss doch die Soße riechen können. Erwartet er tatsächlich, dass sie ihn zum Essen ruft wie ein kleines Kind? Nach weiteren fünf Minuten wird es ihr zu blöd.

Aaron, ruft sie schließlich und zuckt ein bisschen zusammen beim Klang ihrer Stimme. Essen ist fertig, das sagt sie nicht. Als würde sie sich dabei zuhören, wie sie in Zukunft ihre Kinder ruft, in einem Leben, das sie so nicht zu führen gedenkt.

Es wird immer noch so früh dunkel. Lilly schaltet das Küchenlicht ein, das indirekte, und setzt sich, da kommt auch schon Aaron und nimmt Platz, mit einer Selbstverständlichkeit, als wären sie ein altes Ehepaar.

Mahlzeit, sagt er.

Sie drehen schweigsam ihre Gabeln. Jetzt steht er auf, nimmt eine Flasche Rotwein aus dem kleinen Weinregal, entkorkt sie, schenkt ihnen beiden ungefragt je ein Glas ein, setzt sich wieder und prostet ihr zu.

Sie nimmt einen großen Schluck. Kein billiger Wein, denkt sie.

Sicher keine Fleischsoße?, fragt er.

Sie schüttelt den Kopf und blickt auf ihren Teller. Der Käse ist köstlich, der Wein verboten gut, so mitten am Nachmittag. Er hat schöne Weingläser genommen, teure, mundgeblasene, rät sie. Nicht diese dickwandigen, griechischen Tavernengläser von Samu. Sie blickt ihm jetzt ins Gesicht, in seine hellen Augen. Diese blasse Haut, diese magere, schiefe Nase mit dem verdickten Knochen unterhalb der Nasenwurzel.

Hast du dir einmal die Nase gebrochen?, fragt sie.

Zweimal, sagt er.

Wobei, fragt sie, beim Sonnenbrillen-Aufsetzen?

Er lächelt. Einmal ist mir in einem Club die Box auf den Kopf gefallen. Und einmal bin ich gegen einen Laternenpfahl. Mit dem Fahrrad.

Er legt die Gabel beiseite und nimmt einen Schluck.

Kannst du überhaupt Rad fahren?, fragt sie.

Etwas Schnippisches liegt in der Luft, eine feine Gereiztheit. Sie weiß nicht, wann sie das letzte Mal so lustvoll geflirtet hat. Vor Samu, lange vor Samu.

Sie mag seine Rätselhaftigkeit. Dieses Aussparende. Mittlerweile ist es so dunkel, dass die Küche schummrig ist. Der Wein in ihrem Kopf macht alles noch ein bisschen gemütlicher. Jetzt springt die Gastherme an, wie ein Kaminfeuer. Dann ist es wieder still. Lilly legt das Besteck weg und sieht Aaron ins Gesicht.

Worüber redet man, wenn man sich nichts zu sagen hat? Wenn man füreinander tabu ist? Natürlich weiß Lilly, warum sie so erregt ist. Fesselnde Gespräche erregen sie nicht; im Gegenteil. Mit intellektuellem Diskurs ist sie dank Samu und den Frauen reichlich gesegnet. Es ist das Schweigen, das sie beide um das Verbot, einander begehren zu dürfen, errichtet haben. Wie lauernd er sie ansieht.

Sie fühlt sich exklusiv, kostbar und verboten. Aaron schiebt den Teller von sich und greift ohne Ankündigung über das kleine Tischchen, greift Lilly in die Haare, auf die Ohren, auf die Lippen; als würde er ein Material überprüfen. Sie hält den Atem an und seinem Blick stand. Er steht auf, geht um das Tischchen herum und führt sie, den Zeigefinger sachte unter ihrem Kinn, langsam zu sich nach oben, sie spürt, wie ihre Beine mitmachen. Sie sind jetzt wenige Zentimeter voneinander entfernt und Lilly schließt die Augen. Sie riecht sein Deodorant, den Weinatem, in den sich Bolognesesoße mischt, spürt eine Art Unruhe, wie wenn man unter einem Hochspannungsmast durchgeht. Aarons Hand streift von unten an Lillys Seite, nimmt die Bluse mit, mühelos, mit der anderen Hand öffnet er den Knopf ihrer Jeans und dann den Reißverschluss seiner Hose. Das Geräusch zerschneidet die Stille.

Er küsst ein bisschen zu gierig, denkt sie, als er sie jetzt hochhebt und auf die Arbeitsfläche mit dem Brotschneidebrett setzt. Sein Mund schnappt nach ihrem, er hat harte, muskulöse Lippen und lässt sie sein Kiefer spüren. Sie wird nie wieder ein Stück Brot in dieser Küche essen können, ohne an das hier denken zu müssen. Er fühlt sich ganz anders an als Samu, bei dem alles prall und wuchernd ist. Aaron ist mager, drahtig. Glatt, nicht wollig. Seine Haare sind dünn und weich und nicht borstig wie Samus. Aaron hantiert gekonnt auf der Küchenzeile, als er ihr die Hose auszieht, fast so, als wäre sie nicht die Erste. Sie denkt kurz an ein Kondom, aber da spürt sie schon spitze Brotbrösel durch ihre Erregung hindurchpiksen, schiebt den Gedanken zur Seite und er ihr Höschen. Er berührt sie auf eine überprüfende Art, ob sie schon feucht genug ist, dann fickt er sie langsam und intensiv, mit eindringlichem Augenkontakt. Er hat genau die richtige Körpergröße für so einen Küchenfick. Aaron ist keiner dieser Männer, die sich auf den Zehenspitzen abmühen müssen, weil sie zu klein sind, und auch keiner, der sich die Kniescheiben anschlägt, weil er zu groß ist. Sie kennt Malheure mit Eintrittswinkeln, Uneinigkeit beim Rhythmus, plötzliche Scheidentrockenheit und schlappmachende Schwänze. Aber mit Aaron passt einfach alles, und wenn er noch ein bisschen länger durchgehalten hätte, wären sie vielleicht gleichzeitig gekommen. Das bisschen, was gefehlt hat, hat er mit dem Finger erledigt, und ihr Gesicht dabei forschend beobachtet. Als er sie vom Brotbrett hebt und auf den Boden stellt, spürt sie die Brösel gar nicht mehr; wahrscheinlich sind sie zu Mehl zerrieben.

Als sie aus dem Klo kommt, steht er wartend da, hebt sie auf, trägt sie in sein Bett, legt sie dort ab. Sie findet dieses Herumgetragenwerden ein bisschen affig, beißt sich aber auf die Lippen. Er zieht sich einen Lederstuhl ans Bettende, nimmt darauf Platz und betrachtet sie wie ein Exponat. Sie fühlt sich unwohl dabei.

Was mach ich nur mit dir, ist das Erste, was er sagt.

Lilly zieht die Beine an, lässt sie nach links und rechts schaukeln und sieht sich in Aarons Zimmer um, in dem sie noch nie war, und sie versucht, nicht daran zu denken, wem das Zimmer daneben gehört. Was sie sieht, hilft ihr dabei. Alles, was in Aarons Zimmer darf, muss schwarz oder weiß oder aus Glas sein, denkt sie, als sie vergeblich nach einer Farbe sucht, aber das passt zu Aaron. Wenn sie ihm ein Hemd kaufen müsste, wäre ein zartes Hellblau das Maximum, was sie sich an Farbe trauen würde. Sie überlegt, ihn damit aufzuziehen.

Stattdessen rollt sie sich in die Seitenlage und stützt sich auf.

Und wenn es nicht passiert ist?, sagt sie.

Es wird wieder passieren, sagt Aaron. Und wieder.

Lilly zieht die Brauen hoch. Ich muss jetzt wieder lernen, sagt sie. Er nickt und grinst.

Geh lernen, sagt er. Es klingt herablassend. Sie steht auf, streift ihm beim Vorübergehen mit der Hand über die Schulter, er schnappt nach ihr und drückt sein Gesicht mit einem Knurren in ihren Schoß, gibt sie erst nach ein paar Sekunden wieder frei, sie geht ihre Hose aus der Küche holen und macht die Türe zu Samus Zimmer zu. Was jetzt?

Bevor sie das schlechte Gewissen packt, zieht sie sich ihre dicken Socken an, packt den Laptop und ihre Unterlagen zusammen und verlässt Samus Wohnung fluchtartig, ohne sich von Aaron zu verabschieden. Die Stadt empfängt sie mit eisigem Wind, der ihr sofort unter die Kleidung kriecht, egal wie hoch sie die Zippverschlüsse zugezogen hat, egal wie fest sie sich in ihren dicken Schal eingewickelt hat. Den Weg von Samu zu ihrer WG kann sie theoretisch in zwanzig Minuten zu Fuß zurücklegen, was sie aber im Winter noch nie gemacht hat. Heute muss sie es, weil die Straßenbahn einen Triebwerkschaden hat, wie sie der digitalen Anzeigetafel entnimmt. Sie geht schnell, rasend, wie um sich auszunüchtern. Das gute Gefühl von vorhin hat sich vollständig aufgelöst, sie ist eine Lügnerin und Schlampe, sie hat sich vom Roommate und ältesten Freund ihres Partners auf dem Brotschneidebrett ficken lassen, ohne Kondom. Ihr graust vor sich selbst, sie hätte sich noch bei Samu duschen sollen, dort war das Badezimmer warm und kuschelig und nicht so ein Eisschrank wie im Bienenstock. Aber sich Aarons Sperma in Samus Dusche herunterzuwaschen und dann auch noch zu überlegen, ob sie sich mit Aarons oder Samus Handtuch trockenwischen soll, das schien ihr undenkbar. Sie quert Straße um Straße, der Wind kommt in Böen. Es Samu sagen? Dazu gehören zwei, denkt sie. Aaron müsste es auch mitteilen wollen. Sie ist doch glücklich mit Samu. Er ist seit nicht einmal zwei Tagen weg.

Als sie ankommt, plant sie, schnell in ihr Zimmer zu verschwinden. Im Vorzimmer der Wohnung stapeln sich die Schuhe ohne Absatz. Waldviertler Lammfellstiefel, gefütterte Öko-Treter, Sneakers. Wer hat da schon wieder Besuch? Sie setzt sich auf den Hocker im Vorzimmer, zieht ihre Stiefeletten aus und die dicken Filzpatschen an. Unbemerkt in ihr Zimmer zu gehen, ist ein unmögliches Unterfangen. Linkerhand ist die Küche mit der geöffneten Türe, an der alle vorbeimüssen. Man kann sich an diesem Zirkus hier nicht unbemerkt vorbeischleichen. Man ist Teil des Zirkus. Und Zirkus ist ja lustig.

Sie bleibt auf dem Hocker sitzen und horcht. Vier fremde Frauen müssen da sein, den Schuhen nach zu urteilen. Viele Frauen, viele Worte, denkt Lilly, und alle sehen sie wahrscheinlich aus wie Sozialarbeiterinnen: bewusstseinserweiternd, weltverbessernd, ein wenig ungepflegt. Sie überlegt kurz: Will ich jetzt da hinein, die Blicke der Frauen im Rücken, während ich darauf warte, dass das Wasser kocht, der Tee zieht? Lilly fühlt sich heimatlos. In den Bienenstock gehört sie nicht, weil sie sich nicht entschlossen für den Feminismus engagiert. Zu den Mädels gehört sie nicht, weil die ihre Nachhaltigkeit unentspannt finden. Zu Samu gehört sie nicht, weil sie zu oberflächlich und regelverschult ist und außerdem Aaron gefickt hat, und zu Aaron gehört sie nicht, weil niemand zu Aaron gehört außer er selbst. Sie gibt sich einen Ruck, steht auf, geht in die Küche, grüßt die Frauen, sie nicken, reden leise weiter, es geht um einen Termin. Sie setzt Wasser auf, hängt den Beutel in ihre Kanne und sieht auf ihr Handy. Frauentag, hört sie. Samu hat ihr eine Nachricht geschickt: *Kann erst nachts anrufen, bin hier schwer im Einsatz. Sieh selbst. Ist ziemlich fordernd. Love you.*

Er hat ein Foto von sich angehängt. Jemand hat ihn dabei fotografiert, wie er mit einem jungen Mann spricht, vornübergebeugt, aufmerksam, die Hände im Schoß, neben ihm sitzt ein Polizist. Diese Hingabe an eine Sache. Samu sieht aus wie jemand, der zu hundert Prozent das tut, wozu er geboren ist: das Richtige.

Man müsste diesen Frauentag völlig neu denken, sagt Simone plötzlich. Sie ist aufgestanden und geht auf und ab.

Dieser Frauentag. Das ist kein Protesttag, das ist ein Schlag ins Wasser, Jahr für Jahr. Immer sagen wir unsere Sprücherl auf und niemand hört uns zu. Es sind immer dieselben Frauen auf denselben Straßen, mit den immer selben Transparenten.

Vielleicht ist es das Problem, dass sich die Sprüche nicht geändert haben, sagt die eine fremde Frau.

Haben sie doch, sagt die andere. Es geht jetzt um die Rechte von Sexarbeiter:innen und Transrechte.

Na ja. Die demonstrieren da, wir dort. Es klingt spöttisch.

Er heißt ja auch nicht mehr Frauentag, sagt die dritte fremde Frau.

Stimmt, antwortet Simone. Es heißt jetzt Feministischer Kampftag. FLINTA*-Tag. Für weiblich gelesene Personen und alle, die dazugehören wollen.

Lilly zuckt zusammen. Fehlt noch, dass Simone gegen das Kopftuch wettert und den Schwarzen Feminismus ausklammert. Warum können sie nicht mit den Frauen mitmarschieren, die die große Kundgebung veranstalten? Was soll das mit dem eigenen Ding, das sie unbedingt machen müssen? Lilly ist nicht mit Transfrauen befreundet, aber sie folgt ihnen auf Instagram und versucht zumindest, deren Probleme zu verstehen. Sie kennt auch keine Sexarbeiterin, aber sie liest ihre Forderungen, und an denen kann sie nichts Falsches erkennen. Es ist doch immer noch die Solidarität, die das Wichtigste ist. Warum marschieren die nicht alle gemeinsam? Muss man wirklich eine Seite einnehmen? Wo ist sie hier gelandet? Flora würde etwas einwenden. Lilly hat keine Lust. Lilly muss duschen.

Wenn die Sache mit dem Abtreibungsverbot nicht wäre, würde mich dieser Tag nicht hinter dem Ofen hervorlocken, sagt Simone trocken.

Schau dir an, was die in Mexiko machen, diese Frauen vom Bloque Negro. Sie ziehen sich schwarz an, kämpfen wie Ninjas, besetzen Häuser und beschützen einander darin. Zum Frauentag fordern sie Rache für Femizide. Wenn sie Geld brauchen, blockieren sie die Straße und verlangen Wegzoll. Sogar die Polizei fürchtet sich vor ihnen. We are not hysterical, we are historical, sagen sie.

Das müsste man halt auch sein, wenn man es behauptet, sagt eine der Frauen traurig. Bei uns fürchtet sich niemand mehr vor dem Feminismus, und gefeiert wird er auch nicht.

Tja, denkt sich Lilly, als sie den Beutel hin und her durchs Wasser zieht, zurecht. Der Feminismus ist wie eine alte, kinderlose Tante, die niemand besonders gernhat, weil sie immer dasselbe plappert. Von der man trotzdem gern Geld nimmt, zu Weihnachten und zum Geburtstag, denkt Lilly jetzt, um dem Feminismus nicht unrecht zu tun. Aber ohne Verjüngung wird das nichts.

Wir werden natürlich trotzdem gehen, seufzt Simone. Nehmen wir halt die Schilder vom Vorjahr und vom Vor-

vorjahr. Ist ja alles noch aktuell. Na, Lilly, wie verbringst denn du den Frauentag?

Sie dreht sich um. Ertappt.

Ich hab ein Ganztagsseminar, lügt sie.

Ist schon gut, beschwichtigt Simone. Ich kann's dir nicht verübeln. Es ist ja auch nicht sexy, für was zu kämpfen, was einem vielleicht wieder genommen wird. Vielleicht werden die Frauen wieder aktiver, wenn man ihnen die Fristenlösung wegnimmt. Vielleicht wird es dann wieder ein bisschen spannender.

Du meinst das Abtreibungs-Volksbegehren?, fragt Lilly.

Ich mein das *Babys retten*-Volksbegehren. Und die beiden anderen Petitionen, die im Parlament eingebracht werden. Sie probieren es schon seit Jahrzehnten. Bis sie einmal Glück haben und die richtigen Mehrheiten, wie jetzt bald … nun, wir sind ja schon fast alle aus dem Schneider, grinst Simone. Aber du, in der Blüte der Gebärfähigkeit … Regt dich das nicht auf?

Lilly lässt den Beutel in die Tasse zurücksinken. Sie fühlt sich wie bei einer Prüfung. Die fünf Frauen sind ihr zugewandt, in Neugier, aber auch sorgenvoll. Eine sieht richtig schön aus, sie kommt ihr bekannt vor. Die andere sieht aus wie ein Klon von Simone, in ihren bunten Kleidern und mit ihren graumelierten, langen Haaren.

Wie in Polen, sagt Lilly.

Sie nicken.

Das geht doch bei uns nie durch, sagt sie. Das sind schon ganz andere Zustände, demokratisch und religiös.

Das ist ein einziger Paragraf, meine Liebe, sagt Simone ganz ruhig. Der ist schnell gestrichen.

Lilly sagt nichts.

Aber die Frauen fühlen sich sicher, führt Simone fort, während sie sich wieder ihrem Tee zuwendet. Es gibt doch die Pille. Und überhaupt. Wir haben jetzt Ministerinnen.

Meine Gedanken, denkt Lilly, warum spricht sie die aus? Noch bevor sie etwas sagen kann, erheben sich die Frauen, gehen ins Vorzimmer, und während Lilly wieder ihren Teebeutel ausdrückt, hört sie sie über Bücher sprechen und dann ist es still. Auf dem Weg in ihr Zimmer sieht sie, dass die fünf eine eigenartige Gruppenumarmung machen, still und andächtig. Lilly zieht sich in ihr Zimmer zurück, geht zum Fenster, schlägt den Vorhang ein wenig zur Seite. Weil der Wind durch die undichten Fenster pfeift, hat sie das Fenster mit einem großen, weinrot gemusterten Bettüberwurf verhängt. Ein Provisorium, das sie im Frühling abnehmen wird. Lilly freut sich seit dem ersten Tag, an dem sie eingezogen ist, auf den Sommer. Unter ihrem Fenster verwahrlost eine unbenutzte Zufahrt, allerhand trockenes Buschwerk bedeckt den aufgeplatzten Asphalt. Sie wird einen weißen, transparenten Leinenstoff aussuchen und zuschneiden lassen, und wenn die Hollerstauden im Mai Blüten tragen, wird sie Hollerblütensirup für die Frauen machen. Mit Birkenzucker. Wenn sie dann noch da ist.

# 7
# Simone
### *Ende März*

Nur ein kurzer Schlaf, vielleicht fünfzehn Minuten. Simone schläft zu schlecht und zu wenig. Sie hat heute Nacht von einer Fabrik geträumt, in der Menschenhaare zu Teppichen verarbeitet wurden. Männer-, Frauen- und Kinderhaare. Kahlgeschorene Menschen, die zu den Haaren dazugehörten, kauerten in einer angrenzenden Lagerhalle und warteten darauf, ihre Haare zurückzubekommen, und es lag an ihr, das zu bewerkstelligen. Als sie aufwacht, hat sie Herzrasen.

Sie versucht, an der Schwelle zum Halbschlaf zu verweilen. Ein Balanceakt mit einem Geheimnis: Sie darf sich nicht anstrengen. Sie muss ganz schwerelos verharren, über ihr der dahinplätschernde Gedankenstrom, unter ihr der tiefe Schlaf, und neben ihr die Traumgestalten, die es in Schach zu halten gilt. Die Wachgestalten, die sich dazwischendrängen. Hannah, mit tiefen Ringen unter den Augen, das schwitzende, kranke Kind auf dem Schoß. Simone rutscht endgültig aus dem Schlaf.

Sie kann die Müdigkeit ihrer Tochter spüren, sie hat sie durchs Telefon gehört. Wie oft wird die Enkeltochter noch krank sein und sie wird nicht da sein können? Und wenn Hannah das zweite Kind bekommt, wird ihr Simone auch für dieses Kind keine Hilfe sein können. Ihr Versagen als Mutter ist zu einem Versagen als Großmutter herangereift. Und doch würde es ihr Hannah niemals vorwerfen, dafür ist sie zu illusionsfrei aufgewachsen. Sie hat nie etwas anderes gesehen als den Ausnahmezustand. Die Rolle der übermüdeten, überforderten, berufstätigen Mutter ist für Hannah die Norm. Aber Simone war alleinerziehend, und Hannah hat einen Ehemann in Berlin, der als Geldautomat und Befruchter in Erscheinung tritt, zu anderem aber scheinbar nicht zu gebrauchen ist.

Da ist sie, die Wut, auf die du gewartet hast, redet sich Simone gut zu, da ist die Kraft, die dich aufstachelt und dich von der Couch loslösen wird. Jetzt brauchst du nur noch Klarheit. Trotzdem kommt sie nicht hoch. Tee wäre gut. Schwarzer, starker Tee. Da klopft es an der Türe. An dem sachten, dreiteiligen Rhythmus erkennt sie Eleonora. Komm rein, sagt sie.

Simone bleibt unbewegt liegen. Vor Eleonora schämt sie sich nicht. Ihr linkes Bein steht nackt unter der Decke hervor. Bläulich-weiß wächst das Fleisch aus dem dunklen, karierten Stoff, um gleich wieder in den dicken, grünen Wollsocken zu verschwinden. Ein Fremdkörper. Eleonora trägt ein Tablett in der Hand, mit einer Teekanne, Zucker, Milch, und stellt es auf das Couchtischchen. Dann setzt sie sich auf den Lehnsessel neben der Bank, auf der Simone liegt.

Du hast 37 neue E-Mails, sagt sie.

Simone stöhnt und dreht sich von Eleonora weg.

Vier Einladungen, drei Interviewanfragen, zwei neue Drohbriefe, einen davon würde ich anzeigen, sonst nur Blabla und Big Sista.

Welche Einladungen, murmelt Simone in den Polster.

Bei der nächsten Kundgebung von *Nicht schon wieder* sollst du sprechen. Und zwei Kongresse wollen einen Beitrag von dir, gibt Eleonora zurück. Und der Frauenstreik in Italien, die wollen dich als Rednerin …

Simone wälzt sich stöhnend auf den Rücken.

Was soll ich in Italien, sagt sie. Mit den Betschwestern machen wir keine Revolution. Sag Italien ab. Wir haben hier genug zu tun.

Sie waren beeindruckt von der Aktion letzte Woche.

Das glaub ich, sagt Simone zufrieden.

Auf der Bühne, die sie für die Abschlusskundgebung einer Demonstration letzte Woche aufgebaut haben, haben sie einen Engelmacher-Küchentisch nachgestellt, mit allem Drum und Dran: Kübel, Saugpumpe, Kürette. Eine Aktivistin hat sich draufgelegt, und eine Zeitzeugin, die in den Siebzigern fast an einer illegalen Abtreibung krepiert wäre, hat den Abbruch »performt«. Und sich danach von Simone interviewen lassen. Dabei hätte Simone selbst sprechen können. Es war ihre Idee. Ihre Erinnerung, ohne Betäubung, mit siebzehn. Sie hatte Glück, damals. Keine Infektion, keine Anklage, kein ungewolltes Kind. Und die Familie des Milchbarons hat gezahlt.

Ein Auszug aus einem Schlussstatement, für das sich Simone in einen weißen, blutiggespritzten Ärztekittel geworfen hat, und in dem sie laut und kräftig die bischöfliche Einmischung in ihre Unterleibsangelegenheiten beklagt und dabei die Faust drohend geschüttelt hat, hat ihr nicht nur einen Platz in den österreichischen Abendnachrichten eingebracht. In Italien und auch in Deutschland wurde darüber berichtet. Man gruselt sich wieder gerne ein bisschen vor dem kleinen Österreich mit seinem faschismusanfälligen Wahlvolk und seinen schneebedeckten Gipfeln und Politikern in Lederhosen: Als rustikale Schreckenskammer macht uns so schnell niemand Konkurrenz. Ein guter Zeitpunkt, um sich in den Spiegel zu schauen, liebe Nachbarländer, sagte Simone und erinnerte an die Annexion von staatlichen Krankenhäusern in Deutschland durch katholische Institutionen, die Frauen nach Vergewaltigungen die Pille danach vorenthielten. Oder an die umtriebigen italienischen Aktivisten, die *Städte des Lebens* errichten und abgetriebene Embryonen stehlen und begraben.

Mal sehen, ob sie noch etwas nachschieben können. Für die nächste Kundgebung – sie marschieren jetzt wieder regelmäßig – planen sie ein *Fest für den Abbruch*, da werden sie Babypuppen in Leiterwägen durch die Gegend karren und vor der Parteizentrale der Konservativen abladen. Dann wird die ganze Parteizentrale mit einer Projektion von Babys in Massen beleuchtet. Über allem soll die Frage prangen: Kümmert ihr euch denn um die Kinder? Ihre To-do-Liste bis dahin ist noch lang. Die Licht-Künstlerin anbetteln, die Puppen auftreiben, die Technik aufstellen, den Wagen organisieren. Es gibt ja noch ein paar übriggebliebene, rebellische Gruppen in diesem Land; bei Simone laufen sie momentan zusammen, für diese eine Kundgebung. Viel zu wenig kann sie delegieren. Immer noch so viel muss sie selber machen. Wo sind alle? Wie wenige Frauen mithelfen, mitgehen, mitstreiten; die meisten sind schon im vorigen Jahrhundert dabei gewesen, und einige ganz Junge sind dazugekommen. Aber mehr als ein paar Hundert sind es selten. Wer wie immer fehlt, sind die Frauen zwischen dreißig und sechzig. Was stimmt nicht mit dieser Generation? Haben die keine Angst vor einer Abtreibung ohne Narkose, vor Gebärzwang, vor dem Gefängnis, das uns hier gerade mit Babys ausgepolstert wird? Das wird sie beim ersten Big-Sista-Dinner ansprechen. Egal, wer zum Essen kommt.

Im Endeffekt haben sich drei WGs von insgesamt zehn Bewerbern qualifiziert. Die Grannys, die Queeren und die Bienen. Die Grannys sind drei Frauen zwischen siebzig und achtzig, bei denen sich Simone fragt, wo die Halbritter die aufgetrieben hat. In den Vorstellungsrunden saßen sie da wie die Golden Girls, drei lebensfrohe Omas, topfit, völlig unpolitisch, eine von ihnen hatte schon innerhalb der ersten fünf Minuten ein beruhigendes *Jetzt regen wir uns mal ab* auf den Lippen. Simone versteht schon, dass es die drei braucht, um all den Feminismus ein bisschen zu neutralisieren. Aber wonach werden sie die fragen? Hoffentlich nicht nach Kuchenrezepten. Ihre Wohnung liegt am Stadtrand, der seelenlose Neubau steht dort, wo früher Rüben angebaut wurden, gleich neben Spielplatz und Kindergarten und einer Bushaltestelle, die jetzt schon verwaist aussieht. Gefördert, genial, generationenübergreifend; so wie sich die Städtebauer das Leben abseits der Erwerbstätigkeit eben vorstellen: Muttis, Kinder und Omis sicher am Arsch der Welt verwahrt, während Vati arbeiten geht. Und obendrein können sich die gelangweilten Omis mit den in Krabbelgruppen abgeschobenen Kleinkindern anfreunden, damit Mutti ungestört putzen kann. Win-Win-Win zum Nulltarif.

Die Queeren sind schon ein ganz anderes Kaliber. Es sind fünf Frauen zwischen zwanzig und fünfundzwanzig, angenehm uneitel, haben wilde Frisuren, eine trägt Dreadlocks, für die sie sich gleich in ihrer Antrittsansprache vorauseilend gerechtfertigt hat. Drei von ihnen bezeichnen sich als queer, ohne genau darauf einzugehen, was für ein Queer; und eine, Priska, ist eine

Transfrau. Ihr Wohnprojekt, das mitten in Wien auf ehemalige Gleiskörper gebaut wurde, lässt in Simone Neid aufkommen. Holz, Öko-Heizung, ein ganzer Stall voller Lastenräder, Gärten, Hochbeete, Freiluftkino, Meditationsraum. Natürlich alles gefördert. Simone hofft fast auf Nacktschnecken. Ob sich die überhaupt in so eine vorbildliche Öko-Umgebung trauen? Niemand wohnt so abgefuckt wie Simone und ihre Frauen. Irgendetwas haben sie falsch gemacht – das ist jetzt schon klar.

Komm, du musst dich für die Wolkenstein schön machen, sagt Eleonora.

Simone setzt sich auf. Sie fühlt sich krank. Ihr Hals ist verklebt, der Nacken steif, sie kann den Kopf fast nicht nach links drehen. Den Tee rührt sie mit Milch und viel Zucker an. Keine schöne Farbe. Sieht nach Donauhochwasser aus. Nicht wie in England, wo der Tee, ist die Milch einmal drinnen, die Farbe von Rosenholz hat. Vorsichtig schlürft sie. Sie muss zusehen, dass die Wolkenstein bei der Diskussion rechts von ihr sitzt, damit sie sie im Blickfeld hat. Der Stricker, diese Schnapsnase, kann im toten Winkel sitzen, den muss sie nicht sehen, um zu wissen, was er im Schilde führt.

Wer kommt noch außer der Schnapsnase und der Wolkenstein?

Die Thomandl, eine neue Sozialistin …

Kenn ich nicht, unterbricht sie Simone.

… und das Gräuel.

Simone stöhnt schon wieder. Kardinal Greil, der feiste Gottesdiener mit der Engelsstimme und den tüchtigen Schweißdrüsen. Mit seinem großen Einfluss und seinen Krakenarmen, die bis in die Bundesländer und Gemeinden reichen, ist er ein fataler Multiplikator, vor allem, weil er einen direkten Draht zum Kanzler hat. Er brauchte nur ein-, zweimal drohend mit dem fetten Zeigefinger zu wackeln, und schon knicken die Landesräte ein. Und so sind in den zurückliegenden sechs Monaten die letzten Gynäkologen, die sich nicht geweigert haben, Abtreibungen durchzuführen, aus dem Landeskrankenhaus versetzt oder gefeuert worden, nachdem der Landesvater vom Kirchenvater ins Gebet genommen worden ist. Drei Krankenhäuser sind letztes Jahr in geistliche Hand übergeben worden, aus wirtschaftlichen Interessen, hieß es. Die progressive Sexualerziehung in den Schulen wurde schon vor Jahren abgedreht, aus Geldmangel, hieß es. Die Schrauben werden von mehreren Seiten gleichzeitig enger gezogen: die Kohle auf der einen Seite, der liebe Gott auf der anderen. Greil ist er einer der wichtigsten Treiber der Petition *Babys retten*. Sie kann sich ihn gut dabei vorstellen, wie er sich an einem Ministranten vergreift. Dann bestünde die Hoffnung, dass er wegen einer Missbrauchsaffäre in die gut gepolsterte Versenkung geschickt wird. Fast hofft sie darauf.

Soll ich dir später die Haare machen? Eleonoras Frage ist zärtlich.

Lass nur, sagt Simone.

Als sie sich dann im kalten Badezimmer im Spiegel betrachtet, sinkt ihr Mut. Sie braucht dringend Feuer in den Augen: Heute ist es Asche. Das Gräuel und die Wolkenstein in ein und derselben Diskussionsrunde, das ist, als würden zwei gewaltige Ströme zusammentreffen und die Fließrichtung vorgeben. Dagegen anzutreten, wird nicht leicht. Um da sichtbar zu bleiben, braucht es Kraft. Sie hofft darauf, dass die Sozialistin und die Theologin, deren beider Namen sie vergessen hat, ihr Schwimmhilfe sind. Obwohl, sie hofft nur auf die Theologin. Die führenden Sozialisten sind jetzt akademische Systemgewinnler oder aufgeblasene FH-Absolventen, die nie gearbeitet haben, die sich in die richtigen Anzüge stecken und mit den richtigen Phrasen abfüttern haben lassen, um als Arbeitnehmervertreter auftreten zu dürfen. Und die Sozialistinnen kommen seit Jahrzehnten nicht vom Fleck, weil die Ärsche ihrer Genossen ganze Sesselreihen verkleben; und außerdem: Der Nachwuchs schwächelt. Etwas, was die Konservativen nicht falsch gemacht haben. Naseweise Burschen und blutjunge Frauen ohne Wirbelsäule werden in Hosenanzüge und Kostüme gesteckt, in die erste Reihe geschubst, wo sie ihren Text aufsagen können. Es sind geschlechtslose Weichtiere, sie tragen die Haare geföhnt, Camouflage-Make-up, ein schwachsinniges Dauerlächeln auf den Lippen, und falten die manikürten Hände zu Körbchen, in die sich bitte der versprochene Wohlstand ergießen soll. Erst wenn es wirklich ernst ist, sinken die Mundwinkel und sie formen Rauten, Maßhalter und Problemgreifer. Simone hat den Eindruck, von Cyborgs umgeben zu sein, die das immer selbe Repertoire von Sätzen aufsagen.

Nicht allen Menschen gefällt das. Für die einen ist es souverän, wenn Politik aus einer Art Automat kommt. Oder einer Automatin. Für viele ist es das nicht mehr. Die wollen hemdsärmelige, tollpatschige Politiker, die genauso ungebildet, hilflos und benachteiligt vor sich hin menscheln wie sie selbst. Gern dürfen sie auch korrupt und spätpubertär sein. Hauptsache, alle stehen auf demselben Abstellgleis. Hauptsache, sie krempeln sich das von einer braven Frau gewaschene und gebügelte Hemd auf, bevor sie in den Alltagsdreck der

Volkssorgen greifen und planlos darin herumrühren. *Authentisch* heißt das, wenn man sich den Politiker dabei vorstellen kann, wie er sich den Hintern auswischt. Ihm wird alles verziehen. Das gilt natürlich nur für Männer. Frauen wird alles übelgenommen, weil sie ja nicht weniger als alles falsch machen.

Dabei glaubt Simone an die Macht der Authentizität. Sie wehrt sich mit Händen und Füßen gegen die Zuordnung zu einer Partei. Vielleicht ist das ihr größter Fehler: konsequent zu sein. Bis jetzt hat sie Vereinnahmungen, Schulungen und Spindoktoren abgewendet, auch wenn ihr oft dazu geraten wurde. Vom Minister etwa. Wenn du da dranbleiben willst, brauchst du einen Traktor und einen Führerschein. Networking. Seilschaften. NLP. Medientraining. Strategietaktik. Das hat der Minister alles gratis gekriegt, seit Jugendtagen übt er sich in den richtigen Gesten und Worten, in Parteiakademien, im Austausch gegen besinnungslose Loyalität. Das könnte sie doch auch alles lernen, gegen gutes Geld, versteht sich, oder gegen den Verkauf ihrer Seele. Lass mich in Ruh mit deiner Gehirnwäsche, hat sie zum Minister gesagt. Als er noch nicht Minister war, sondern Jugendbeauftragter für die Partei. Mitglied im Gemeinderat. Bürgermeister-Stellvertreter. Und so weiter, die Parteileiter bergauf.

In der Badewanne treiben ihre Arme nach oben, und dort, wo die Haut aus dem Wasser ragt, bildet sich augenblicklich Gänsehaut. Sie taucht wieder unter und rutscht tiefer, bis die Haut auf der Wasseroberfläche ihre Nasenlöcher kitzelt. Sie stellt sich vor, wie die Hitze in ihren Hals steigt. Der Hals ist ihre Schwachstelle.

Mandeln, die sich immer wieder entzünden. Heiserkeit, die sie verstummen lässt. Der Hals zeigt an, wie voll der Speicher ist. Eleonora hat ihr die letzten beiden E-Mails nicht vorgelesen. Simone spürt den Hass trotzdem. Jede einzelne Beschimpfung ist irgendwo gespeichert, auch wenn sie sich ein dickes Fell wachsen lassen hat. Nichts ist abgeprallt, alles in sie hineindiffundiert. *Du gehörst zurückgepudert und abgetrieben. Ein Rudel Afghanen sollen dich in deinen fetten Arsch ficken. Dabei bist du eigentlich zu grauslich zum Vergewaltigen. Verfickte Lesbenfut.* Manchmal versucht sie sich schönzureden, dass all diese Kränkungen sie erst widerstandsfähiger gemacht haben. Dass sie ausgeschieden werden können und sie immunisieren, wie Krankheitserreger. Doch fürchtet sie eher, dass sie sich angelagert haben, an Schleimhautwänden. Eingelagert in Fettzellen. Sie stellt sich die Kommentare wie Holzspäne und Widerhaken vor, die in ihrer Seele vor sich hin eitern.

Simone schließt die Augen und taucht unter. Eleonora, die sich die Zähne putzt und das Gesicht wäscht, während Simone sich in der etwas zu kleinen Wanne zusammenfaltet. Eleonora, die Simones Körper gerne ansieht, über seine Narben, Muttermale und rauen Stellen streicht, mit ihren trockenen Handflächen. Es ist schon fünfzehn Jahre her, dass sie etwas miteinander hatten; und es hat nicht lange gedauert, ein paar Wochen, eine intensive Phase, die mit einer völlig aufgelösten Eleonora und einer ratlos danebenstehenden Simone endete. Eleonora kann nicht lieben und dabei ganz bleiben. Schon gar nicht mit Simone. Seitdem ist es vorbei mit den zufälligen Begegnungen, ausgehend von einer Massagesituation oder einer Hilfeleistung beim Brauenzupfen oder Schließen eines Zippverschlusses am Rücken. Simone spürt, wie die Luft weniger wird. Eleonora, die den Klavierhocker ein bisschen näher zur Badewanne schiebt, fragt: Soll ich dir die Haare waschen? Während das Wasser immer noch leise plätschert, shampooniert sie Simones Haare und spült sie mit dem Duschkopf aus. Ihre Lunge brennt, prickelt, jetzt muss sie gleich auftauchen. Und während die Haarpackung einwirkt, massiert ihr Eleonora zuerst die Kopfhaut, dann den Nacken, die Schlüsselbeine und das Dekolletee, sie wartet auf das Signal, dass ihr Simone die Wirbelsäule entgegendrückt, dass die Brüste aus dem Wasser ragen, und zuletzt das Becken. Nie hat Simone ihr ins Gesicht gesehen. Eine Art Deal: Wenn sie einander nicht ansehen, hat es die Natur einer Dienstleistung, die Intimitätsgrenzen zieht. Zum Kommen tauchte Simone gerne unter, und wenn sie auftauchte, hatte Eleonora den Hocker schon wieder zurückgestellt und das Badezimmer verlassen.

Simone schießt aus dem Wasser, ringt nach Luft, greift zum Shampoo, wäscht sich die Haare langsam und gründlich. Der Schaum knistert in ihren Ohren. Die Art der Kränkungen hat in den letzten zehn Jahren eine Evolution durchgemacht. Die sexuellen Gewaltandrohungen sind zurückgegangen. Sie ist wirklich aufgrund ihres Alters weniger fickbar geworden, wenn auch nicht unpenetrierbar, mit Gegenständen aller Art. Die Gewaltandrohungen sind symbolischer geworden. *Haare ab und damit das Maul stopfen. Verpasst ihr einen Beißkorb. Gebt ihr eine Maulsperre!* Ein bisschen erinnern die Fantasien an die des 19. Jahrhunderts, wo die Suffragetten mit eisernen Kieferschlössern dargestellt wurden und mit in Schraubstöcke eingeklemmten oder auf Tischplatten angenagelten Zungen.

Sie stellt sich vor, wie die Wolkenstein unter der kalten Dusche steht und ihren hageren, sich metallisch anfühlenden Ausdauerkörper lieblos mit einer groben Bürste abschrubbt, um sich besser gegen die Anfeindungen zu wappnen. Schrubbt, bis die Haut krebsrot ist. Bis sie zu bluten beginnt. Siehst du, Simone, sagt sie zu sich selbst, auch du lässt deine Abneigung gegen die Gegnerinnen an deren Körpern aus. Aber mit der Wolkenstein brauchst du kein Mitgefühl haben. Das erlaubt die sich selbst gegenüber auch nicht, wie sie in einem Interview verlauten ließ. Für die Ausdauer: Langlauf im Winter, Berglauf im Sommer, Dauerlauf sowieso immer. Für die Konzentration: mentales Training und Meditieren. Und für die Frauen: das Verbluten nach den illegalen Abbrüchen. Das hat so eine dann zu verantworten. So eine hat keinen Anspruch auf Simones Mitgefühl. Die Wolkenstein gehört zu den Rechten, aber die kommen ja gut mit den Konservativen aus. Und alle beide haben überhaupt keine Distanz zu den Katholiban. Diese Schamlosigkeit, mit der die Katholiken seit Jahren das Kanzlerumfeld infiltrieren. Gebete im Parlament, Pro-Life-Petitionen unterstützen, und solche PR-Aktionen wie die mit der jungen Tirolerin, die nach einem Abbruch angeblich keine Kinder mehr kriegen kann und sich von der Kirche instrumentalisieren lässt. Als wäre das, selbst wenn es stimmte, nicht erst recht ein Grund, Abbrüche endlich ordentlich zu legalisieren und mehr Personal auszubilden! Aber stattdessen gab es eine buchstäbliche Pro-Life-Kampagne auf Social Media und die Religionslehrer aller Konfessionen an den Schulen sprangen auf. Es war absurd.

Eine Amputation des Paragrafen steht im Raum, die Aufschnürung, eine völlige Neuformulierung. Man will sich das gar nicht vorstellen.

Während Simone im warmen Wasser treibt und aufquillt wie eine gewässerte Semmel, ist die Wolkenstein wahrscheinlich die Neue Donau entlanggetrabt, zehn oder zwanzig Kilometer, und hat sich dabei mit Jesus ausgetauscht, oder ein Coach hat sie begleitet und scharfgemacht. Aber sie darf die Wolkenstein nicht hassen. Im persönlichen Gespräch tut sie sehr wohl mitfühlend, wenn auch auf eine beherrschte Art. Zuvorkommend und korrekt, dressiert darauf, Kompromissbereitschaft auszudünsten. Die ist auch nur eine Frau, die geliebt werden will, denkt Simone. Nur nicht von Frauen. Sondern vom Kardinal, vom Parteivorsitzenden, vom Wähler, Frauen mitgemeint. Wie kann so ein Mitgefühl sich so schnell in Herzlosigkeit wandeln, wenn die »falschen« Motive vorliegen? Wie kann eine Frau Mitgefühl für eine andere Frau haben, die ein Kind gebärt und liebt, und gleichzeitig einer Frau, die verzweifelt ist, in einer Notsituation, und kein Kind haben möchte oder kann, ihr Mitgefühl verwehren? Simone hält die Luft an und taucht ab. Die quiekenden Geräusche ihres an der Badewanne reibenden Körpers beruhigen sie, das leise Rasseln des Kettchens, mit dem der Stöpsel des Auslaufs befestigt ist.

Langsam fangen die Medikamente an, zu wirken. Wie das mit dem gespaltenen Mitgefühl funktionieren könnte: Es wäre eine Liebe, die darauf abgerichtet sein muss, bei Fuß Opfer zu bringen, wenn das Herrchen es verlangt. Eine an Bedingungen geknüpfte Liebe. Den Sohn töten, wenn Gott es verlangt. Die Ungläubigen vernichten, wenn Gott es befiehlt. Das ist es, was diese

Männerkirchen uns seit Jahrtausenden von ihren erhabenen Sockeln herab lehren. Liebe deinen Nächsten, aber nur bis auf Widerruf. Pass mit deiner Liebe auf, wenn der Nächste eine Nächste ist. Liebe diese Nächste nur, solange sie ihre Möse und ihren Uterus nicht selbstbestimmt benutzen will. Liebe sie nicht, wenn sie aufmuckt und auch einen Platz auf dem Sockel will. Dann verstoße sie, bespucke sie, mach sie zu deiner Hure oder schick sie zum Teufel.

Der Minister hat ihr eine Venus von Willendorf geschenkt, sie ist genauso winzig und ockerfarben wie das Original, nur aus Plastik.

Dass ich nicht selbst draufgekommen bin, hat sie ausgerufen.

Eine Göttin, die ihr anbeten könnt, hat er gesagt.

Wenn du das sagst, hat sie geantwortet. Jetzt ärgert sie sich darüber, ihm nicht widersprochen zu haben. Sie will keine Gebete in dieser WG. Die Venus soll einfach ihren Platz im Herrgottswinkel einnehmen, ihre Arme auf den Brüsten ruhen lassen und ihr gemütliches Bäuchlein raushängen lassen. Eine Art Schutzamulett für die nächsten Wochen, bis zur Wahl. Das reicht Simone schon.

Sie steigt aus dem Wasser, trocknet sich ab, kämmt sich die langen, grauen Haare zurück. Das Gesicht ist jetzt gerötet, mit wilden Augen, die Falten wie mit einem Messer gezogen. Sie reißt die Augen auf, streckt die Zunge raus, wackelt mit dem Kopf, gibt dabei ein beschwerlich klingendes Keuchen von sich. Dann steckt sie den Fön an, beugt den Kopf vornüber und bläst in die Haare. *Alte Hexe.*

# 8
# Lilly
*Ende März*

Lilly bereut schon, dass sie ihr Hilfe angeboten hat, aber Marens aufgelöster Gesichtsausdruck ließ gar nichts anderes zu. Sie wollte sich doch nur schnell eine Wollnadel ausborgen, um das Loch in ihrem Lieblingspulli zuzunähen. Panisch wuselt Maren in ihrem Zimmer herum, sieht hinter das Bett, in den Kasten. Lilly tut es ihr gleich, sucht nach dem Häschen, das entkommen ist.

Die Käfigtüre war doch zu, jammert Maren. Wieder und wieder sieht sie unter dem Bett nach, hinter dem Schreibtisch. Hab ich die Türe offen lassen? Oder kann sich so ein Häschen die Türe selbst aufmachen?, flüstert Maren und blickt sie ratlos an.

Lilly zuckt die Achseln. Sie versteht nicht, warum man unbedingt ein Häschen in einem Käfig einsperren und in seinem Zimmer verstecken muss, weil es gegen die WG-Regeln ist. Sie versteht allerdings auch nicht, was die große Katastrophe an so einem Häschen ist.

Dabei ist Flora gar nicht allergisch, schimpft Maren vor sich hin.

Maren geht in die Knie, legt ihr Ohr auf den Boden und blickt hinter das Nachtkästchen. Da bist du ja!, ruft sie erleichtert. Sie greift ums Eck, ein abruptes, schnaubendes Geräusch, gefolgt von heftigem Klopfen, sie erschrickt und zieht ihre Hand schnell wieder zurück, aber sie lächelt.

Der kleine Pankhurst fürchtet sich. Maren dreht sich zu Lilly um. Du weißt schon. Emmeline Pankhurst. Ich dachte, das würde die Truppe vielleicht milde stimmen, wenn sie ihn entdecken sollte.

Ich habe ihn im Februar im Park aufgelesen, plappert Maren vor sich hin. Wie man einen Hasen im Park aussetzen kann, mitten im Winter!

Maren bekommt das Tier zu greifen, steckt es in den Käfig, stellt ihn so zwischen Bett und Fenster, dass er auf den ersten Blick nicht sichtbar ist. Danke, sagt sie, obwohl Lilly gar nichts getan hat, außer im falschen Moment in die Suchaktion geplatzt zu sein. Jetzt umarmt sie Lilly auch noch. Lilly versinkt in diesem warmen, kleinen, elastischen Körper wie in einem stramm gefüllten Polster. Sie fühlt sich an wie eine Omi, denkt sie.

Dann sieht Maren auf die Uhr. Schnell, schnell, die Sendung hat schon begonnen!

Ach ja. Simone schauen. In der Küche sitzt schon Flora, in eine Decke gewickelt und die Beine auf einem anderen Stuhl hochgelagert. Der Fernseher läuft. Eleonora hat den immer selben weinroten Wollmantel an und die Knie angezogen in ihrem Ohrensessel. Sie hat einen Thermophor auf dem Bauch liegen und eine Thermoskanne Tee neben sich stehen; blass sieht sie aus, und sie scheint immer dünner zu werden. Lilly lehnt sich an den Herd, sie bleibt lieber stehen.

Die Diskutantinnen und Diskutanten sitzen in einem blau und silbern schimmernden Studio, Simone ist leicht zu erkennen, die Zweite von links. Maren bringt den Stuhl quietschend in Position und setzt sich; Flora schickt ihr einen warnenden Blick. Soeben spricht ein Mann mit fahlem Gesicht, das aussieht, als wäre es zu stark gepudert worden. Er spricht vom 21. Jahrhundert und fortgeschrittenen Technologien, und davon, dass es andere Wege geben müsse.

Ganz am Rand sitzt Schnapsnase Stricker. Lilly erkennt den Rechtspopulisten, der ein paar Jahre in der Versenkung verschwunden war, wegen eines Korruptionsskandals, und schon ist er wieder da.

Aah, der ist aber fett geworden, sagt Maren. Eher aufgedunsen, denkt Lilly. Alkohol. Sieht man gleich. Lilly versteht nicht, warum immer noch nicht mehr gekifft wird. Vom Gras kriegt man nicht solche Hängebacken und Tränensäcke. Andererseits. Populistische Politik machen und Saufen gehören zusammen. Alkohol, Schnitzel, Facebook, Xenophobie, Autofahren und Machogehabe – das gehört alles zu dieser Boomer-Generation. Im Gegensatz zum Alkohol scheinen dem Stricker seine Skandale nicht zu schaden. Die labile grün-konservative Koalitionsregierung hat sich fast eine ganze Legislaturperiode über Wasser halten können, viele Kompromisse wurden gefunden und umgesetzt, aber jetzt, vor der Wahl, ist Schluss mit der Einigkeit. Auf den Plakaten steht es wieder jeder gegen jeden, findet Lilly. Sie hat sich nie sonderlich für Politik interessiert, von ihrem Wahlrecht hat sie aber immer Gebrauch gemacht, sie hat das angekreuzt, was ihr instinktiv am unverdächtigsten schien: die Grünen. Jetzt, in Vorwahlzeiten, pflastern viele neue Gesichter, neue Namen, neue Slogans die Stadt; für Lilly, die sich schlecht Namen und Gesichter merken kann und in einer WG wohnt, in der ständig über diese Menschen geredet wird, eine Qual. Aber die wichtigsten Köpfe, zumindest die parteilichen Ideale bleiben ja meist unverändert. In der Politik ist es ein wenig so wie in den Klatschzeitschriften, findet Lilly. Trotz ständiger Neuigkeiten bleibt alles gleich. Könige, Prinzessinnen, Models, Schauspieler: immer dieselben Gesichter, immer dieselben Geschichten, auf Erfolg folgt Absturz, auf die Diät die Fressorgie, auf Liebe folgt Hass, und auf einen Partner der nächste. Es reicht doch zu wissen, dass der Stricker bei den neuen Rechten ist, und dass die laut Simone die ganze Latte der antifeministischen Familienplanung und Pflege anstreben, also: Frauen in diesem Land sollen Kinder kriegen, Abtreibung verboten werden, Muttis zu Hause bleiben, Kindergeld und Gebärprämien verteilt werden, und Ausländer sollen aus diesem Land raus oder besser gar nicht rein. Und es reicht zu wissen, dass die Konservativen das eigentlich auch alles wollen. Weil die alten Österreicher, die immer mehr werden, das eben so wünschen. Schon immer. Das Rote und das Grüne waren ein Ausrutscher, Zwischenspiele, sagt Simone. Es läuft alles auf eine neue Rechts-, Ganz-Rechts-Koalition hinaus. Und deswegen auf eine feministische Katastrophe.

Der Stricker wippt ein bisschen vor und zurück, die Kamera schaut ihm dabei zu.

Wer sind die ganzen anderen, fragt Maren. Ich kenne keine Sau.

Geh Maren, lies doch einfach die eingeblendeten Untertitel, antwortet Flora ungeduldig.

Lilly fragt sich, warum Maren so nervt. Sie muss doch den Greil kennen, und lesen kann sie auch. Es macht ihr sichtlich Spaß, Flora zu reizen, die sich jetzt nach vorne beugt und sich ärgerlich ihre Füße knetet.

Simones Clan vor dem Fernseher, denkt sie. Matriclan. Matriarchat, ein Wort, das Assoziationen mit Amazonen und schwanzabschneidenden Hexen erweckt. Simone spricht viel über Matriarchate, die ihre schlechte Reputation nicht verdient haben. Auch das Wort Clan ist besetzt. Beschwört allerdings Schottenröcke herauf, keulenförmige Männerwaden und freischwingende Genitalien, Stoffmuster, und Galerien von rotbärtigen Männervisagen. Ku-Klux-Mützen. Der ganze Feminismus ist voller ramponierter Worte, die beim besten Willen nicht mehr sexy poliert werden können.

Jetzt sieht man Simone sprechen, kurz, bevor sie wieder unterbrochen wird. Diese ruhige Art. Bei ihr wurde die Maske gut gemacht. Wie sie sich abhebt von den ganzen Anzugmännern und Hosenanzugfrauen. Das grün und türkis wabernde Top geht auf Marens Kappe. Sie hat es auf dem Flohmarkt erworben und umgeschneidert, so, dass es Simone passt. Bis jetzt ist Simone allerdings nicht viel zum Reden gekommen. Die Moderatorin versucht immer wieder, alle in die Diskussion hineinzuholen, aber der Stricker und die Sozialistin drängen sich ständig in den Mittelpunkt. Lilly findet es wichtig, dass die Kleidung passt. Vor allem, wenn man gefilmt wird, überhaupt als ältere Frau, von allen Seiten, noch dazu in sitzender Position. Mit der dunkelblauen Hose, den türkisen Schuhen und den weißen, locker hochgesteckten Haaren hebt Simone sich von diesen langweiligen Parteisoldaten und ihren Helmen ab.

Jetzt zischt Flora durch die Zähne, als wäre ein Tor für die gegnerische Mannschaft gefallen.

Was hat Lilly schon wieder verpasst? Ach, der dicke Priester. Dass die katholische Kirche sich traut, so eine Figur an so prominenter Stelle zu platzieren. Ein Fettwanst, der Verzicht und Mitgefühl verkörpern soll und gern mit dem Zeigefinger wackelt. Ein Hassobjekt wie aus dem Katalog. Den Feministinnen soll's recht sein, denkt Lilly. Jeder unsympathische, pädophile Priester, der die Katholiken in die Flucht jagt, kann doch nur ein Stein im Brett des Feminismus sein. Oder? Jetzt zitiert er die Bibel. Sehr originell. Dass das immer noch zieht. Glaubt doch keiner mehr an Gott. Geht doch keiner mehr in die Kirche. Zumindest niemand, den Lilly kennt. Da räumt sie der Theologin schon eine höhere Glaubwürdigkeit ein, die gerade gebeten wird, dazu Stellung zu nehmen, ob und wie Gott Empfängnisverhütung gutheißen kann. Jetzt sind sie erst beim Verhüten und schon gibt es Diskussionsbedarf. Ungeheuerlich eigentlich. Die Pille gibt es doch seit gefühlten 100 Jahren. Manchmal fragt sich Lilly, ob diese Diskussionen tatsächlich tagesaktuell sind. Die Theologin ist grau in grau, von den Schuhspitzen bis zum Scheitel. Auch ein Statement. Zählt auf, was alles erlaubt ist, wie es woanders gehandhabt wird, und was man ethisch besser lösen könnte. Überhaupt, wenn es mal schiefgeht. Die Bedenkzeit vor der Abtreibung, sagt sie, ist doch ein zumutbarer Beitrag.

Aber sie ist nicht mit den Menschenrechten vereinbar!, ruft Flora dazwischen.

Lilly sieht sich die Rücken der drei Frauen an. Die halten zusammen, denkt sie, und sind ideologisch bei fast allem auf ein und derselben Schiene. Alle außer Lilly, dieses bürgerliche, verwöhnte Gör, das muss noch feministisch erzogen werden. Wartet nur, denkt sie. Sie weiß schon. Sie ist zu sehr mit ihrem eigenen Leben beschäftigt. Sie ist 21, in Ausbildung, ledig, keine Familienplanung, und nein, kein allzu großes feministisches Engagement. Sie geht nicht auf Demos, sie schreit keine Parolen, sie schwingt keine Fahnen. Dafür ist sie in der Theorie auf dem nächsten Level. Sexarbeit, Body Positivity, Transrechte, Intersektionalität. Das sieht sie alles viel entspannter. Unser Küken, sagt Maren zu ihr.

Damit kann sie leben. Was aber erwarten die anderen sich von ihr? Flora etwa erwartet sich von allen mindestens das Beste. So ist Flora. Und Lilly ist eben nicht so, weil sie ein Leben hat, das Männer inkludiert. So einfach ist das nicht, feministisch zu sein, wenn Männer im Spiel sind. Flora ist eine sexpositive Lesbe, und sie ist Scheidungsanwältin, eine von der hartgesottenen Sorte. Die muss sich nicht mit Männern arrangieren. Ganz im Gegenteil. Sie ist eine von denen, die Frauen zu den ihnen zustehenden Obsorgerechten und zu finanzieller Sicherheit verhilft. Eine, die unschuldigen Männern ihre Kinder wegnimmt und gleichzeitig überzogene Unterhaltszahlungen aus ihnen herauspresst, würde Papa sagen. Bei Simone und Eleonora weiß sie gar nicht, was da läuft. Irgendetwas sicher. Etwas Sexuelles oder Platonisches vielleicht, oder auch nur eine Hund-Herrl-Beziehung. Korrektur: eine Hund-Frauerl-Beziehung. Nur bei Maren glaubt Lilly zu wissen, was da läuft: nichts mit Männern oder Frauen jedenfalls. In Wirklichkeit mag Lilly Maren am liebsten. Die ist normal, berechenbar, nicht übermäßig politisch engagiert und lässt sich eben nicht alles verbieten. Das imponiert ihr auch.

Eleonora seufzt. Diese Wolkenstein. Lilly erinnert sich. Juristin, 40, zwei Doktortitel, vier Kinder, Konfektionsgröße 36. Blonder Pagenkopf, katholisch bis zum Delirium, wie Simone es nennt. Jetzt gerade formuliert sie die Argumente für die Petition *Babys retten*, weil es nicht sein kann, dass so viele tausend Kinder in diesem Land… und das, obwohl es demografisch… sie sucht nach einer Zahl, sie holt Luft, und Simone gelingt es, sie zu unterbrechen. Simone Hebenstreit, Aktivistin, steht in der Einblendung.

Vielleicht erklären Sie mir, warum gerade Sie, die Sie von den Errungenschaften des Feminismus profitiert haben, an seinen Säulen sägen.

Niemand sägt hier an irgendetwas, sagt die Wolkenstein hochnäsig. Außer der radikale Feminismus an meinen Nerven. Lachen von den Saalgästen. Wolkenstein lächelt, Simone grätscht erneut hinein.

Ach, sagt sie. Ohne den radikalen Feminismus dürften Sie weder wählen noch hätten Sie studieren dürfen, schon gar nicht doppelt. Und wenn Ihre Partei und Ihre Kirche politisch das Sagen hätten, hätten Sie nicht vier, sondern zwölf Kinder und könnten daheim Wäsche waschen und Babys stillen, bis Ihnen die Hände und der Busen abfallen. Danken Sie doch dem Feminismus! Aber stattdessen sitzen Sie hier in Ihrem Hosenanzug und schwafeln von Bevölkerungsaustausch und Babycaust.

Greil bebt, die Schnapsnase schreit dazwischen und die Moderatorin versucht händeringend, Ruhe in die Runde zu bringen. Lilly sieht, dass Simone und die Wolkenstein, beide zurückgelehnt und ruhig, einen Blick wechseln.

Als der Wolkenstein endlich das Wort erteilt wird, holt sie zum Gegenschlag aus.

Im Gegensatz zu Ihnen habe ich zwei akademische Titel und vier Kinder, beginnt sie, und bin Politikerin geworden, um den Alleinerzieherinnen zu helfen. Nicht wie Sie nur, um Märchen zu erzählen.

Flora ballt die Fäuste. Alleinerzieherinnen! Denen haben sie alles abgedreht, als sie in der Regierung waren!, knurrt sie.

Pssst, ermahnt Eleonora, bitte. Eleonora, die Empfindliche. Die Schimpfwörter nicht erträgt. Die sich die Ohren zuhalten muss, wenn es laut wird. Jetzt gerade zieht sie die Knie an sich. Eleonora leidet mit dem ganzen Körper, nicht nur mit dem Bauch, wie Maren, oder mit dem Mundwinkel, wie Flora. Wenn Eleonora nicht gerade verheult aussieht, wirkt sie erschöpft. Lilly dachte zuerst, sie sei depressiv; aber Maren klärte sie auf. Eine viel zu dünne Haut, überhaupt, wenn es um Simone geht. Wie ein Hund, denkt Lilly, so ein zitternder Windhund, der aus einer spanischen Tötungsstation gerettet wurde. Keine Sorge um Simone, die hält was aus, denkt Lilly.

Jetzt sieht man, wie das Gräuel sich aus seinem Sitz schält und sich über seinen Fettberg vornüberbeugen will. Nimmt der eine Angriffsposition ein? Tatsächlich: Die Moderatorin blickt zu ihm, gehorsam schneidet sie der Wolkenstein das Wort ab. Kardinal Greil ist noch gar nicht zu Wort gekommen, sagt sie. Lilly sieht auf Simone, die kurz durchs Bild zieht, bevor die Kamera am Gräuel hängen bleibt, das feist, aber blass in die Runde sieht und Luft holt. Ein bisschen zu lange Luft holt. Simones Stimme kommt ihm aus dem Off zuvor.

Auch der Herr Kardinal wird uns leider nichts anderes servieren können als den üblichen Hostienteller, sagt sie jetzt. Sie reden alle von Gott, Jesus und dem Bevölkerungsaustausch. Keiner von Ihnen redet von den Frauen. Oder mit ihnen. Sonst würden Sie wohl erfahren: Die haben schon immer abgetrieben und werden immer abtreiben. Eine Abtreibungserschwernis, und auf das läuft doch alles hier hinaus, wird Abtreibungen nicht verhindern. Weder Gott noch Jesus noch Sie, noch der Abgeordnete Stricker wird, mit allem Respekt, in den Badezimmern und auf den Küchentischen vor Ort sein können, um zu kontrollieren, ob

Frauen sich nicht doch mithilfe von Kleiderbügeln oder Stricknadeln ihrer Föten entledigen. Solange Sie das nicht hinkriegen, schützen Sie nicht das Leben, sondern Sie schützen das Leid.

Kurz fängt die Kamera den Unbill des Kardinals ein. Würden Sie mich bitte zu Wort kommen lassen?, fragt er.

Aber die Kamera kehrt wieder zu Simone zurück. Wie macht sie das nur? Im Hintergrund sind Geräusche zu hören, ein verhaltenes Lachen, gemischt mit empörtem Prusten.

Bleib drauf, Simone, denkt Lilly, jetzt hast du sie. Mich hast du jedenfalls.

Präzisionsarbeit, flüstert Flora. Genau. Simone ist eine Meisterin im Zeitlücken-Finden. Oder auch Aufmerksamkeitslücken. Mit den richtigen, etwas deftigen, provozierenden Sprachbildern das Wohlbefinden aufzuwühlen: das funktioniert sogar bei Lilly, und zwar auch nach einem langen Tag. Aufmerksamkeit schafft Raum, hat Simone mal gesagt, Inhalte kann man erst verstauen, wenn Aufmerksamkeit da ist. Lilly setzt sich nun doch auf den letzten freien Stuhl. Und jetzt, nach ein paar Einsprüchen, hat Simone sich und die Diskussionsrunde direkt nach Rumänien gebeamt. Und da sind sie nun, in der Ära Ceauşescu, im Abtreibungsverbot, im Kinderheim Cighid, wo all die erfolglosen Selbst-Abtreibungsversuche bis in die 80er in ihrem eigenen Kot vor sich hin vegetiert sind und ihnen niemand zur Hilfe geeilt ist, kein Gott und kein Jesus, kein Präsident und auch kein zeugender Vater und keine liebende Mutti, weil man vielleicht das Leben erzwingen kann, nicht aber die Liebe. Die Unwiederbringlichen, sagt Simone nun. So hießen diese Kinder. Die, die man nicht in die Frauen zurückstopfen kann. Und was machen wir mit denen, Herr Kardinal? Nehmen sich Ihre Geistlichen derer an?

Eine kurze Pause tritt ein, bevor wieder ein mehrstimmiges Raunen im Studio ausbricht, die Moderatorin hat ihre Mühe, die Gewalten zu schlichten, Greil blafft, die Wolkenstein gibt die überlegene Intellektuelle, Stricker schäumt. Simone hat eine Nebelgranate gezündet, jetzt irren alle herum und schlagen sich die Köpfe aneinander.

Geil. Lilly ist fasziniert. Wenn es jetzt aus wäre, würden Simones Bilder bleiben und das Geschrei davor vergessen werden.

Zehn Minute dauert die Diskussion noch, und einmal noch gelingt es Simone, sich in einen Spalt zu zwängen und das Gräuel zu fragen, wie es denn mit seiner Liebe stehe für diese Kinder und Frauen, die von den Konsequenzen seiner Entscheidungen betroffen sind. Der herablassende Blick in den Schweinsaugen vom Gräuel wird von der Kamera eingefangen, Lilly mag gar nicht zuhören, seit ihr Simone Zitate katholischer Geistlicher zum Thema Frauen, Abtreibung und Vergewaltigung vorgelesen hat. Andererseits: Würde sie abtreiben? Unter welchen Bedingungen? Was müsste schiefgehen, damit sie persönlich von dem Recht Gebrauch machen würde, das hier verhandelt wird? Behinderungen, denkt sie. Armut, denkt sie, und dass sie sich beides eigentlich nicht vorstellen kann. Als der Abspann läuft, steht Flora schnell auf.

Gar nicht schlecht, sagt Maren. Es klingt tapfer.

Kollektive Trostlosigkeit liegt in der Luft, die Lilly nicht versteht.

Simone war doch grandios, sagt sie vorsichtig.

Ach, bei den Zuständen ist mit einer Simone kein Auslangen zu finden, da bräuchte es zwei oder drei Simones, sagt Flora mutlos.

Eleonora wickelt sich aus der Decke, legt den Thermophor zur Seite. Flora rammt ihre Teetasse in den Geschirrspüler. Nacht, sagt sie kurz und verschwindet; Maren schließt sich ihr an. Lilly hat den Absprung verpasst, jetzt muss sie Eleonora helfen, die Stühle zurückzustellen.

Ich bin keine große Hilfe, oder?, sagt Lilly, weil es so still ist.

Eleonora lässt den Stuhl sinken. Sag das nicht, widerspricht sie. Du kannst Simone unterstützen. Uns alle. Nächste Woche, bei Big Sista. Du bist unser Küken. Sie lächelt und macht eine Pause.

Lilly nickt, sie wischt noch einmal über den Tisch, während Eleonora die Spülmaschine einschaltet, sich einen Tee macht und sich mit Buch und Decke in den kleinen Ohrensessel kuschelt.

Gehst du nicht ins Bett?, fragt Lilly.

Ich warte darauf, dass sie heimkommt, sagt Eleonora.

In ihrem Zimmer verkriecht Lilly sich in ihr Bett und ruft Samu an. Er ist kurz angebunden: Zwar ist er gerade kurz in Wien, muss aber lernen. Als ob er etwas spüren würde; aber das ist unwahrscheinlich. Wenn er wenigstens nur zum Schlafen kommen könnte, sie würde ihn umarmen, ihn massieren, sie würde es wiedergutmachen. Später vielleicht, hat Simone gesagt, noch ist es zu früh für Männer. Lilly stellt sich Kameraleute in der WG vor, sie stellt sich vor, wie ihre Freundinnen von früher einander Links und Screenshots schicken: Sieh mal, die Lilly, wie peinlich! Wie viele Menschen, die sie kennt, schauen überhaupt noch fern? Solche Debatten? Solche Formate? Will sie öffentlich als Feministin gebrandmarkt werden? Eine Trotzigkeit macht sich in ihr breit: Weiß sie denn, was sie vielleicht versäumt? Vielleicht ist es reizvoll. Jedenfalls reizvoller als mit Fridays-for-Future-Transparenten durch die Stadt zu wandern, während Industrie und Politik weitermachen, als gäbe es zwei Planeten, oder drei. Die Welt verändern. Das wollte sie doch auch. Und nicht so werden wie ihre Mutter.

# 9
# Simone
***Anfang April***

Simone erwacht von Streitgeräuschen. Flora und Maren, schon wieder. Was ist es jetzt? Der Hase? Ein Teebeutel in der Abwasch? Wie spät ist es überhaupt? Langsam gewöhnen sich ihre Augen an die Dunkelheit. Sie ist gestern auf der Couch eingeschlafen, wie so oft in letzter Zeit hat sie die drei Meter zum Bett nicht geschafft. Floras Stimme schneidet in ihr Ohr, Marens plätschert dazwischen, mit ihrem konfliktscheuen, bemühten Singsang. Ein in jeder Hinsicht unfairer Konflikt, in den sie eingreifen könnte. Das Wort *Sexualisierung* fällt. Es wird doch nicht noch immer um Lillys Titten gehen. Oder doch? Simone setzt sich auf.

Diese verdammte Big-Sista-Geschichte. Vorgestern war die Ausstrahlung, eine Woche davor die Aufzeichnung. Wenn sie gewusst hätte, wie reißerisch die Sache aufgezogen werden würde. Ausgerechnet dieses Bürschchen haben sie für die Moderation ausgesucht. Ein Riesenbaby mit Tolle und Rüschenhemd. Angefangen hat es ja ganz vielversprechend: diese kurze Einführung und der Querverweis auf die Beginen. Die hatten es gut. Im 13. Jahrhundert war es sicher gemütlicher, ohne soziale Medien, ohne Fernsehdokus, ohne Tittenbilder. Da hätten sie ungestört von digitalen Verunglimpfungen in grobes Leinen gehüllt ihr Werk vollbringen können, sich in heimeligen Klausen Kräuter anbauend und Ziegen hütend dem Patriarchat entziehen können.

Sie zieht die Decke enger um sich und steht auf. Sie muss aufs Klo, sie sollte Zähne putzen, sie mag jetzt nicht in die Diskussion platzen. Ohne lange nachzudenken, lässt sie sich vor dem Schreibtisch auf den Sessel fallen. Sie hört es jetzt genau: Flora und Maren reden über Lillys Brüste, die dauernd im Bild waren.

Aus den zwei Stunden Videomaterial, das sie in ihrer WG aufgenommen haben, wurden nicht die besten Momente zusammengeschnitten. Simone klickt sich durch die Kommentare auf der Big-Sista-Facebook-Seite. Warum löscht das niemand? Simone reibt sich das Gesicht und beginnt, Kommentare und User zu melden. *Zeigt her eure Titten! Bitte zieht gemeinsam ins KZ!* Harter Tobak in der Früh.

Lilly hatte den Aufnahmetermin falsch notiert und ist in das Shooting geplatzt, mit einem tief ausgeschnittenen Shirt, ohne BH. Der Kameramann, ein flachsiger Tiroler mit tiefen Augenringen und Wollhaube, richtete das Objektiv ab da lieber auf Lillys sich magisch unter dem Shirt bewegende Brüste als auf Simone und ihre Feministinnen. Und Lilly machte das, was man Mit-der-Kamera-Flirten nennt. Und die Redaktion griff ins Volle und schnitt das Material zu einer absurden Karikatur ihrer WG zusammen, mit ein paar Ausnahmen.

Dabei hatte es ganz gut begonnen. Im einleitenden Beitrag wurden nicht nur die alten Beginen erwähnt, sondern auch moderne Beginenhäuser und progressive Baugruppen gezeigt, hauptsächlich aus Deutschland; wohl, um die Rolle der Österreicherinnen zu zementieren – die abschreckende. Ein unreifer Haufen, zusammengewürfelt in einer Bruchbude, die im Licht der Kameras noch desolater aussah als in der Realität: Der Bienenstock wurde als ein primitives Urmeer des alternativen Zusammenwohnens gezeigt. Die rückständigen Ökohexen mit ihrer geilen Lilly aus Österreich in ihrer maroden Bienenburg am Beginn; am anderen Ende der Evolution eines neuen Zusammenlebens noble Hamburgerinnen in nachhaltigen Neubauten. Dazwischen die Queeren und die Grannys. Die Queeren, die eine Karotte für ihre Tarte raspelten und so taten, als ginge sie das alles nichts an. Die Grannys, die zuerst mit Tränen in den Augen von ihren verstorbenen Männern sprachen. Und dann schon urenkelhungrig um den Kindergarten herumschlichen.

Simone sind Lillys Brüste egal. Soll sie das nächste Mal doch einfach einen BH anziehen. Oder auch nicht. Neid ist das stärkste Gefühl, das sie hat. Neid auf diese Ordnung der anderen. Auf das gemeinsame Klavier der Queeren im Kulturraum, auf dem die Winterreise von Schubert gemeinsam und queer neu interpretiert wird. Neid auf die improvisierte Weinlaube im Zentrum der Grünfläche, die ihnen netterweise vom Vermieter zur Verfügung gestellt wurde. Neid auf die Hamburger Hochbeete, in denen frau den Salat gut versorgt weiß, bis die Mitbewohnerin vom Kreativ-Urlaub in Kreta zurück ist. Diese gepflegten, gebildeten, grauhaarigen Frauen in ihren fair produzierten, bunten Gewändern, wie sie barfuß auf ihren satt geölten Holzböden dahinschweben. Als hätte man sie für den Beitrag geklont. Von den edlen Materialien ganz zu schweigen. Da hat keine Geldsorgen. Oder ist berufstätig. Oder hat Betreuungspflichten. Förderungen haben sie obendrein gekriegt.

Das Format ist sichtbar auf ein junges Publikum ausgerichtet, mit dem flott herumwirbelnden Moderator als zentralem Teil des Programms. Er schwang sich wie ein Gibbon durch die Geschichten und Bilder vom weiblichen Wohnen. Es ging schon auch um die katastrophalen Verhältnisse, unter denen Frauen in Zeiten der Industrialisierung in den Großstädten zusammengepfercht schlafen mussten, in winzigen, flohverseuchten Betten im Schichtdienst, auf Klos oder Dachböden. Dass sie immer in Gefahr waren, von den Hausherren und deren Söhnen als sexuelle Beute missbraucht zu werden, musste die schöne, kluge Kulturhistorikerin, die viel zu kurz interviewt wurde, ergänzen. Sie, mit ihren fast schwarzen Augen und schneeweißen Haaren, ein seriöser Gegenpol zu dem jungen Quatschkopf, legte die Zusammenhänge dann verständlich dar – wie zäh Frauen sich das Alleine-Wohnen erarbeiten mussten. Und wie sie immer noch aufeinander aufpassen und einander helfen müssten, weil ein Frauenleben nach wie vor viele unsichtbare Sollbruchstellen hat, was irgendeine Art der Gemeinschaft ratsam macht.

Simone seufzt. So wie die Kulturhistorikerin muss man erst Aufmerksamkeit erregen und danach die Message anbringen, denkt sie. Aber die Kulturhistorikerin kommt viel zu kurz, das Bürschchen ist und bleibt der Angelpunkt. Und es war sicher nicht von Vorteil, dass man ihre WG als Einstieg gewählt hat. Sie klickt das Video noch mal an und sucht die Kochszene, das Tischdecken, sie überspringt den Moment, wo Maren und Flora zusammenstoßen und ein Teller zu Bruch geht. Floras Blick haben sie natürlich nicht rausgeschnitten; die Perle des Scheiterns: der Zickenkrieg. Eine Wahrheit, die wehtut. Maren und Flora streiten seit dem Einzug, besonders über das Häschen, das plötzlich durchs Bild läuft, und der panische Ausdruck in Marens Gesicht ist die nächste Preziose: der Verrat. Das Häschen werden sie so schnell nicht mehr los. Das gehört jetzt zur Homestory; wenn das Häschen weg ist, haben sie die Tierschützer vor der Haustür. Simone spürt ihren Magen drücken. Wenigstens mit ihrer eigenen Performance ist sie einigermaßen zufrieden. Etwa, als der Moderator gefragt hat, wie sie zu Männern in der WG stehen.

In einer gleichberechtigten Welt, in der vor allem die unbezahlte Arbeit geteilt wird, können wir darüber reden, hat sie gesagt.

Und dann fragte er: Warum das Ganze?

Wissen Sie, was Wohnen kostet? Und was es braucht, wenn Kinder, Krankheit oder das ganz normale Leben ins Spiel kommen? Die Art Leben, die Sie vielleicht noch nicht kennen. Wir wollen eine Gemeinschaft ohne den Zwang, eine Beziehung einzugehen. Wir wollen Synergien nutzen, damit nicht jede von uns alleine dasteht, mit den Kosten, der Arbeit, den Problemen. Wenn es sein muss, wollen wir füreinander da sein. Ohne verheiratet sein zu müssen.

Sie sieht alt und streng aus in der Szene. Aber kompetent. Als er sie fragt, was so schlimm an der Kleinfamilie ist, hält sie das Video an. Ihr Gesicht. Sie muss es besser kontrollieren. Diese jungen, frechen TV-Bürschchen, die nichts können außer quatschen, dauergrinsen und provozieren: Die Abscheu vor ihnen muss einem nicht ins Gesicht geschrieben stehen.

Sicher sind Sie mit einer Mutti aufgewachsen, die Sie versorgt und geliebt hat, hat sie ruhig gesagt.

Er nickt und winkt in die Kamera. Ja, klar. Hallo, Mutti!

Na bitte, hat sie gesagt. Wir versuchen alle, ein bisschen Mutti zu sein. Aber nicht so, wie es in den meisten Familienhaushalten ist, wo Mutti in der Mitte steht und die Fäden in der Hand hält, beziehungsweise den Kochlöffel und den Putzschwamm, egal ob sie berufstätig ist oder nicht oder ob die Kinder längst aus dem Haus sind. Mutti hat die Hausarbeit am Hals. Solange alle es so gut machen, wie es geht, und Mutti immer ein bisschen besser und unbezahlter als die anderen, hält die Konstruktion. Und sogar aus solchen Bürschchen wie Ihnen kann was werden!

Sie hält den Daumen hoch in die Kamera. Das haben sie drinnen lassen. Schlagfertigkeit, das mögen sie. Den Rest des Interviews haben sie natürlich rausgeschnitten. Über das Bindemittel Mutti. Das nur so lange hält, bis irgendjemand in Kriminalität, Bankrott, Sucht, Krankheit oder Untreue ausschert.

Jetzt muss sie aber wirklich aufs Klo. Draußen ist es still geworden, Flora und Maren haben wohl das Haus verlassen. Sie steht auf und geht pinkeln, Zähne putzen, sich ihr Gesicht waschen.

Als sie in die Küche kommt, sitzt dort Maren über eine Zeitung gebeugt. Ich habe Kaffee gemacht, sagt sie, und Brot gebacken. Simone schenkt sich eine Tasse ein, Maren sieht sie erwartungsvoll an.

Ich gehe dann einkaufen, sagt sie, brauchst du etwas?

Simone schüttelt den Kopf, bedankt sich, geht wieder in ihr Zimmer und setzt sich an den Schreibtisch. Sie ist mundfaul und nachdenklich und wäre lieber alleine in der Wohnung, um konzentriert arbeiten zu können. Sie braucht die Maren-Mutti jetzt nicht.

*Jede darf gehen, wenn sie will. Zurück zu Mami und Papi, in Lillys Fall. In die Opposition zu Simone und Maren, in Floras Fall. Zu Hannah, in Simones Fall, wo sie unerwünscht wäre. Nirgendwohin, in Eleonoras Fall.*

*In die Einsamkeit, in Marens Fall. Wir halten zusammen, obwohl wir nicht wirklich müssen,* schreibt Simone in ihr Big-Sista-Journal, das sie für sich selbst führt. *Wenn wir eine richtige Familie sein wollten, müsste es uns allen noch ein bisschen schlechter gehen als jetzt. Finanziell und/oder emotional.* Simone denkt an Altersarmut, Alleinerzieherinnen und Pflegebedarf. Sie denkt an ungestörtes Wohnen alleine, ohne Diskussionen und Lärm. Auch nicht schlecht, aber immer seltener leistbar. *Die Alternative ist das Alleinsein, das so lange funktioniert, bis man jemanden braucht,* schreibt sie.

Flora könnte als Erste gehen, denkt sie, auch für Lilly ist das Ganze ein lustiges Experiment, von dem sie sich eine Formgebung verspricht. Oder eine bürgerliche Ent-Formung. Lilly ist unschuldig unpolitisch, so wie viele in ihrer Generation. Weil ihnen noch nichts passiert ist, was sie politisieren hätte können. Von Eleonora würde sich Simone nicht mehr trennen, zumindest nicht, solange sie Aktivistin ist. Eleonoras Assistenz ist mit ihr verwachsen wie eine zusätzliche Extremität, die sie nicht mehr missen möchte. Simone kann sich vorstellen, mit Eleonora in einer Lebensgemeinschaft zu bleiben, wenn sie richtig in Pension geht. Aber wird sie das jemals? Wahrscheinlich wird sie als Aktivistin sterben, ein Transparent in der Hand, oder Eleonora würde sie finden, mit dem Kopf tot auf der Tastatur, bevor sie ein Hassmail fertig löschen konnte. In ihren Bedürfnissen sind sie und Eleonora einander am ähnlichsten. Sie beide hätten ein sehr harmonisches Liebespaar abgegeben, wenn sie einander ebenbürtiger gewesen wären.

Eigentlich müsste sie in die Küche zurück und Maren bitten, das Häschen wieder dorthin zu bringen, wo sie es herhat. Sie müsste auf den Tisch hauen, den Befehlston auspacken, böse werden. Nachdem die Kameraleute ihre Geräte und Kabeln zusammengepackt hatten, brach der Streit zwischen Maren und Flora nämlich erst so richtig aus.

Keine Tiere, hat Flora gezischt und an die Hausregeln erinnert. Was kommt als Nächstes? Männer? Kinder?

Die Regeln sind ein Entwurf, hat Simone schlichtend angemerkt.

Nein, die Regeln sind ein Kompromiss, den wir gemeinsam ausverhandelt haben, hat Maren bekräftigt. Ich will das neu verhandeln.

Die Tiere sind wegen Allergien verboten, hat Eleonora gesagt.

Genau, und ich habe eine Tierhaarallergie, hat Flora bekräftigt.

Hast du nicht, hat Maren beleidigt entgegnet.

Doch. Ich habe eine Allergie, auch gegen Hasenscheiße, die an meinen Socken klebt. Dein heimlicher Hase bringt mich noch um. Ich krieg keine Luft!

Schnauben aus Marens Ecke.

Simone hat jetzt keine Lust mehr auf das blöde Video. Das nächste in vier Wochen wird besser, dann ist der erste Gast da. Da geht es dann um den Diskurs und nicht um Titten, da ist sie sicher. Vorher sind noch die Queeren dran, dann die Grannys. Die dürfen sich auch ein bisschen blamieren. Lieber sieht sie sich ihre eigene Facebook-Seite an. 6792 Fans, schon wieder sind ein paar dazugekommen. Nur Frauen. Unter dem Link mit dem Video zerreißen sie einander in Grundsatzdiskussionen, am liebsten würde Simone eingreifen und schreiben: Seid lieb zueinander, auf Facebook und überall sonst auch. Spart euch die Wut für die Straße auf. Ändert Gesetze. Bildet euch. Erzieht eure Männer, Väter und Söhne. Wählt ordentlich. Und hört mit der elenden Putzerei auf.

Was ist ein Fan? Eine, die applaudiert? Eine, die tut, was man ihr befiehlt? Die man aufhussen und in den Krieg schicken könnte? Schön wär's. Wann hat man genug Fans und Likes? Natürlich nie.

Simone wünschte, ihre WG wäre herzeigbarer, größer, peppiger, jünger. Nachwuchs. Das wünscht sie sich für den Feminismus im Allgemeinen. Sie will ihre Agenda an die nächste Generation weitergeben und sich zur Ruhe setzen. Sie will nicht mehr mitansehen, wie sich die Frauen digital wegen ein paar Sternchen den Schädel einschlagen, während die Demonstrantinnen immer grauer und weißer werden und ihre Rollatoren in Stellung bringen, um auf der Straße für den Erhalt der feministischen Vermächtnisse zu kämpfen. Vermächtnisse, die noch nicht stabil genug sind, um es sich darauf so verdammt bequem zu machen, wie es die nachkommenden Generationen leider tun.

Jetzt ist sie doch wieder auf der Big-Sista-Seite und klickt das Video an. Das Bürschchen hat sich gelenkig zwischen den Scheinwerfern und Kabeln, die kreuz und quer über die Küche verteilt waren, bewegt und sich zu Tisch gesetzt wie ein hungriges Schulkind.

Was gibt es denn zu essen?, fragt er harmlos. Diese betont lockere Konversation. Als wären sie seine Muttis und Schwestern, die für sein Wohlbefinden zuständig sind. Wie selbstsicher sich so ein durchschnittlicher Systemgewinnler geben kann. Und wie ahnungslos er ist. Glaubt, er kann um den Feminismus einfach so herumplaudern. Der weiß ja nicht, was er sich eingetreten hat. Sie haben die Kürbiscremesuppe höllisch scharf gewürzt und reichlich stinkigen Schimmelkäse über den Salat gebröselt.

Habt ihr irgendwelche gemeinsamen Rituale?, hat das Bürschchen gefragt. Und wer ist eigentlich das?

Er hat auf die Galionsfigur gezeigt, die vorige Woche ein Paketzusteller geliefert hat und die sie über der Willendorferin in den Winkel montiert haben, von wo sie grimmig über den Raum blickt.

Möge sie euch Glück bringen, stand in sauberer Handschrift auf einer weißen Karte geschrieben, ohne Absender. Simone kannte die Handschrift. Grinsend packte sie sie aus: eine fast einen Meter hohe Galionsfigur, eine Schönheit aus altem, verwittertem Holz, die ohne Arme, dafür aber mit ehrfurchtserweckendem Busen und abschätzigem Blick von nun an aus der Ecke auf sie herabschauen sollte. Sie ist totenblass, wie es nur eine Adelige sein kann, ihre Locken sind getrimmt, ihr Korsett ist eng geschnürt, aber sie hebt das Kinn gegen die Schwere der Konventionen.

Die ist unsere Komplizin, hat sie zum Bürschchen gesagt. Die rufen wir immer an, bevor wir uns zusammensetzen, essen und trinken und etwas aushecken, hat sie gelogen.

Sie beobachtet ihn genau. Wie er ehrfürchtig den Kopf einzieht, in dem Moment, in dem er sich zu der Galionsfigur umdreht. Wie er stutzt, beim Wort *Komplizin*, bei der Vorstellung, etwas anderes als Jesus, ein Heiliger oder eine Madonna könnte »angerufen« werden. Wie es ihm unbehaglich ist, sie in seinem Nacken zu wissen.

Ist sie gut montiert?, hat er gefragt.

Bombenfest, hat Maren geantwortet.

Er hat dann gelacht und flott das Thema gewechselt. Aber so funktioniert ein visuelles Format nicht. Die Komplizin blieb im Bild und zog Blicke auf sich. Und natürlich Meinungen. In den Kommentaren unter dem Video steht ein neuer Kommentar von PaulusSaulus69, der schreibt: die bunte Hexe und ihre Pseudopredigten. Die grimmige Galionsfigur im Herrgottswinkel passt ja wie die Faust aufs Auge.

Gut kombiniert, PaulusSaulus69, denkt Simone. Predigten sind dazu da, spirituelle Gelüste zu befriedigen, aber auch, um zu unterhalten und dem Publikum nebenbei die Weltordnung unterzujubeln. So what? Dichter und Prediger waren mal eins, hat der kluge Mann Novalis geschrieben, gilt das etwa nur für euch Männer? Lasst uns unseren Fraugottswinkel. Lass mich wenigstens im Netz und vor der Kamera predigen, wenn mir die Kirchen versperrt bleiben, will Simone unter den Post von PaulusSaulus69 schreiben. Ich predige, und du darfst zuhören, und nachsprechen, glauben, und dann auch gerne zahlen. Denn ohne Geld keine Kirche, stimmt's?

Die Komplizin hat so gut wie allen Frauen gefallen. Das ist auch in den Kommentaren sichtbar. *Starke Büste! Das nenn ich einen würdigen Herrgottswinkel!* Den Männern auch. *Was für ein Weib!* Das hat sich auch Simone gedacht, als sie sie ausgewickelt und ihre Finger über das raue Holz gleiten lassen hat, über die Haare und das entschlossene Gesicht, das, wie sie sich gerne vorstellt, an der Spitze eines Dreimasters Weltmeeren getrotzt hat, Stürmen und Seeschlachten. Auch wenn sie nur in einem Herrschaftshaus verstaubt ist. Es war nicht leicht, die fast zwanzig Kilo schwere Figur im Eck zu montieren, aber sie wacht über die WG, über die Show, über Simone. Solche Identifikationsfiguren bräuchte es halt. Solche, und die kleine Venus, die darunter ein bisschen im Schatten steht. Alles, nur keine mütterlich liebenden Marienfiguren und steinernen Nackedeien ohne Namen.

Darüber, wie wenig würdevolle Frauenfiguren es gibt, die nicht heilig sind und nicht devot die Brüste raushängen haben, hat sie sich vor ein paar Wochen beim Minister beschwert.

Er hat nachgedacht und gesagt: Was ist mit den afrikanischen Figuren?

Unsere Kultur, hat sie korrigiert. Nein, die hat das nicht auf die Reihe gekriegt. Heilige, Jesus, Putten, Löwen – und Millionen von Madonnen. Ihr habt Jesus, Gottvater, all die Heiligen, aber auch die weltlichen Genies an den Wänden. Die Denker, Forscher, Kaiser, Krieger, Musiker! Kein Wunder, dass ihr größenwahnsinnig seid.

Wo er sie wohl gefunden hat? Wahrscheinlich hat er eine seiner Assistentinnen abgestellt, um die Antiquitätenhändler abzuklappern. Sie ist ihm trotzdem dankbar.

Seit sie auf den Facebook-Profilen ihrer Anhängerinnen herumschnüffelt, ist sie sicher, dass die meisten Frauen sich nach weiblicher Spiritualität sehnen. So viele Fotos von Frauen, die im Kreis stehen, ums Feuer, am Meer, im Wald. Frauen, die Altäre aus Steinen und Blüten basteln, die Raunachtsrituale durchführen wollen, um Feuer tanzen, räuchern, Heilpflanzen sammeln, keltisches Zeug posten. Und so viele, die es wohl gerne machen würden, sich aber lächerlich vorkommen. Fast immer, wenn im privaten Raum rituell gezündelt, gereinigt, gesegnet und meditiert wird, sind es Frauen. In der Öffentlichkeit dürfen das nur die Kirchenmänner: Ihnen sind die ganz großen Rituale vorbehalten. Dabei wollen Frauen sich doch vor etwas Weiblichem verneigen. Voreinander. *Sie haben uns die Rituale weggenommen,* schreibt Simone in ihr Journal. *Die Insignien. Überall haben sie Jesus, Gott oder, im besten Falle, Maria hineingestopft. Dieses Yoga ist nur der letzte Beweis. Was für eine unendliche Sehnsucht sie danach haben, kollektiv ihre bunten Gebetsmatten auszurollen, ausgerichtet auf diese eine Frau vor ihnen, die schlanke, biegsame Priesterin, die die Erleuchtung erreicht hat, die die Reinheitsgebote befolgt und immer eine Antwort auf den Lippen hat. Besser eine, die irre vor sich hin grinst, während sie auf einem Bein steht, als gar keine Göttin.*

Die Mütterlichkeit und die Religionen: Damit haben sie die Frauen von beiden Seiten im Griff; vom Himmel und von der Erde. Von unten zerren die Kinder an ihren Rockzipfeln, von oben stülpt die Männerkirche ihnen die Minderwertigkeit über. Religion und Patriarchat. Wenn die beiden nicht so fest aneinanderkleben würden! Simone klickt sich gierig durch das Profil einer ihrer Fans, die sichtlich Yogalehrerin ist. Enlighted Lizzy heißt sie. Ihr Profilbild: eine eher füllige Frau, die Kopfstand macht. Sie sieht ihr beim Zubereiten von Smoothies, Bowls und Currys zu, beim gemeinsamen Fasten mit ihrer Gruppe, beim Fastenbrechen – lauter Rituale, nach denen sich Frauen verzehren. Da liegt doch ein Potential brach, das man nicht irgendwelchen veganen Kochlehrerinnen und Yogapuppen überlassen sollte. Auf Instagram ist alles noch viel absurder. Ich, ich, ich! Durch den ausufernden Narzissmus schimmert natürlich eine große Verzweiflung durch. Diese ganzen Pseudorituale – sind sie vielleicht mehr als oberflächliche Flausen, ein profunder Durst, den zu stillen das Patriarchat unterbunden hat? Den zu stillen das vielleicht fehlende Rädchen in einer Revolution ist, die unbegreiflicherweise nicht in die Gänge kommen will, egal, wie viele feministische Wellen über die Gesellschaft hinwegschwappen?

Die Kirche hat immer schon gewusst, welche Bereiche sie okkupieren muss. Die des Feierns, des Segnens, des Bittens, des Dankens. Simone erinnert sich an ihre Kindheit in Hallein. Wie ein Alb lastete Gott auf den Ritualen, auf der Taufe ihrer Nichte, dem Begräbnis ihrer Großmutter und all den Hochzeiten. Wie der Pfarrer Wasser über die Stirn des Babys leerte, das sich die Seele aus dem Leib brüllte. Wie er den jungen, gefirmten Frauen den Balsam auf die Stirn rubbelte. Wie er das Wasser auf den Sarg der Großmutter spritzte, so wie Großmutter die Wäsche bespritzt hat, locker aus der Hand geschüttelt. Routine statt Rituale.

Wäre Gott nicht in das Wasser hineingeschwindelt worden, würde das Ganze nicht funktionieren. Alles, was Spaß macht, Trost spendet oder feiernswert ist, hat die Kirche bestiegen und unterworfen. Wenn Kinder geboren werden, Menschen sich zusammentun, Mutter Natur im Frühling erwacht, feiert sich die Kirche selbst. Wenn die Natur im Herbst ihre Früchte abwirft, feiert sich die Kirche selbst. Nichts und niemand ist sicher vor religiöser Belagerung. Alle paar Wochen erhebt das Establishment seinen Anspruch, damit niemand auf die Idee kommt, jemand anderem zu danken. Die Zweifel, die Simone als Kind gefühlt hat, versteht sie jetzt erst ganz: als Zumutung.

Simone schüttelt den Kopf. Sie versteigt sich da schon wieder. Vielleicht überschätzt sie die Frauen.

Vielleicht wollen sie wirklich nur mühelos schön sein, in Form bleiben und auf einem Bein im Leben stehen.

Sie nimmt ihr Handy zur Hand. Soll sie ihm schreiben und danken? Sie legt es wieder weg. An Tagen wie diesen wäre eine Reflexion mit dem Minister gut. Im Sinne der Katharsis. Einfach nur, um die kleinen Themen wie Lillys Brüste oder Marens Hasen wieder neben den wirklich großen in Dimension zu setzen. Sie klickt seine Facebook-Seite an, die er sich sicher noch nie angesehen hat. So etwas ist ihm zu minder. Dafür wird ein Social-Media-Team bezahlt. Ah, da ist er mit einer Delegation in Japan. Und dort eröffnet er ein internationales Finanzzentrum. Händeschütteln, hohle Phrasen, wie er in die Kamera strahlt. Alles Männer, natürlich. Sie will ihn wiedersehen. Darüber, wie man das Patriarchat manipuliert und strategisch Gräben zieht, spricht man am besten mit einem Patriarchen, am allerbesten gleich nachdem man mit ihm geschlafen hat. Sie könnte ihm die Doku zeigen und ihn fragen, was ihm auffällt. Siehst du Potential oder ein Scheitern? Siehst du nur Lillys Brüste oder die revolutionäre Keimzelle? Der Minister ist mehr als ihr Liebhaber. An ihm kann sie studieren, wie so ein Mann tickt, der mächtig ist, weil er bemächtigt wurde. Auf den Schultern des Ministers lastet ein hochpreisiges Machtkonstrukt, aber der Minister hat nicht vergessen, auf wie viele Schultern er auf dem Weg an die Spitze kraxeln musste. Wie oft er gezogen und gestoßen wurde, wie oft er selbst grob werden musste. Und all das mit den manikürten Händen eines moralisch Reingewaschenen. Der auch noch die Zeit findet, zu lieben. Seine Frau und andere dazu. Ein Mann, der Frauen mit dem Körper richtig gut lieben und mit der Gesinnung richtig gut verachten kann, ohne dass er sich dessen bewusst ist: Solche Männer sind selten, und noch seltener sind sie ehrlich. Überhaupt: Männer dünnen aus in Simones Umfeld. Das ist nicht gut.

Unter den teuren Anzügen und makellosen Hemden, unter dem Wohlstandsspeck und den eingelernten Phrasen ist immer noch der kernige Milchbauernsohn versteckt, mit dem sie ihre erste Liebe und ihre erste Tragödie teilt. Von Anfang an war es heimlich. 1976 ging so ein großbäuerlicher Erstgeborener einfach nicht mit einer Hippiegöre aus der Arbeiterklasse. Er wäre auch gar nicht auf sie getroffen, wäre da nicht Rosi gewesen, Simones Cousine, die sie auf ein Feuerwehrfest im Linzer Umland schleppte. Sie waren damals mit Rosis Puch Maxi Doppelsitzer über die Landstraßen gebraust, den Helm am Unterarm statt auf dem Kopf. Das Zelt wie ein Dampfbad, bevor es in diesem Land überhaupt Dampfbäder gab. Der Minister feierte einen Polterabend mit einem Haufen grobschlächtiger Feuerwehr- und Landjugendkollegen, und sie feierten gedankenlos und ausgelassen mit. Simone war betrunken genug, um alles lustig zu finden. Bis einer von ihnen vom Klo zurückkam, durch das Zelt taumelnd wie eine fehlgezündete Feuerwerksrakete, mitten in Rosi hinein, die zwischen ihm und der Bar eingezwickt wurde und sich freizustrampeln versuchte, weil der Blindgänger augenblicklich versuchte, seine schlaffe Zunge in Rosis Mund zu zwängen. Bevor Simone handeln konnte, war der Arm des Ministers hervorgeschnellt und hatte den Freund am Kragen zurückgerissen. Nach einem kurzen, strafenden Blick spuckte er diesem aus nächster Nähe ins Gesicht, bevor er ihn von sich stieß. Der

Freund taumelte weiter, im Zickzack über den zertrampelten Erdboden durch den Zeltausgang, durch den er ohne wiederzukehren verschwand.

Und du heiratest? Simone hat über die Schulter von Rosi hinweg, die beruhigend umarmt werden musste, das Gespräch eröffnet.

Der Minister hat sie ernst angesehen. Dass er nicht besoffen war wie die anderen, dass er ihrem Blick standhielt, dass er dann breit lächelte und sagte, dass er erst in drei Monaten dran sei, das hat sie damals beeindruckt. So einen Mann wollte sie. Einen großen, breitschultrigen, keinen von diesen Gitarrenzupfern in Schlaghosen, die unter chronischem Weltschmerz litten und glaubten, ihre Männertränen würden sie weichspülen. Die sich die linke Ideologie auf- und abschminkten, je nachdem, was es brauchte, um Frauen ins Bett zu kriegen. Einen, der verstand, dass die große Welt, die sich verändern musste, im kleinen Festzelt beginnt. Er war der erste Mann, den sie als loyal gegenüber Frauen empfand. Immer war er zuerst da, wenn sie sich in Scheunen, am Donauufer, in Moststuben und auf Autobahnraststationen verabredeten. Was magst du?, hat er sie gefragt, und als sie antwortete, hat er ihr die Unterarme und die Hände gestreichelt, stundenlang. *Meine aus dem Dorf,* wie er seine Verlobte nannte, war nie ein Thema. Die Hochzeit verschob sich, aber sie fragte nicht nach. Stattdessen diskutierten sie, zogen einander mit ihren politischen Ansichten auf, zogen einander aus und vögelten, bis eine Abtreibung anstand; und auch da wartete er verlässlich vor der Praxis der Engelmacherin, mit einem großen Strauß roter Nelken und dem Versprechen, sich in Zukunft für die Forderung nach Entkriminalisierung des Schwangerschaftsabbruchs starkzumachen.

Von der Loyalität ist nach vierzigjährigem Marsch durch die Instanzen nichts mehr übrig. Junge Volkspartei, Jusstudium, Gemeinderat, Landesrat, Bundesrat, Nationalrat, Vorstände und Aufsichtsräte, und dazwischen in den Parteiakademien spiegelglatt zum Juwel geschliffen. So war es ihm bestimmt, dem erstgeborenen Sohn einer mächtigen Milchbauerndynastie. Mit viel schwarzer Milch aufgezogen, in ihr bis zum Minister gereift. Nur einmal ist er ernsthaft über einen Korruptionsverdacht im Zusammenhang mit einer Auftragsvergabe gestolpert, dessen rechtliche Verwurstung aber so lange herausgezögert wurde, bis alles verjährt war. Ganz ohne zu stolpern geht es nicht bergauf in diesem Land. Wenn die Kulturnation will, kann sie ganz schön Bananenrepublik sein.

Natürlich hat er dann *Seine aus dem Dorf* geheiratet und Simone ein paar wilde Jahre danach fast ihren Jürgen. Zwei Doktortitel und einen FH-Magister haben seine beiden Töchter vorzuweisen, und sieben Enkelkinder obendrauf. Seine Kinder haben sich prachtvoll entwickelt, ohne jemals von ihm gewickelt worden zu sein – das hat er ohne Reue zugegeben. Simone und der Minister haben einander aus den Augen verloren, so lange, bis sie einander bei einer Preisverleihung – eine Ehrung für sie, ganz ohne Geld – über den Weg liefen und er ihr seine wohlgehütete Privatnummer zusteckte. Die sporadischen Treffen waren anfangs ausgelassen, voller Staunen, Wiederentdecken und Erinnern. Erst später wurden sie politisch.

Sie treffen sich in einer privaten Wohnung, die durch einen diskreten Eingang in einem privaten Bankhaus versteckt ist. Ein Lift trägt den Minister unerkannt direkt aus der Tiefgarage ins Dachgeschoß. Überall feinste, geölte Eiche, eine kleine Küchenzeile mit schwebender Bar, an der man Platz nehmen und einen perfekten Espresso oder ein Gläschen Sekt schlürfen kann. Den mit Getränken und Snacks gefüllten Kühlschrank hat Simone niemals leer gesehen. In der Welt des Ministers ist alles selbstreinigend und selbstnachkaufend, er ist so privilegiert, dass er noch nie einen normalen Einkauf erledigt hat. Das hat sie ihn gefragt und er hat es bestätigt. Dabei hat er früher den Stall ausgemistet und die Melkmaschinen an die Euter angeschlossen! Das macht längst der Stallroboter. Und für den Rest hat er ja seine Frau: Sicher hat er noch nie ein Zimmer gesaugt, einen Siphon ausgeräumt oder einen Rasen gemäht. Wie soll das auch gehen bei einer 65- bis 70-Stunden-Woche?

Als sie sich das letzte Mal getroffen haben, hat sie ihn auf den Kopf zu gefragt, wie er es mit der Abtreibungsdebatte hält.

Wie immer, hat er geantwortet, niemand will das noch angreifen. Das Gesetz ist Beton. Er kraulte ihr die Ohren wie einem Hund. Das Bett war weich, das Fenster einen Spalt weit geöffnet, ein feiner Wind strich ihr über die nackten Beine.

Da sind die Prognostiker aber ganz anderer Meinung, hat sie geantwortet, sich ihm entzogen und sich aufgesetzt.

Der Minister ließ seine Hände auf den Bauch fallen, wo sie weiterkraulten, in seinem dichten, grau werdenden Fell. Deine Zeitungen, sagte er und lächelte mitleidig. Lass doch den jungen Christen in unserer Partei den Spaß. Niemand will irgendetwas aufschnüren. Schon gar nicht ich. Außerdem müssen wir erst mal die Wahlen gewinnen.

Das werdet ihr, sagt sie beleidigt, dank eurer jungen Scharfmacher. Und wer mit den Rechten verhandelt? Die, nicht ihr Alten! Bist du wirklich so naiv? Oder berechnend?

Geraschel im Vorzimmer, Geklapper, die Eingangstüre des Bienenstocks wird geöffnet und wieder geschlossen. Sie horcht in die Stille. Jetzt kann sie sich ungestört breitmachen. Sie legt die Decke zur Seite und zieht sich den Morgenmantel über. So ein ganz normales Leben mit einem ganz normalen Mann, mit dem sie jetzt die Pension genießen könnte. Wie das wohl wäre. Ob sie da auch ihren Tag damit beginnen könnte, mit ungeputzten Zähnen Hassnachrichten auszumisten? Und da kommt schon wieder eine neue E-Mail rein, von einem Georg Schuster, ohne Betreff: Blöde Saufut, was bildest du dir ein, so beginnt der Text. Simone blockiert den Absender und löscht die Mail, ohne zu zögern.

## 10
# Lilly
*Anfang April*

Vorne doziert der Dozent über Mediane und Mittelwerte, sein Laserpointer zuckt nervös über Diagramme. Diese Vorlesungen könnte sie sich sparen. Sie ist müde und hungrig. Und leider verliebt. Aaron im Traum und gleich nach dem Aufwachen. Aaron auf dem Klo, in der Küche, Aaron im Vorlesungssaal 1B. Seit zwei Wochen. Die Gedanken springen weiter, zum schlechten Gewissen gegenüber Samu. Jeden Abend, wenn sie telefonieren, erzählt ihr Samu einen neuen deprimierenden Schwank aus dem Gefängnis. Von Aaron hat sie seit Samstag nichts gehört oder gesehen. Sie hat ja nicht mal seine Telefonnummer. Vorige Woche war sie in Samus Wohnung. Natürlich am späten Abend, weil er ja sonst nicht anzutreffen ist. Sie hatte sich einen vergessenen Pullover als Vorwand ausgedacht, von dem sie ihm erzählen wollte, wenn sie überhaupt zum Erzählen kommen würde. Die Wohnung aber war leer gewesen. Samus Bett und Zimmer hatte jemand zusammengeräumt, seit sie es das letzte Mal verlassen hatte. Das Brotbrett lag unverändert auf demselben Platz, aber ohne Brösel. Die Putzfrau muss dagewesen sein. Lilly hat ein Glas Wasser getrunken und ist wieder heimgefahren, zurück in ihr Zimmer, wo sie Samus Berichte am Telefon entgegengenommen hat. Über einen Versicherungsbetrüger, der Samu unsympathischer war als der Messerstecher, und wie schlimm das für Samu war. In seinen Erzählungen steckte ein Weinen, das immer wieder durchbrach. In drei Tagen kommt er nach Hause, bevor er in ein anderes Gefängnis versetzt wird. Sozialarbeiter werden nicht geschont. Warum macht man so eine Arbeit freiwillig?

Der Dozent hat eine hohe Stirn und leicht graue Schläfen. Das Sakko hat er schon abgelegt, sein hellrosa Hemd steckt ordentlich in der grauen Hose, der Gürtel ist glatt, schwarz und sinnlos, denn die Hose würde auch ohne Gürtel halten, denkt Lilly. Alles ist sinnlos an dieser Männermode, die würgenden Krägen, die ewig selben Krawatten, die mickrigen Schals, die Jacketts, die Manschettenknöpfe. Man sagt, dass der Dozent mit zwei Frauen zusammenlebt. Er hat sogar Artikel über Polyamorie geschrieben, unter Pseudonym. Angeblich. Wieso hat so ein langweiliger Lackaffe eine so progressive Sexualität? Wieso darf der das Fadgas-Fach Statistik unterrichten und gleichzeitig zwei oder mehr Frauen vögeln, so ganz ohne Genierer und schlechtes Gewissen? Es sollte umgekehrt sein. Lilly ist jung, sie ist noch Studentin, sie lebt in einer verrückten Frauen-WG. Sie ist diejenige, die progressiv herumvögeln sollte, ohne Scham und Treue. Und er ist derjenige, der alters- und standesgemäß verheiratet sein und zwei Kinder haben sollte und öden Ehesex; oder bestenfalls jungen unbedarften Studentinnen nachstellen. Sie stellt sich den Dozenten vor, wie er im Schlafzimmer sein Hemd aufknöpft, auszieht, den sinnlosen Gürtel aufmacht. In seinem Bett warten zwei Frauen auf ihn. Wer weiß, da liegt vielleicht sogar ein Mann. Es ist schwierig, sich einen Statistiker sexuell verwegen vorzustellen. Total unglaubwürdig, wie er seine Hose auszieht, alles ordentlich über die Stuhllehne hängt, Kante an Kante.

Wie er aus seinen Pantys steigt, sie faltet, jetzt nackt dasteht. Das Bild vom nackten Dozenten friert ein.

Vielleicht geht es wieder weg, das Ziehen im Magen, denkt sie, im Unterleib. Verlieben kann bei ihr schnell gehen, entlieben aber auch. Aaron ist nichts Besonderes. Er ist irgendein großkotziger Emporkömmling, ein kleines Arschloch mit Wachstumspotential, das Habacht stehen wird, wenn die Zeit reif und die Stelle des Oberarschlochs in der Chefetage nachzubesetzen ist.

Er ist überhaupt nicht ihr Typ. Talentierte Bassisten sind ihr Typ. Schulsprecher. Künftige Sozialarbeiter. Es geht um Werte, denkt sie. Was ist das eigentlich, so ein Wert? Wie definiert er sich? Hat Aaron vielleicht keine Werte? Ist Geilheit ein Wert?

Sie nimmt das Handy und sieht sich an, was heute in Wien los ist. Was ihr die Veranstaltungs-App vorschlägt. Ein Tanztheater, eine Solidaritätsdemo für eine inhaftierte, saudi-arabische Journalistin, eine Body-Positivity-Performance von Priska Doubt, die in der queeren Big-Sista-WG wohnt, danach eine Podiumsdiskussion rund um die Aufschnürung des § 97* mit X, Y und Simone Hebenstreit. Na bitte. Die Event-App weiß mehr über sie als sie selbst. Sie hat das Gefühl, ihre Blase wird immer enger, zieht sich um sie zusammen. Simone in der Wohnung, Simone im Fernsehen, in der Zeitung, Simone in ihrer Event-App. Simone darf ihre Theorien verkünden, ihre Heilsversprechen predigen, ihre Weltrettung preisen. Feminismus als Zaubermittel gegen alles. Krieg, Gewalt, Klimaerwärmung,

* Im österreichischen Strafgesetzbuch regelt § 96 die Strafbarkeit von Schwangerschaftsabbrüchen. Laut § 97 ist ein Schwangerschaftsabbruch aber innerhalb der ersten drei Monate nach Beginn der Schwangerschaft nach einer Beratung durch eine Ärztin / einen Arzt möglich (sogenannte »Fristenlösung«).

Bodenerosion. Jedes Wehwehchen der Welt wird heil, wenn man es mit Feminismus beträufelt. Nein. Übergießt. Der Feminismus krankt an seiner Dauerschleife. Und daran, dass es doch so sinnlos ist, gegen alles anzureden. Gewalt, Belästigung, ungleiche Bezahlung? Hatten wir schon eine Million Mal. Und natürlich ist sie auch für Body Positivity. Priska ist so eine Body-Positivity-Influencerin. Sie ist selbstbewusst und witzig, was sie sagt, kann Lilly alles unterschreiben. Aber letztendlich ist sie ein dicker, unsportlicher Mensch, der bei der Präsentation der WG Schokopudding gefuttert hat und dabei andere dicke, unsportliche Menschen dazu ermutigt, sich schön zu finden. Wie performt man das? Indem man sich in Pudding und Chips wälzt? Sei nicht so boshaft, korrigiert sie sich. Sie versteht schon, worauf es hinausläuft: Den Frauen wird es schwerer gemacht, schön zu sein, als den Männern. Transpersonen haben es da noch schwerer. Der Schönheitsbegriff ist stressig und teuer und ungerecht und gehört in der bestehenden Form abgeschafft. Aber müssen deswegen wirklich alle gleich schön sein? Weniger fressen würde auch helfen, ein besseres Körpergefühl zu kriegen, denkt sie gallig. Sport machen. Was diese dicken Frauen nicht verstehen und sehen, ist, dass man nicht schlank geboren wird. Wie viel Leid Lilly in ihre Schönheit investiert hat. Idealgewicht hat seinen Preis. All die Schokolade, den Käse, die Chips, die sie nicht gegessen hat, und alle Stunden, die sie joggen war und im Fitnessstudio abgedient hat. Die sehen sie nie, die Frauen, die Body Positivity einfordern. Alles futtern, was einem in den Weg kommt, die Wochenenden auf der Couch versumpern, sich dann in zu kleine und zu kurze Sachen quetschen und drauf bestehen, dass man genauso schön ist wie die, die sich anstrengen und sich ihre Attraktivität verdienen. Das ist doch auch nicht fair. Solidarität, jaja, sie weiß schon. Mit allen Frauen solidarisch sein. Dranbleiben. Laut sein. Sagt Simone. Mitgehen. Bei den Demonstrationen für die Streichung der §§ 96 und 97. Gegen die Verlängerung der Beratungsfrist. Gegen die Kompetenzübertragung der Beratung an den kirchlichen Beratungsstab. Wilde Performances aufführen und lasterweise Babypuppen vor dem Kanzleramt und dem Ministerium abladen und dabei Sprüche skandieren wie: Steckt euch euren Beratungsstab sonst wohin!

Aber auch im Persönlichen soll sie sich einschränken, sagt der Feminismus. Das mit dem Schönseinwollen und Gefallenwollen: Hinterfragen! Abgewöhnen! Boykottieren! Aber sie ist und bleibt eine hübsche Tussi, Veganismus, Ökobewusstsein und Frauen-WG zum Trotz. Was kann Lilly dafür, dass sie so ist, wie sie ist? Dass sie keinen BH getragen hat an diesem Tag? In ihrem Alter und mit ihren Brüsten passiert so was eben. Ist es nicht feministisch, seinem Busen mal einen Tag frei zu geben? Bis jetzt ist das niemandem, den sie kennt, aufgefallen. Nur den paar geilen Männern und verbiesterten Feministinnen, die sich jetzt die Finger darüber wundposten, dass sie sich sexuell in Szene gesetzt habe. Sie solle sich gefälligst einen BH kaufen. Eigentlich sollten sie ihr danken. Sie hat die erste Big-Sista-Folge gerockt und aufgelockert. Im Gegensatz zu den anderen beiden Big-Sista-WGs waren sie jedenfalls die Witzigsten. Weniger abgehoben als die Queeren, nicht so verstaubt wie die Grannys. In unserer Unterschiedlichkeit sind wir doch diverser als die anderen. Sagt Simone.

Demnächst wird wieder aufgezeichnet. Diesmal wird der erste Gast dazukommen. Keine Ahnung, wer es sein wird. Lassen wir es auf uns zukommen, sagt Simone. Viele haben sie nicht auf ihren Auftritt angesprochen. Ein paar WhatsApp-Nachrichten hat sie bekommen, und ein paar Insta-Freundinnen haben sie in ihren Stories getaggt. Wow, Lilly, Big Sista, bellissima!! Sie hat ihre Herzchen darunter gepostet, und fertig. Niemand erkennt sie, nicht hier auf der Uni, nicht auf der Straße. Liegt wohl daran, dass sie nur Statistin ist. Simone spielt die Hauptrolle. Wer sieht denn überhaupt noch fern! Papa, leider. Das Telefonat hat sie nach ein paar Minuten beendet, so wie das letzte: indem sie irgendwann aufgelegt hat. Sie überlegt, Papa zu blockieren.

Denk doch an deine Mutter! Was soll das alles? Was willst du von diesen alten Hexen? Ist das dein Ernst?, hat er ins Telefon gemault. Ist dir das nicht peinlich? Unsere Freunde fragen uns, ob du in einer Sekte bist und warum du das notwendig hast!

Sie schickt Samu eine kurze Nachricht mit einem GIF, in dem zwei Kuscheltiere einander innig umarmen. Sieht nicht nach Liebe aus, sondern nach Trost, denkt sie. Nach schlechtem Gewissen. Sie ist natürlich noch einmal zu Samus Wohnung gefahren. Diesmal Samstag Mittag. Über die Woche hinweg hat sie sich erfolgreich eingeredet, dass sie tatsächlich etwas holen müsse. Ein Buch von Yuval Harari, das sie Samu geschenkt hat. Diesmal war Aaron zu Hause. Als sie die Türe geöffnet hat, hockte er im Vorzimmer auf dem Boden, band sich seine schönen Lederschuhe zu und sah Lilly von unten an.

Ich muss nur ein Buch holen, hat sie gesagt, aber er hat sie einfach angelächelt, sie zu sich auf den rauen Teppich gezogen und ihr leicht in den Nacken gebissen. Da ist ja meine geile TV-Emanze, endlich, hat er in ihr Ohr gemurmelt. Dabei hat er sie an ihrem Zopf festgehalten. Lilly wusste gar nicht, was sie sagen sollte, oder tun. Es ging wieder so schnell. Der Rock oben, die Strumpfhose und Unterhose bei den Knöcheln, wie eine rollige Katze reckte sie ihm den Arsch entgegen. Es war so unglaublich geil, so tierisch. Mit seinem schlanken Penis kann er so viel mehr anstellen, als es mit Samus knolligem Geschlecht möglich ist. Sie ist perplex, wie gehorsam ihr Körper einen Orgasmus liefert. Wie unterschiedlich sie auf Männer reagieren konnte. Bei Samu und all seinen Vorgängern dauerte es viel länger. Diese Art von Sex ist ihr unheimlich. Was ist mit Vertrauen, Liebe, Kommunikation? Was will sie von diesem Mann, der ihr nicht zuhört, sich nicht fürs sie interessiert, ihr die Zunge in den Mund steckt, bevor sie etwas sagen kann? Es ist gespenstisch. Aber geil. Das Harari-Buch liegt vorwurfsvoll bei ihr auf dem Nachtkästchen, wie ein papiergewordener Vorwand für den wiederholten Betrug. Sie wird Samu nichts erzählen, und Aaron wird sich hüten, das gut eingespielte Leben mit seinem Mitbewohner unnötig zu verkomplizieren. Samu wird auch von seinem zweiten Praktikum und von seinem dritten zurückkommen, dann wird er in Wien bleiben und die Gelegenheiten werden sich einfach nicht mehr bieten. Oder ihr wird es keinen Spaß mehr machen, einfach so, weil sich auch der aufregendste Turbosex einmal abnutzt. Das kennt sie doch. Sie steckt das Handy wieder in die Tasche und lenkt ihre Aufmerksamkeit zurück zur Statistik.

Später lässt sie sich aus dem Hörsaal drängen, sie ist Teil der Masse, lässt sich durch die Türe aus dem Gebäude schieben, aus dem Bildungssystem in die

Freizeit. Draußen ist es frühlingshaft sonnig. Die ersten Wahlplakate stehen auf den Gehsteigen im Weg, kommen den Touristen in die Quere. Ein heißer Wahlsommer wird das. Jetzt haben sie tatsächlich diese junge, stramme Soldatin Wolkenstein aufgestellt. Die vier Kinder hat und trotzdem fertig studiert. Die relativ jung ist und ziemlich weiblich und trotzdem in der Altherrenpartei groß werden durfte. Natürlich suchen sie sich eine Frau aus, um die Frauensachen zu propagieren, hat Simone gefeixt. Eine vierfache Mutti, deren Kinder geboren wurden, obwohl. Die nicht am Leben sein dürften, wenn.

In den Talkshows und in den Zeitungen geht es jetzt wieder vermehrt um Abtreibung, und immer mehr Politikerinnen sind in der Kontra-Fraktion. Lilly muss zugeben, dass sich einiges glaubwürdig anhört. Warum gibt es keine Statistiken? Ist es nicht doch ein bisschen Mord? Wie sollen wir Europäer das sonst machen, wenn wir nicht aussterben wollen? Vielleicht werden die Entscheidungen zu schnell gefällt. *Lassen wir uns unsere Weiblichkeit nicht nehmen,* steht auf dem Wahlplakat, auf dem die Parteisoldatin unter dem geföhnten Helm lächelt.

Lilly schwitzt, sie geht noch ein bisschen schneller. Noch gar nichts gegessen heute. Sie fährt ein paar Stationen mit der U-Bahn, steigt eine früher aus, geht über den Markt, der in der Nähe der WG ist, sie braucht Obst und Nüsse, am besten unverpackt. Brot- und Wurstgeruch, Käse, der Hunger wird größer, er wird familiärer, sie hat Lust, nicht nur sich selbst zu sättigen, sie beschließt, etwas zu kochen, für alle, Couscous zum Beispiel, das kann sie ganz gut. Ein bisschen etwas beitragen zur Gemeinschaft, gemeinsam essen, danach sitzen bleiben und einander zuhören, Normalität spielen. Immerhin wohnt sie jetzt schon seit ein paar Monaten in der WG, und noch hat sie kein einziges Mal für alle gekocht, so wie die anderen hie und da kochen, spontan oder angekündigt, begabt oder talentfrei. Sie bleibt vor einem Stand mit besonders appetitlichem Spargel stehen. Die Spargeln liegen kreuz und quer, schimmernd, in allen Formen, kleine dicke, große schlanke, verbogene, sie nimmt eine in die Hand.

Bitteseeehr, schöne Frau, sagt der Verkäufer, er ist gleich bei ihr, er hat ein entwaffnendes Lächeln und einen lustigen Dialekt. Kärntner. Bedienen Sie sich, ist genug da, groß oder klein, ganz so, wie es Ihnen gefällt. Er zwinkert ihr zu, sie lächelt zurück, obwohl sie nicht lächeln will, klar, sie kennt das ja eh, Zweideutigkeit, Sexualisierung von allem, was länglich und penetrationstauglich ist und als Aphrodisiakum gilt. Hahaha. Die Feldgurke sieht schön aus. Wenn sie die kauft, was muss sie sich dann anhören? Sie hasst sich dafür, nicht den Stand daneben ausgesucht zu haben, bei der verhutzelten Marktfrau, die jetzt gerade verschrumpelte Paprika nach Farben schlichtet, könnte sie eine Gurke oder einen Rettich kaufen, ohne unter Penetrationsverdacht zu geraten. Aber die hat keinen Spargel. Gerade greift der Verkäufer sich eine Selleriestaude und winkt damit, das Laub raschelt, sie schüttelt höflich den Kopf, jetzt erst versteht sie die Andeutung; die potenzfördernde Wirkung von Sellerie. Haha, sehr lustig. Was soll sie dazu sagen? Steck dir deinen Sellerie in den Arsch? Er sollte ihr eigentlich leidtun, was soll sie sich mit dem anlegen, harmloser Wichser. Sie hört ihre Mutter: Er hat wahrscheinlich keine Frau, nimm's als Kompliment.

Was würde Simone tun? Ein halbes Kilo Spinat noch, sagt Lilly jetzt, es klingt matt, er packt ihr viel zu viel Spinat in einen braunen Sack. Dann rechnet er zusammen, legt noch einen kleinen Granatapfel dazu. Geht aufs Haus, sagt er. Sie zahlt, er verabschiedet sich. Bis zum nächsten Mal, ruft er ihr hinterher. Sie ärgert sich ein bisschen, aber es lässt schnell wieder nach, sie ist das gewohnt, so ist das eben, so funktioniert die Welt. Soll sie jetzt den Gemüsestandler auch noch erziehen? Sogar Simone würde ihr vielleicht davon abraten, jeden Schwachkopf in einen Feministen umerziehen zu wollen. Maren und Eleonora würden ihr vielleicht sagen, sie solle sich stattdessen auf ihr Studium konzentrieren und dem System auf höherem Niveau den Arsch aufreißen. Flora wäre die richtige Person, sie ist die Zuchtmeisterin, mit ihr müsste sie hierhergehen, sie würde den Gemüseverkäufer konfrontieren mit der Unangemessenheit seiner Verkaufsshow. Sie würde ihm verbal die Eier ausreißen. Was die alle glauben. Lilly marschiert zur nächsten Straßenbahnstation, die Tasche ist zu schwer für einen langen Fußmarsch. Schwachsinn, denkt sie, sich ständig aufzuregen, für alles zuständig und für nichts mächtig genug zu sein, und gleichzeitig funktionieren zu müssen, studieren, arbeiten, Partner haben, Kinder aufziehen, Gurken kaufen. Wenn man aus allem ein Drama macht, fehlt einem doch die Zeit für das Eigentliche, das kann nicht gut gehen, und deswegen geht es auch nicht gut. Jetzt denkt sie ganz bewusst an das Couscous, für das sie kein Rezept hat. Sie wird wohl irgendwie improvisieren müssen.

Als sie später das Essen auf den Tisch stellt, macht sich eine Idylle breit. Sie hat das Couscous auf einer abgeschlagenen, aber farbenfrohen marokkanischen Schale angerichtet, ein kleiner hellgrüner Berg, den sie mit Sesammus und Granatapfelkernen besprenkelt und mit rohen Spinatblättern eingefasst hat. Wie eine große, essbare Sonnenblume bietet sich die Mahlzeit dar. Das hat Lilly von ihrer Mutter gelernt. Die Show ist die halbe Miete. Da muss man sich einfach nur die Kochbücher ansehen. Alles eine Frage der Dramatik, des Arrangements. Und es funktioniert. Maren klatscht übertrieben, wie ein Kind; Eleonora lächelt milde, Simone nickt, sogar Flora steuert eine anerkennende Mimik bei.

Jetzt übertreibt mal nicht, sagt Lilly. Ist nur Couscous. Obwohl, ihr wisst ja nicht, wie schwer ich mir diesen Spargel verdient habe.

Interessierte Blicke.

Wie meinst du das?, fragt Simone.

Gar nichts Schlimmes, der Gemüseverkäufer war einfach deppert, sagt sie, ihr wisst schon, der vom Markt. Der Typ gleich neben der Vinothek.

Sie will jetzt essen und keinen Diskussionskreis eröffnen. Meine Güte, denkt sie, kann man in dieser WG nicht einmal etwas sagen, ohne dass es gleich in seine Einzelbestandteile zerlegt wird?

Wie deppert?, fragt Simone ruhig, während Lilly das Couscous austeilt.

Ganz normal deppert, ein Typ, der sexuelle Anspielungen macht.

Simone und Flora schauen lauernd.

Anspielungen, sagt Flora jetzt.

Na dass Sellerie für den Mann potenzsteigernd ist, und die Spargelgröße, ob die eh passt, es war nichts Explizites, nur eine normale Anspielung.

Ganz normal, unterbricht Simone. Ja, Anspielungen gehören zum Geschäftemachen dazu, ein bisschen Sex muss sein, beim Gemüsekaufen, beim Reifenwechseln, beim Rohrverlegen. Das lernen die Arbeiter in ihren Ausbildungen, ohne Querverweis aufs Ficken dreht sich die Welt nicht.

Simone legt das Besteck weg und nimmt einen großen Schluck Wein.

Das stirbt einfach nicht aus, trotz #metoo, #aufschrei, #ohnemich, da kann der Feminismus noch so sehr ins dritte Jahrtausend gehen. Bei unserem Gemüse-Charly kommt das alles nicht an, unser Gemüseverkäufer *kann* einer jungen Frau einfach kein längliches Gemüse verkaufen, ohne es gedanklich in ihrer Muschi zu versenken. Findest du das wirklich normal?

Lilly versteht, worauf sie hinauswill.

Was hättest du denn getan? Wir können doch nicht alles dauernd ändern, oder?, fragt sie. Wir müssen doch nebenbei auch noch funktionieren, wir können doch nicht jedes Wort umdrehen und ausdiskutieren!

Mit uns oder mit dem Gemüseverkäufer?

Lilly hat kaum mehr Appetit. Sie fühlt sich angegriffen. Jetzt legt sie das Besteck nieder.

Mit allen, sagt sie. Wir können nicht dauernd mit allen wegen jedem Wort diskutieren.

Doch, sagt Simone. Das wäre das Ziel. Ich weiß, es ist mühsam. Aber wenn du es dem Gemüse-Charly nicht reinsagen kannst, wenn er dich erniedrigt, kannst du es dem Vorgesetzten auch nicht reinsagen, wenn er dich unterbezahlt. Oder dem Vergewaltiger, wenn du Anwältin bist. Oder dem Minister, wenn du mal Kanzlerin bist.

Lasst sie in Ruhe, sagt Maren. Das Essen wird kalt.

Simone zuckt die Achseln, sie nimmt einen großen Bissen und leert Wein nach.

Du solltest mit den Spargeln anfangen, wenn du mal zu den Kanonen willst, sagt sie mit vollem Mund und schluckt. Wenn du mit dem Gemüse-Charly nicht fertig wirst, wirst du nicht weiterkommen. Probier's mal. Tut gar nicht weh.

Lilly nickt und widmet sich ihrem Couscous. Eine Mischung aus Scham und Ärger schnürt ihr den Magen zu. Feminismus nervt, will sie entgegnen. Es ist peinlich, wenn das Lächeln des Gemüse-Charly erstirbt, wenn sie ihm sagt, er soll sich seine übergriffigen Penetrationsfantasien sparen, er soll sein sexistisches Geschwafel lassen und ihr einfach Spargel verkaufen. Wenn im Gesicht die Enttäuschung darüber lesbar wird, dass sie keine von denen ist, mit denen man »ganz normal« reden kann. Sie ist doch nicht so eine, die keinen Humor hat, Sprachpolizei spielt und auch wirklich alles wörtlich nehmen muss. Man muss Begriffe wie *sexistisch, übergriffig, Emanzipation, Feminismus* nur denken und schon ist die Stimmung am Arsch, egal ob auf dem Markt oder sonst wo.

Du kannst es ja mal probieren, sagt Eleonora in einem um Schlichtung bemühten Tonfall. Was hast du zu verlieren?

Lilly schüttelt jetzt ärgerlich den Kopf, während sie kaut.

Ihre Fuckability, sagt Flora mit vollem Mund, in den sie jetzt noch einen Schluck Wein kippt.

Schluss jetzt, ruft Maren in die Runde und legt das Besteck zur Seite. Jetzt redet nicht über Lilly, als wäre sie nicht da!

Lilly lacht los, mit halbvollem Mund. Das ist doch alles

lächerlich, denkt sie. Sie schüttelt dabei energisch den Kopf, um den Gemüseverkäufer endlich loszuwerden.

Alles klar, sagt sie und greift wieder zum Besteck, das nächste Mal zieh ich ihm mit dem Sellerie eins drüber. Vielleicht sollten wir an dieser Stelle aufhören, bevor uns der Appetit vergeht. Können wir jetzt essen, bitte?

Simone lächelt ihr zu und hebt das Glas. Auf den guten Appetit. Und die Erziehung des Gemüse-Charly, setzt sie nach.

Lilly ist sich nicht sicher, ob das ernst gemeint ist, aber sie hebt auch das Glas, und alle Frauen ziehen nach. Auf die Erziehung des Gemüse-Charly!, sagen sie jetzt im Chor. Lilly nimmt einen tiefen Schluck. Vielleicht ist das die eine Gelegenheit, etwas loszuwerden, was ihr ebenfalls im Magen liegt, jetzt ist es schon egal, denkt sie.

Aber es gibt noch eine Steigerung, sagt sie tapfer.

Die Frauen sehen sie aufmerksam an.

Ich war da bei einem Hautarzt, beginnt sie, und die Frauen legen jetzt geschlossen das Besteck zur Seite.

## 11
## Simone
*Ende April*

*Brot. Salz. Hafermilch! Klopapier!!!*, steht auf der Tafel.

Diese Rufzeichen. Sie hat diese Klopapierdiskussionen schon vor dreißig Jahren gehabt, mit Jürgen. Wischen wir halt mit Küchenrolle, hat er gesagt. Gott bist du kleinlich. Und wenn die Küchenrolle aus ist?, hat sie gefragt, rhetorisch. Taschentücher, hat er geantwortet.

Heute früh waren einmal alle gleichzeitig zu Hause. Simone hat die Chance ergriffen und alle aus ihren Zimmern geklopft. Putztag, hat sie gerufen. Weil die Aufzeichnung mit dem ersten Gast ansteht! Es gab überhaupt keine Widerrede.

So viele Klos zu haben, hat auch Nachteile. Simone beugt sich über das dritte Klo und stößt den Besen in den Schlund. Die Muscheln sind in die Jahre gekommen. All die Lehrer, die hier gesessen sind, oder Lehrerinnen. Ihre traurigen Fäkalien haben eine graue Patina hinterlassen. Sie denkt an die Übelkeit, die Durchfälle, die sie in ihrer Lehrerinnenzeit hatte. Wie sie sich gekrümmt hat auf dem kleinen Klo, wie sie zuletzt auf alles geschissen hat, auf die Kollegenschaft, den Direktor und leider auch auf die Schüler und Schülerinnen.

Wie soll man putzen, wenn solche Wahlen anstehen. Sie hätte Wichtigeres zu tun. Alle haben das. Außer Maren vielleicht. Simone ist der Zustand der Klos eigentlich egal; solange sie nicht total versaut sind, stinken und übergehen. Eine Wochenzeitung will einen

Kommentar von ihr, bis morgen. Wegen der frauenpolitischen Verdunkelungsgefahr, hat die Redakteurin gesagt. Eine gute Metapher. Seit einer Woche gibt es endlich zaghafte Proteste gegen die geplante »Frauenpolitik« der Konservativen und der Rechten. Aber es wird nicht reichen. Nichts ist denen zu dreist, um die verlorenen Frauenstimmen wieder einzufangen; und viel zu vielen Frauen gefällt das. Man muss sich das Ungeheuerliche einfach nur trauen. Law and Order für alle, von den Ungeborenen bis zu den Flüchtlingen. Und Geld für die braven Frauen. Muttergeld bis zum Schuleintritt. Geburtenprämien. Rückbesinnung auf *unsere Werte*. Simone reicht es. Sie unterbricht das Schrubben, leert mehr Essig in jedes Klo und beschließt zu warten, bis die Säure ihr die Arbeit erleichtert.

Durch das offene Klofenster kommt warme Frühlingsluft herein. Nur mehr ein paar Monate bis zur Wahl. Die Plakate stehen schon. Wenn sie sich auf die Zehenspitzen stellt, kann sie welche sehen. *Lassen wir uns unsere Weiblichkeit nicht nehmen! Mut zur Familie!* Die *Rückbesinnung auf unsere familiären Werte* gefällt nicht allen.

*Rückwärts? Nicht mit uns!* steht auf den Wahlplakaten der Sozialisten. *Zurück in die Zukunft!* auf jenen der Grünen. Das Zurück ist schwammig. Könnte postpandemisch, wirtschaftlich, friedenspolitisch oder frauenpolitisch gemeint sein. Aber progressive Frauenpolitik war ja noch nie Thema für Wahlplakate. Ist ja nur die Hälfte der Bevölkerung betroffen.

Die Konservativen sprechen zumindest das Mama-Thema an und fahren mutterpolitisch einen neuen Kurs, der in Wirklichkeit uralt und das Gegenteil von frauenpolitisch ist. Aber ihre Dreistigkeit und ihr Geschick sind neu. Sie machen nicht denselben Fehler, den sie den Sozialisten jahrzehntelang zuschieben konnten: den Frauen die Rechte zu geben, ohne sie um ein paar Pflichten zu erleichtern – nämlich die privaten. Gerade weil sich niemand um diese privaten Pflichten gekümmert hat und sie immer wieder durch die Instanzen in die Arme der Frauen zurückgefallen sind, sind Frauen so anfällig für Almosen, die die Konservativen jetzt verteilen wollen: Grundeinkommen für Frauen, Care-Bonus für Kinderbetreuung oder Pflegearbeit. Müttergroschen halt. Ein paar Krümel sind eben besser als gar nix. Und warum nicht Mütterpolitik statt gar keiner Frauenpolitik? Solche Milchmädchenrechnungen zerpflücken sogar schon ein paar Kolumnistinnen in den konservativen Blättern. Wenn das aufgeht, denkt Simone, dann gute Nacht! Vorne die Mamapolitik, und im Hintergrund schnüren sie dann den §97 auf. Da rollt ein Backlash auf uns zu, der uns locker fünfzig Jahre zurückwirft. Und die meisten Frauen sehen das nicht kommen. Es sei denn, man weckt sie auf. Was auch wieder nichts garantiert. In Polen haben Hunderttausende demonstriert, und es hat ihnen nichts genutzt. In Ungarn haben sie gar nicht protestiert. Auch damit spekulieren die Parteien. Darauf verlassen sie sich: auf den zu Tode erschöpften Widerstand. Das könnte sie natürlich alles heute loswerden. Wenn der richtige Gast eingeladen ist. Wenn nicht irgendein Glitzerthema kommt und sie in die Identitäts-Arena geschleift wird.

Sie wirft einen Blick in die Klos, sie wartet noch ein bisschen. Natürlich könnte man trotzdem feiern, denkt sie. Gibt eh nichts zu feiern momentan. Feiern aus Verzweiflung. Feiern wir halt die kleinen, lächerlichen Siege über den Schmutz! Hausarbeit ist ja nicht per se banal, sondern wurde über Jahrhunderte banalisiert, weil sie als selbstverständlich und unbezahlt vorausgesetzt wird. Putzen ist genauso banal wie Bauen, Einkaufen ist genauso banal wie Jagen. Beim Hausbau gibt's die Gleichenfeier, und bei der Jagd wird jede erlegte Schnepfe abgefeiert und begossen; nur das Putzen ist banal. Über die Banalität der Hausarbeit richten eben Leute, die noch nie geputzt haben.

Sie haben jetzt noch mehr Follower auf Instagram und Facebook. Follower sind Schafe. Schafe brauchen Gras. Hirten. Hunde. Eleonora postet schöne Bilder, aber die Stimmung in der WG ist mau. Vielleicht die Nervosität. Lilly ist nie da, Flora und Maren streiten oft, Eleonora klingt resigniert. Würde Simone sie nicht gut kennen, sie würde sich Sorgen machen. Aber Eleonora wird wieder. Wie diese kleinen Fadenpuppen für Kinder, die man mit einem Knopfdruck zu Fall bringen kann. Wenn man den Knopf loslässt, stehen sie wieder auf.

Diese WG ist Simones vierte Frauen-WG. Zweimal war Eleonora dabei und hat kopfschüttelnd zugesehen. Die erste zerbrach am Mietvertrag, die zweite an politischen Uneinigkeiten, die dritte an Haushaltsfragen. Eleonora will nie wieder umziehen, hat sie gesagt. Simone mag die alte Schule, die natürlich eine neue Heizung und neue Fenster und neue Böden und ein neues Bad braucht. Die neue Heizung hat Flora schon vom Vermieter zugesagt bekommen, die Fenster sind danach dran.

Sie beginnt die Klos zu schrubben, der graue Film löst sich jetzt bereitwillig. Der Essiggeruch erinnert sie an ihre Mutter. Ich *ertrage* Schmutz nicht, hatte die gesagt.

Dieses wahnhafte Putzen zu Weihnachten, zu Ostern, dazwischen sowieso, immer strahlende Fenster und schimmernde Böden, kein Lurch hinter den Regalen, kein Staub auf den ungelesenen Büchern in Vaters Bibliothek. Ordnungswahn ist Gehirnwäsche. Man muss sich entscheiden: Lesezeit oder Putzzeit. Staub oder Knechtschaft. Simone hat noch nie eine kluge Frau in einem pedantischen Haushalt vorgefunden. Sie will gar nicht, dass es in der WG zu sauber ist.

Sie scheuert jetzt das zweite Klo, dann das dritte. Dann hört sie ein Poltern und sieht, wie Eleonora den Staubsauger aus der Abstellkammer nimmt, die eher eine Nische ist und chaotisch vollgestopft; sofort ergießen sich Säcke, Taschen und ein Stapel Plastikbehälter auf den Boden. Eleonora seufzt, stopft alles wieder in die Kammer und schiebt die Türe mit dem Fuß zu. Dann hört Simone, wie Stühle auf den Tisch gestellt werden, bedacht und vorsichtig. Schmeiß doch mal mit Möbeln herum, will Simone sagen, mach doch mal Krach, zwick dir doch mal vor lauter Wut die Fingernägel ein. Und schrei. Eleonora beginnt zu saugen. Marens Kuchenbrösel, Lillys Haferflocken, Simones Bauernbrotkrümel, Floras Karottenschnitzer und Selleriefäden, ihre eigenen Kekskrümel, die Haare, den Lurch. Das Sediment des Wohnens.

Simone macht eine kurze Pause und sieht ihnen beim Putzen zu. Eine Zuneigung macht sich in ihr breit. Sieht doch schon viel besser aus. Lilly, die den Boden wischt. Maren, die mit prall gefüllten Einkaufstaschen zur Tür hereinkommt. Flora, die verschwitzt mit einer Bürste einen Fleck auf dem Boden schrubbt.

Ich finde, es reicht, sagt sie. Was glaubt ihr?

Gleich, sagt Flora, den Fleck noch.

Simone nickt, geht zum Kühlschrank, schiebt Lilly zärtlich zur Seite, um eine Flasche Sekt herauszunehmen.

Lilly blickt ratlos in die Runde. Hat wer Geburtstag?

Simone öffnet die Flasche und schenkt fünf Gläser ein. Nein, Putztag, sagt sie. Brauchst gar nicht lachen, Lilly.

Ich lach nicht, sagt Lilly.

Das ist eine Leistung, das kann gefeiert werden. Das ist schon mal was, das in der Gesellschaft nicht funktioniert. Also! Auf unser erstes gemeinsames Putzen! Sie hebt das Glas.

Sie versammeln sich zögernd um den Tisch, auf dem die Stühle noch stehen. Die Komplizin blickt zustimmend auf sie herunter.

Na bitte, sagt Simone, zu niemand Bestimmtem, hebt das Glas, leert es in einem Zug und geht in ihr Zimmer. Wird schon.

Als später die Techniker und der Moderator wie auch letztes Mal mit ihren Lampen, Kabeln und Kisten die Wohnung betreten, bitten sie sie nicht, ihre Schuhe auszuziehen. Der Gast ist eine Gästin. Simone erkennt sofort die muslimische Konvertitin, die sich hauptberuflich sehr eloquent für das Recht, Kopftuch, Nikab und Burka zu tragen, einsetzt – immer, überall und in jedem Alter. Die Frau, die früher Christina hieß, stellt sich als Jasmina vor, mit gewinnendem Lächeln und festem Händedruck begrüßt sie eine nach der anderen. Ihr grellrot geschminkter Mund prangt inmitten eines sehr weißen Gesichts, das vom enganliegenden Kopftuch schwarz umrahmt wird, ein schwarzer, bodenlanger Umhang hüllt den schlanken, sehr großen Körper ein. Simone wird augenblicklich nervös. Nichts mit Abtreibungsdebatte und Wahlkampf. Wenn eine streng Religiöse zum Essen kommt, wird über Religion geredet werden müssen. Religionsskepsis ist Simones identitätspolitische Achillesferse. Sie kann nur verlieren, wenn sie aufrichtig ist. Sie kann und will nicht verstehen, wie sich Frauen bereitwillig und ohne Zwang den religiösen Harnisch anlegen lassen. Es ist ihr egal, welche Religion. Alle Religionen, die von Männern gemacht wurden. Sie muss es ja nicht verstehen, sagt man ihr seit Jahrzehnten. Nur tolerieren.

Während sie in die Küche gehen und ihre Plätze einnehmen, stellt sie ihre Argumente, die sie vielleicht bald brauchen wird, in Reih und Glied auf. Die Maskenbildnerin pudert ihr inzwischen das Gesicht. Sie wird ehrliche Fragen stellen. Warum sollen Frauen sich verbieten lassen, was Männern erlaubt ist? Warum Bekleidungsvorschriften über sich ergehen lassen? Warum wegschauen, wenn die antidemokratischen Vorbilder in islamischen Ländern wüten? Warum überhaupt glauben, wenn wissen auch eine Option ist? Sie spürt die Wimpernbürste auf ihren Augen, den kleinen Pinsel auf den Lippen. Sie wird sich konzentrieren auf die Verbrüderung von Christentum, Islam, Judentum und Hinduismus, wenn es darum geht, Frauen abzuwerten. Sie wird die Grausamkeiten der Männerreligionen gegenüber Mädchen und Frauen dorthin werfen, wo sie hingehören: in ein und denselben Topf. All das würde sie am liebsten nicht diskutieren. Das haben wir dem intersektionalen Feminismus zu verdanken, denkt sie: Dass er die Türe geöffnet hat für eine größere, universelle Solidarität. Dass im Gegenzug dazu vieles, was früher Unterdrückung war und vielleicht noch ist, unter der Haube der Selbstermächtigung verschwindet. Dass über eingebildete Götter diskutiert wird anstatt über die real existierende Abtreibungsproblematik.

Als sie fertig geschminkt sind und die Beleuchtung steht, beginnen die Kameras zu laufen und sie setzen sich. Wenigstens gibt es kein Schweinefleisch, denkt Simone erleichtert.

Ich muss Sie einander nicht vorstellen, beginnt das Bürschchen, aber ich bin es dem Publikum schuldig, die beeindruckende Karriere von Jasmina Z. zusammenzufassen. Ein Doktortitel, drei Kinder, zwei Bücher, ein TED-Talk, zahllose Auftritte in internationalen Diskussionsformaten. Jasmina nickt dazu, während sie eine Pistazie von einer Hand in die andere rollen lässt.

Simone sitzt am Tischende, zwischen ihr und Jasmina ist Lilly, am Rand der Moderator.

Er leitet die Diskussion ein. Frau Z., sagt er. Als gläubige Muslima hat man es ja nicht leicht unter Feministinnen. Es gibt die Diskussion über das Kopftuch …

… und die Freiwilligkeit, jaja, ich weiß. Diese Diskussion hat sich durch den intersektionalen Feminismus relativiert, oder? Sie lächelt entwaffnend.

Stimmt, denkt Simone. Jede Religionsdiskussion mündet jetzt in einem Rassismusbefund. Sie versucht, sich auf Jasmina zu konzentrieren, sich liebevoll auf sie einzulassen. Sie rutscht ab. Aalglatt, glücklich, Mutter, Karriere, gefestigter Glaube: eine makellose Wand, gegen die Simone rennen soll, vor laufenden Kameras.

Es gibt da ja einen Generationenkonflikt, der Moderator gräbt noch ein bisschen tiefer und wendet sich Simone zu. Können Sie Ihre Positionen dazu darlegen?

Warum lässt du uns schon in der Einleitung gegeneinander anlaufen, denkt Simone, warum dürfen wir nicht versuchen, darüber zu reden, was uns eint? Weil der unversöhnliche Disput die Ziellinie ist? Nicht mit mir, denkt Simone grimmig. Ihre Hände werden feucht.

Nun, sagt sie so ruhig wie möglich, als Altfeministin habe ich natürlich eine religionskritische Haltung, egal welche Konfession es betrifft.

Leider betrifft es immer nur die Muslime, klagt Jasmina.

Leider trifft es immer nur die Frauen, korrigiert Simone.

Wenn Sie auf Diskriminierung von Frauen im Islam hinauswollen: Mich trifft es nicht, antwortet Jasmina routiniert.

Das ist in Ihrer Biografie sichtbar, sagt Simone. Aber dass Sie Ausbildung und Kinder haben dürfen und hier zu Wort kommen, haben Sie weltlichen Mächten zu verdanken.

Wem ich zu danken habe, müssen Sie schon mir überlassen, sagt Jasmina. Der freundliche Ton ist noch da, aber ramponiert. Sehen Sie? So beginnt Bevormundung.

Nein, die beginnt schon viel früher. Die beginnt damit, dass lauter männliche Gottesmacher sich Götter einbilden, und sich dann Männer als Personen erster Klasse verstehen, und Frauen …

Ich empfinde mich nicht als Person zweiter Klasse, sagt Jasmina.

Scharia. Kopfbedeckung. Ehrenmorde, Sexualitätsfeindlichkeit. Sie werden doch nicht das Leid abstreiten, das da in Gottes Namen – wessen Gott auch immer – Frauen angetan wird?

Mir wird von meinem Gott kein Leid angetan. Auch nicht von meinem Mann. Es geht um die Auffassung von …

Blabla. Und so geht es dahin. Der alte Disput über die Definition von Selbstermächtigung, den sie schon nicht mehr hören kann. Immer reden die Selbstermächtigten von ihrer Selbstermächtigung.

Die Fremdbestimmten und Entmachteten werden ja selten vor die Mikrofone gebeten, sagt sie. Aber es ist sinnlos. Nach fünf Minuten fühlt Simone sich so in die Enge getrieben, dass sie aufspringen könnte. Sie spürt die Kameras auf sich. Ihr ist heiß. Das hier ist eine Arena, in der sie als altfeministische Rassistin vorgeführt wird, und das Publikum darf sie dann in den sozialen Medien genüsslich zerlegen. Noch kann sie aufstehen und sich in der Abstellkammer verstecken, bis es vorbei ist.

Ich sage jetzt auch etwas, sagt Lilly plötzlich.

Natürlich, sagt der Moderator erfreut.

Aus meiner Sicht ist der Konflikt veraltet, sagt sie. Nur mit Solidarität stehen wir das durch.

Aha. Simone spürt die nächste Hitzewelle durch ihren Körper fließen.

Schauen Sie, ich zeig Ihnen etwas. Lilly steht auf, zieht einen Stuhl zur Komplizin, nimmt sich ihr Halstuch ab und setzt es der Komplizin auf den Kopf. Die Techniker und der Moderator lachen; es wird auch geklatscht. Flora grinst, Maren nickt, auch Jasmina lächelt. Das ist aber nicht notwendig, sagt sie verlegen.

Aber auch kein Problem. Sehen Sie? Nichts passiert, sagt Lilly. Sogar unser Bundespräsident hat einmal gesagt, dass sich alle Frauen aus Solidarität verschleiern könnten, um ein Zeichen gegen Intoleranz zu setzen.

Simone kocht. Du Gör, denkt sie, was fällt dir ein. Sie erinnert sich an den Wutanfall, den sie damals bekommen hat. Soll er sich doch selbst ein Kopftuch aufsetzen, wenn er so solidarisch sein will, hat sie vorgeschlagen. Während sie überlegt, was als Nächstes zu tun ist, wird Flora um eine Wortspende gebeten.

Ich lehne es ab, mich in diesem Fall instrumentalisieren zu lassen. Nur so viel: Jede soll tun können, was sie will - solange Freiwilligkeit vorliegt. Da ist die Grenze oft unklar.

Simone greift nach dem Strohhalm.

Genau, sagt sie. In diesem Fall liegt keine Freiwilligkeit vor. Hier hat eine nichtgläubige Christin, die nicht mal den Schneid hat, aus der Kirche auszutreten, und die nicht mal ein Kopftuch aufsetzt, wenn der Wind geht, beschlossen, einer anderen ein Kopftuch aufzusetzen. Ohne vorher zu fragen. Und deswegen...

Sie steht auf, zieht ihren Stuhl geräuschvoll über den Boden, klettert zur Komplizin und nimmt ihr das Tuch wieder ab.

... lassen wir das lieber mit der vorauseilenden Solidarität.

Sie steigt wieder auf den Boden, gibt Lilly das Tuch zurück und setzt sich. Es ist ganz still. Kein Klatschen, kein Applaus. Lilly sieht sie kurz verwundert an, überspielt es aber, wickelt das Tuch wieder um ihren Hals und zuckt mit den Schultern.

Wir sehen, Frauensolidarität ist nicht immer einfach, summiert der Moderator ratlos.

Jasmina wendet sich Lilly zu. Deine Geste war zweifellos solidarisch. Aber eure Figur kann die Haare tragen, wie sie will. So wie ich auch. Wir Frauen sind einander ebenbürtig.

Bullshit, zischt es aus Simone. Unsere Komplizin hat keinen Glauben. Keinen männlichen Gott. Sie geht furchtlos voraus und schert sich nicht um Bücher über eingebildete Männergötter. Ist es nicht unheimlich, dass alle Weltreligionen Männer als Götter haben? Und wie einig sie sich darin sind, dass Frauen nicht mitbestimmen dürfen? Und wie sexualfeindlich ihre Moral ist? Wer da die Parallelen nicht sehen will, dem ist nicht zu helfen. Ihr Allah und »unser« Gott haben dasselbe Problem wie alle Götter. Sie haben einen Penis. Zwischen den Beinen. Und im Kopf.

Jetzt halten alle die Luft an. Das war jetzt ein bisschen zu viel. Sie bereut es nicht, denkt sie, nein. Sollen sie doch nachdenken. Sie schiebt noch etwas nach.

Angesichts der Wahlen haben wir viel größere Probleme als Kopftücher, sagt sie. Derzeit sind die christlichen Werte drauf und dran, die demokratischen zu untergraben. Darüber sollten wir reden, da sollten wir uns solidarisch zeigen, da sollten wir uns zusammentun. Sonst haben bald alle Frauen gar nichts mehr zu reden, abgesehen davon, was sie den Ehemännern am Abend auf den Esstisch stellen.

Dann zeigt sich das Talent des Berufsquatschers. Er stellt belanglose Fragen, leitet auf das Koch-Thema um, und schon ist von der dicken Luft, die zwischen Jasmina und Simone herrscht, kaum mehr etwas zu vernehmen. Allerdings auch kaum mehr Inhalte. Simone zieht sich aus dem seichten Palaver zurück, steht auf, vollendet unter dem wachsamen Kameraauge die Crème brulée, indem sie den Bunsenbrenner auf die Zuckerschicht feuert, bis die Karamellschicht blubbert. Von Schale zu Schale beruhigt sie sich mehr, und schließlich stellt sie das Dessert auf den Tisch vor Jasmina hin wie ein Versöhnungsopfer, das diese annimmt, indem sie anerkennend nickt, als sie später den Löffel durch die gebrannte Zuckerkruste stößt. Und doch ist bei der Verabschiedung nichts mehr übrig von der Herzlichkeit, die sie bei der Begrüßung versprüht hat.

Als das Team draußen ist, zieht sich Simone wortlos auf ihr Klo zurück und lauscht den Aufräumgeräuschen aus der Küche. Sie kann jetzt kein Resümee ziehen, ohne Lilly den Kopf zu waschen. Sicher dachte sie, es sei originell, ihre religiöse Toleranz zur Schau zu stellen. Was für eine dämliche, unnötige Anbiederungsorgie. Damit hat sie sogar diese Jasmina beschämt. Bald hört Simone kein Sesselrücken und kein Geschirrgeklapper mehr, stattdessen werden Türen geöffnet und wieder geschlossen. Lilly hat sich also in ihr Zimmer verzogen. Soll sie sich doch dort fragen, ob es eine gute Idee war, Simones Autorität in Frage zu stellen. Vielleicht hatte es ja auch sein Gutes. Wer weiß schon, ob ihnen die Sache mit dem Kopftuch nicht zu heiß ist und sie die Szene rausschneiden. Vielleicht ist alles halb so wild. Als sie das Klo verlässt, um sich noch ein Glas einzuschenken, läuft sie in Flora hinein, die sich noch Tee macht.

Das ist ja schön in die Hose gegangen, sagt die.

Bedank dich bei Lilly, antwortet Simone.

Ich bedank mich lieber bei dir, schnappt Flora zurück. Du bist die Ältere. Du hättest es nicht eskalieren lassen müssen.

Simone ist sprachlos. Eskalieren! Sie füllt sich das Glas voll mit Wein und sieht Flora dabei zu, wie sie schweigsam auf ihrem Teebeutel herumquetscht, bevor sie grußlos in ihr Zimmer geht.

Kopfschüttelnd nimmt sie vor ihrem PC Platz, als es klopft, zweimal, dann steht Eleonora hinter ihr. Simone lehnt sich an ihren mageren Bauch.

Ich kann schon sehen, wie die Likes weniger werden, wenn die Sendung ausgestrahlt wird, seufzt Simone.

Vielleicht auch wieder mehr, sagt Eleonora leise.

Schau, unter dem Link der Sendung mit den Queeren sind viel mehr Herzchen.

Eleonora beugt sich vor und sieht sich die Facebook-Seite genauer an. Im Vorschaubild der Sendung ihrer Konkurrentinnen sind heitere, coole Mädchen zu sehen, die mit Haushaltsgeräten posieren. Eine hält den Staubsauger wie eine E-Gitarre.

Die haben es leichter, sagt sie. Die müssen weniger streiten.

Die dürfen weniger streiten. Wahrscheinlich kriegen die eine Feelgood-Philosophin als Gast. Was soll das alles eigentlich?, fragt Simone.

Unterhaltung?, rät Eleonora. Information? Bildung?

Ich weiß nicht, sagt Simone genervt, das liegt mir doch alles nicht. Vielleicht sollten wir die Sache abblasen.

Das geht vertraglich nicht, und du weißt das, beschwichtigt Eleonora. Außerdem – es ist vielleicht leichter, als du denkst, schau dir doch mal an, wie das die anderen machen, auf Instagram.

Welche anderen, blafft Simone. Scheiß Instagram. Wenn ich es so machen würde wie die anderen, wäre ich eine von denen.

Elonora nickt. Aber das heißt nicht, dass du dir nichts im Detail abschauen kannst.

Ich zeig dir mal ein Detail, sagt Simone pampig. Sie scrollt zu dem Vorschaubild der ersten Ausstrahlung. Simone Arm in Arm mit Lilly, hinter ihnen die anderen drei, eigentlich ein schönes Foto. Lillys Brüste in der Bildmitte. Ihre Brustwarzen, die sich unter dem Shirt abzeichnen. Als seien sie nachbearbeitet worden.

Das muss man aushalten, sagt Eleonora trocken.

Ja, seufzt Simone. Ich hoffe, Lilly hält das aus. Kann man da nicht hinschreiben?

Hab ich doch schon, sagt Eleonora.

Simone schüttelt den Kopf. Erzähl mir von einer einzigen Revolution, die mit Titten begonnen hat.

Lillys Brüste sind aber wirklich sehenswert, sagt Eleonora.

Simone übergeht den Kommentar.

Mit Social Media kann man immer nur alles falsch machen. So ein Bullshit. Erzähl mir von einer einzigen Revolution, die aus Social Media hervorgegangen ist!

Fridays for Future, sagt Eleonora.

Das war Greta. Und die Bewegung ist *coronisiert.*

Der Arabische Frühling.

Dort ist jetzt arabischer Winter, sagt Simone.

Eleonora seufzt. Belarus. MeToo. Ni una menos. Es ist eine Frage der Mobilisierung. Man kann sie auf Facebook und Insta erreichen; und in der richtigen Welt.

Die richtige Welt, wiederholt Simone gallig. Und nach einer kurzen Pause: In der richtigen Welt bräuchte ich eine ganze Armee, die mir unter die Arme greift. Eine Frauenpartei mit Wählerinnen, fähige Politikerinnen, eine Frauenkirche, eine Frauenschule, für den Eigenbedarf ein Social-Media-Team, eine modische Beraterin, einen Geldscheißer, eine spirituelle Lichtfigur – und was kriegen wir? Eine Konvertitin.

Es war nicht so schlimm, sagt Eleonora.

Simone greift nach hinten über ihre Schulter, es ist eine einladende Bewegung, der Eleonora folgt, indem sie ihre Hand in Simones legt. Doch, sagt sie.

Simones lässt los, Eleonora versteht und geht.

## 12
# Lilly
*Anfang Mai*

Je länger sie sucht, desto mutloser wird sie. Sie klickt sich durch die Angebote, markiert ein paar, weiß aber, dass sie sich die Mühe wohl sparen kann. Diese WG-Besichtigung im 2. Bezirk war traumatisierend genug. Vier künstlerische Freigeister, eine verdreckte Küche, drei Fahrräder im Vorraum, die an dreckverschmierten Wänden lehnten, neben einem käsigen Schuhberg gleich beim Eingang – und das, obwohl die Bewohner die Schuhe in ihrer Wohnung angelassen haben. Jede WG, die sie sich in den letzten Wochen angesehen hat, hat ein anderes Grauen in ihr geweckt, aber alle scheitern sie am selben Hauptargument: Unter 500 Euro pro Monat war nichts zu finden. Das ist es, was sie sich leisten kann, ohne ihre Eltern anzupumpen oder nebenbei als Escort anzuheuern. Etwas, das sich, wie eine ihrer Studienkolleginnen andeutete, bei dem Body, den Lilly habe, locker ausginge. Darauf hat sie wirklich keine Lust.

Sie hat aber auch keine Lust mehr auf Feminismus à la Simone. Die Wohnung wird zwar gerade gemütlicher, weil es draußen wärmer wird, außerdem wird bald eine neue Heizung eingebaut, weil Flora dem Vermieter Druck gemacht hat; ein zweiter Winter im Bienenstock interessiert sie trotzdem nicht. Die Wohnung passt; wären da nicht die Mitbewohnerinnen.

Würdelos war das, was wir da abgeliefert haben, sagte Flora, als sie die Sendung nach dem Schnitt gesehen haben. Lilly wollte doch nur den Konflikt entkrampfen.

Aber anscheinend hat sie Frau Hebenstreit mit der Kopftuch-Geschichte provoziert und entthront.

Das wollte ich beides nicht!, betonte Lilly sich entschuldigend.

Simone hat es locker genommen und abgewunken. Lass nur, so ist das eben heutzutage. Wir sind aus zwei unterschiedlichen Generationen, hat sie gesagt, das kann man ruhig merken.

Die Medien haben es nicht so locker genommen. Die haben sich daran aufgegeilt. In den sozialen Medien wurde der Catfight über die Intersektionalität hämisch kommentiert und Lilly als kleine Heldin gefeiert. In den Printmedien wurde der identitätspolitische Sturm im Wasserglas lächerlich gemacht. Lilly wollte Simone keineswegs brüskieren. Ganz im Gegenteil: Sie wollte doch nur, dass Simone sich nicht noch tiefer in ihre altfeministische Islamophobie hineinsteigert, vor laufenden Kameras. Die Kommentare und Likes geben ihr recht: Man steht total hinter ihr. Nicht nur, dass es ein No-Go ist und total unsolidarisch, auf diesem blöden Kopftuch herumzureiten. Es ist auch nicht hilfreich. Die Diskussion ist doch schon lang gegessen, wie so vieles, auf dem die Altfeministinnen so gerne noch herumkauen würden. Die Postings unter dem Beitrag sprechen Lillys Gedanken aus.

*Sollte Geschichte sein, seit es den intersektionalen Feminismus gibt.*

*Wo hat die Hebenstreit die letzten 20 Jahre verschlafen? Hinter ihren verstaubten Emma-Stapeln?*

*Wach auf, Hebenstreit! Die Saurier sind schon ausgestorben!*

Simone soll doch mal den feministischen Musliminnen auf Insta folgen, die selbstbestimmter und emanzipierter auftreten als so manche Ungläubige. Die so inspirierend sind. Und wenn sie schon dabei ist, kann sie gern auch ein paar Transfrauen folgen oder Sexarbeiterinnen. Ihr war gar nicht bewusst, wie reaktionär Simone ist. Wie eine dieser Altfeministinnen, die Lilly nur ganz kurz abonniert hatte, bis ihr von mehreren Seiten geraten wurde, ihr nicht mehr zu folgen, weil sie transfeindlich sei. Sie erinnert sich gar nicht mehr, worum es ging.

Eine augenöffnende Sendung, hatte der Moderator angekündigt. Flora hat sich am nächsten Tag ausgekotzt, als Simone nicht daheim war. Augenöffnend? Nein, arschöffnend! Simone hat unsere Ärsche aufgerissen und ganz Österreich tief hineinschauen lassen! Das verzeihe ich ihr nie! Aber als Simone dann nach Hause kam, hat Flora nur ihr grantiges Gesicht aufgesetzt und ist in ihr Zimmer gegangen. Es ist gar nicht so leicht, Simone derzeit die Stirn zu bieten. Schon gar nicht, weil auf ihrem Account nicht nur Hassnachrichten, sondern auch Morddrohungen eingetrudelt sind, was alle schockierend fanden. Angesichts dessen ist so etwas wie ein kleiner Kopftuchdisput schnell relativiert.

Die Hassnachrichten, hat sie gesagt, bestätigen die nicht meine Befürchtungen? Was hab ich euch gesagt? Nimm einer Statue, die keiner Religion angehört, das Kopftuch runter und sie wollen dich aufhängen, steinigen und totficken. Wer sich mit diesen Männerkirchen verbündet, kann doch nicht ganz dicht sein.

Was machst du mit den Hassnachrichten?, hat Lilly gefragt.

Screenshots, sammeln, und ab zur Polizei, hat Eleonora trocken gesagt. Unsere Mappe der verletzten Männlichkeit wächst schnell.

Wie auch immer: Lilly ist das alles zu anstrengend. Sie wollte mit inspirierten Frauen wohnen. Und sich nicht in einen Krieg einmischen, der sie nichts angeht. Die Sache mit dem Hautarzt zum Beispiel, die war ihr auch zu viel. Dass dann eine nach der anderen bei dem einen Termin vereinbart hat. Wie sie das genüsslich ausgebreitet haben. Bei Maren war er nur abfällig gewesen, der Herr Doktor. Die Muttermalkontrolle war ohne Ganzkörperfreimachen ausgekommen.

Wollen Sie nicht das Muttermal auf meinem Busen sehen? Und hier am Arsch hab ich auch eins, hat Maren gesagt, die Unterhose runtergezogen, ihm den Hintern hingestreckt und damit gewackelt. Nein? Das ist schon ein Skandal, wenn ein Arzt den Körper einer jungen, schönen Frau gründlicher untersucht als den einer mittelalterlichen, nicht augenscheinlich schönen Frau, finden Sie nicht? Der Arzt runzelte die Stirn. Dann kam Flora. Die untersuchte er mit gehörigem Respekt, der übers Ziel hinausschoss, als der Arzt mit seinem Holzspatel Floras Brust anhob, um einen großen Leberfleck zu inspizieren. Was fällt Ihnen ein, schrie Flora improvisierend und schlug ihm den Spatel aus der Hand, das mach ich doch selbst! Eleonora hatte gekniffen; also war es Simone, die als krönender Abschluss dem Doktor die Leviten las und ihn fragte, warum er junge Frauen gründlicher untersuchte als ältere, und dass man ihn wegen seiner Übergriffigkeit bei der Ärztekammer melden würde. Und dann feierten sie die Läuterung, betranken sich und rauchten Gras. Lilly lachte und bedankte sich, aber insgeheim dachte sie sich: Darum hab ich nicht gebeten. Das ist mir alles zu steil. Warum kann ich nicht bei den Queeren wohnen? Die passen viel besser zu mir. In ihrer

Sendung wurde mehr gelacht, weniger gestritten, die waren offener und unverkrampfter. Das hat auch Jasmina gepostet: Schade, dass ich nicht bei den jungen Queeren eingeladen war! Dafür hat Lilly Verständnis. Der Gast bei den Queeren war eine evangelische Pfarrerin, mit der sie gebutterte Brezen aßen, Cola tranken und über das Geschlecht von Gott philosophierten. Und sich schnell darüber einig waren, dass Gott sicher genderfluid ist. So viel Harmonie! Auch bei den Grannys, die der Moderator mit Samthandschuhen angefasst hat. Sie kriegten einen Rabbi, der Witze erzählte. So etwas findet auch Resonanz. Nichts als Zuspruch, ein paar verkorkste Katholiken einmal ausgenommen, die weiß, alt und natürlich Männer sind. Das Übliche halt. Mit denen lebt sie sowieso. Mit rachsüchtigen Islamisten hingegen hatte sie noch nie Berührungspunkte.

Jetzt ist also die Zeit gekommen, sich was Eigenes zu suchen. Das Wohnungssuchen wurde ihr bis jetzt immer abgenommen. Und die Papa-Geldquelle bleibt auch trocken.

Mit Papa hat sie seit Wochen nicht telefoniert, mit Mama schon, aber nur kurz. Mama mischt sich nicht ein, Mama hat wohl erstens die Show nicht gesehen und zweitens renoviert sie gerade das Bad, und drittens müsse sie jetzt leider Schluss machen, weil ein hirnverbrannter Handwerker Dreck ins Wohnzimmer geschleppt habe. Mama hat also wieder mal andere Sorgen. Sie wäre ohnehin keine Hilfe, denn wenn es ums große Geld geht, ist Papa in Charge. Bei Papa müsste sie sich entschuldigen, von Papa müsste sie sich belehren lassen, Papa würde sie aus dem Chaos der feministischen Wohngemeinschaft führen und sie auf

Wohnungsbegehungen in Gegenden, die nach seinem Geschmack sind, begleiten. Papa würde ihr helfen, sich für ein Eigentum, das er für angemessen hielte, zu entscheiden, das Papa natürlich für sein einziges Kind vorfinanzieren würde. Er würde die Waschmaschine und die Küche bezahlen und den Aufpreis für den schöneren Holzboden; sogar die Möbelpacker würde er gern finanzieren. Alles würde er diskret überweisen, er würde sich nur einmischen, soweit es wirklich nötig wäre. Lilly wäre ihm halt nur schuldig, so bieder und bürgerlich zu werden wie er und Mama. Das ist doch nicht zu viel verlangt! Sie hat es so satt.

Zwei Jahre noch, dann ist sie mit dem Studium fertig, wenn sie sich ein bisschen mehr anstrengt, als sie es jetzt tut. Dann wird sie richtig Geld verdienen und kann sich ohne die ständige Erbsenzählerei in ihre eigene Zukunft hineingleiten lassen, wie auch immer die aussieht: mit oder ohne Mann, aber jedenfalls mit eigenem Geld und ohne Papas Kohle. Ihr neues, nachhaltiges, unabhängiges Leben wird wohl in eine Uniform aus Polyester steigen müssen, irgendwas mit kurzem Rock oder Dreiviertelhose, vielleicht sogar mit einem kleinen Hütchen.

Messehostess, hat sie gehört, ist der beste Kompromiss. In ein paar Tagen nur kann sie da sehr viel verdienen, ohne dass sie als selbstbestimmte Sexarbeiterin Schwänze lutschen oder im Escortgewerbe einem notgeilen Finanzhai zuerst schöne Augen und danach vielleicht die Beine breit machen muss. Leider kann sie sich das so gar nicht vorstellen, auch wenn es so normal klingt, wenn es zum Beispiel Priska aus der queeren WG anklingen lässt. Sexarbeit ist Arbeit, sagt die achselzuckend.

Lilly wird eben länger fürs Studium brauchen als vorgesehen. Mit den Frauen aus der WG traut sie sich das gar nicht besprechen. Sicher haben die wieder etwas auszusetzen. Am Wort Hostess. An der sexy Aufmachung. An der hirnlosen Funktion, nur attraktiv zu sein und nebenbei ein paar auswendig gelernte Fragen zu beantworten und Hochglanzfolder zu verteilen. Aber warum soll sie nicht von ihrem guten Aussehen profitieren. Gestern hat sie das mit Samu besprochen, am Telefon. Bin ganz deiner Meinung, hat er gesagt, und dass er sich schon länger fragt, warum sie nicht arbeite, egal was. Alle müssten arbeiten, für ihn ist es das Normalste auf der Welt, zu arbeiten, seit er fünfzehn ist. Und er hat nicht ausgesprochen, dass das eben so ist, wenn Kinder nicht so verhätschelt sind wie Lilly und ihre Eltern nicht so wohlhabend. Samus waren immerhin wohlhabend genug, ihn und seine Geschwister zwölf Jahre in einer privaten Alternativschule parken zu können, denkt sich Lilly jetzt wieder gehässig. Aber bitte. Wie schnell die Liebe verwittert. Mit ihm zu sprechen fühlt sich an wie immer, aber sie kann sich gar nicht mehr richtig erinnern, wie das war, mit Samu zu schmusen und zu schlafen. Immer schiebt sich Aaron dazwischen, an den sie nicht denken will. Zweimal war sie noch in seiner und Samus Wohnung. Einmal war er nicht zu Hause, das andere Mal hat er sie ganz kühl empfangen und eigentlich schon im Vorzimmer abgewimmelt, bis sie die Schuhe neben der Türe gesehen hat, Overknee-Stiefel mit hohem Absatz, bordeauxrotes Rauleder. Der Stich überraschte sie dann doch in seiner Heftigkeit: Eifersucht, Wut, Enttäuschung. Noch in der Straßenbahn löschte sie seine Nummer, die sie erst vor einer Woche zu ihren Kontakten hinzugefügt hatte. Besser so. Eine

Verbindung wie diese ist auf allen Ebenen idiotisch, wer will schon mit dem besten Freund seines Partners dauerhaft eine Affäre eingehen. Und doch. Wie er aus der Küche gekommen ist und langsam, aber bestimmt den Kopf geschüttelt hat: Es sei jetzt sehr ungünstig. Sie musste sich beherrschen, ihre Enttäuschung nicht hinauszuschreien. Noch nie hatte sie jemand so zurückgewiesen.

Später hat sie das Vorstellungsgespräch bei der Agentur, sie wird genommen werden, sie wird Geld verdienen, siebzehn Euro in der Stunde, zehn Stunden am Tag, sie wird das Geld zusammensparen, und Samu wird auch wieder da sein, nur mehr drei Wochen, dann kommt er zurück, und mit ihm die Ordnung. Und die Regel. Alles wird wieder dort weitergehen, wo es vor ein paar Wochen unterbrochen wurde. Und das mit Aaron wird gar nicht wirklich passiert sein. Sie wartet jetzt schon seit vier Tagen, das ist normal, die Regel verschiebt sich, wenn die Umstände ungewöhnlich sind, wenn man mit seinem Vater streitet und mit dem besten Freund seines Partners schläft, und außerdem hat sie wieder ein, zwei Kilo abgenommen. Und doch, sie greift sich dauernd auf die Brüste. Auf den Bauch. Sie horcht in ihren Körper hinein. Im Flur ist ein Rascheln zu hören, jemand zieht sich die Schuhe an. Sie schaltet den Laptop aus, legt ihn weg und hält inne. Mama hat sie auf einen Kaffee eingeladen, Lilly hat eine unangenehme Vorahnung, das Treffen könnte etwas mit der Islamismus-Debatte nach der Sendung zu tun haben. Oder mit Papa. Oder mit beidem. Sie hört die Eingangstüre zufallen, zieht sich eine Jacke über, die Schuhe an und verlässt das Haus. Erst als sie in die Straßenbahn steigt, sieht sie, dass Simone etwas weiter vorne in denselben Waggon eingestiegen ist und Platz genommen hat, ohne sie zu bemerken. Sie sieht herausgeputzt aus, mit angemalten Lippen und getuschten Wimpern. Ein Interview? Eine Liebhaberin? Unter einer blaugrünen Schirmkappe trägt sie die weißen, langen Haare offen, ein grauer Schal quillt aus dem Kragen der blauen Jacke hervor. Lilly überlegt, sich neben sie zu stellen, setzt sich dann aber ein paar Reihen weiter nach hinten. Weil sie diese Person, die von hinten wie eine farbenfrohe, alte Dame aussieht, eigentlich nicht kennt. Seit Monaten wohnt sie mit vier Frauen zusammen, teilt sich Küche, Bad, Klo und Vorzimmer mit ihnen und den medialen Auftritt. Floras Essgewohnheiten, Eleonoras Haare im Abfluss, Marens Brösel und Hornhautraspel sind ihr vertraut. Aber was weiß sie über Simone? Lilly hat sie viel Wein trinken gesehen, schwarzen Tee mit Milch, starken Kaffee, sie weiß, dass sie eine Tochter und ein Enkelkind hat und Speck und Birnen liebt. Das war's. Alles andere ist Feminismus, auch wenn sie intime Details über ihr Leben erzählt – es klingt immer nach einer politisch-biografischen Analyse. Wen liebt Simone? Wie hat sie Sex? Wie redet sie mit Männern? Immer noch empfindet sie Simone als eine Fremde, die Regeln diktiert. Als Simone aussteigt, muss sie gar nicht lange nachdenken, ganz automatisch steigt sie ebenfalls aus der Straßenbahn und geht ihr nach zur U-Bahn. Sie ist flott, bei den Ampeln bleibt sie brav stehen, bis es grün wird. In der U-Bahn beobachtet Lilly Simones Spiegelbild in den Scheiben, ihre Wangen sind blass, sie hat die Hände im Schoß liegen und die Augen geschlossen. Das sieht man auch nicht so oft, denkt Lilly: Menschen, die in den Öffis einfach so die Augen schließen, anstatt ins Handy zu schauen oder zu lesen oder zu telefonieren. Niemand erkennt sie. Sie sieht viel sympathischer aus als im Fernsehen. Man sieht ihr nicht an, dass sie gefragt wird und auf alles Antworten weiß. Menschen wie sie werden gehört, weil sie unterhaltsam sind. Provozierend. Polarisierend. Frauen werden zusätzlich angesehen, so wie sie jetzt Simone ansieht. Lilly hat plötzlich Mitleid mit Simone, die zu gedankenverloren in das Patriarchat verstrickt ist, um mitzukriegen, dass sie von ihrer Mitbewohnerin observiert wird. Was tu ich da eigentlich, fragt sich Lilly, als sie die U-Bahn verlässt und mit der Rolltreppe hinauffährt, an der Uni vorbei, sie wollte doch zu ihrer Mutter fahren. Gerade als sie sich fragt, ob sie nicht umdrehen soll, werden Simones Schritte langsamer, sie bleibt stehen und dreht sich plötzlich um. Ihr bleibt das Herz stehen, sie sieht Lilly mit klarem Blick in die Augen, aber bevor Lilly reagieren kann, macht sie kehrt, als wäre nichts gewesen, und Lilly sieht einen sehr großen Mann in Trenchcoat und Anzug vor ihr stehen bleiben. Sie sieht die Begegnung der beiden im Profil, sie lächeln einander an, verschworen. Der Mann kommt ihr augenblicklich bekannt vor, es rattert nur kurz, und noch bevor die beiden mit Respektabstand in einem Hauseingang verschwinden, weiß sie: Es ist der österreichische Finanzminister.

# 13
# Simone
*Mai*

Das Klopfen und Hämmern macht sie wahnsinnig. Simone hat sich in ihr Zimmer eingesperrt und versucht, den Lärm mit Musik zu übertönen. Handwerker. Wasserrohrbruch. Noch mehr Dreck. Die ungelesene Nachricht blinkt. Egal was er zu sagen hat, sie antwortet nicht auf die Nachricht des Ministers. Gestern hat sie schon alles gesagt: Steck dir deine Nelken von 1976 in deinen reaktionären Arsch.

So nebenbei hat er es fallen lassen, der Herr Finanzminister, den es doch fachlich gar nichts angeht. Aber was soll er denn tun, wenn die Redakteurin in der Pressestunde dann doch nachhakt beim Familienrechtlichen. Da bin ich natürlich ganz auf Parteilinie, hat er gesagt, ganz ohne Genierer.

Was hat sie denn erwartet. Der private Minister lässt abtreiben, der dienstliche ist ganz auf Parteilinie. Da hat er aber ein stattliches Stück Seele verkauft. Das wächst nicht nach.

Vielleicht mag er sie gar nicht mehr. Und sie schätzt dieses Band zwischen ihnen völlig falsch ein. Wie sie immer schon Freundschaften und Liebesbeziehungen zu Männern zu optimistisch eingeschätzt hat. Der Minister hat sich ziemlich breitgemacht im Sohn des Milchbarons. Der Patriarch hat sich durchgesetzt. Und diese Freundschaft, die Zärtlichkeit – vielleicht studiert er sie ja nur. Weil sie Teil des Grollens ist, das mal lauter, aber auch wieder leiser wird. So viele linke Feministinnen, die parteiunabhängig denken, leben und verdienen, gibt es nicht in seiner Umgebung. Sie kann ihm das Grollen übersetzen. Der Minister ist ja sonst nur von hohen Töchtern unterschiedlicher Reifestufen umgeben. Von dezent gelifteten, schlank gebliebenen Begleitpersonen, die loyal sind, tief in die bis zum Anschlag gefärbte Haarwurzel. Von jungen Parteisoldatinnen, die sich lernbegierig anbiedern. Frauen, die vom Patriarchat immer, auch in Krisenzeiten, mitgemeint, mitgenommen, mitgefüttert wurden. Die in ihren hellen Vorstadtvillen und Parteizentralen satt verwahrt sind. Und vor allem: zufrieden.

Die nicht so zufriedenen Frauen sind nach den letzten Rezessionen vielleicht auch nicht feministischer, jedenfalls aber mehr geworden. Hofft Simone zumindest. Die Armut nach der Pandemie, die kriegsbedingte Teuerungswelle hat viele Menschen ausgehebelt. Manche wurden ausgehungert, manche nur entpolitisiert, aber viele wurden zornig, so zornig, dass sie übergeschnappt oder übergekocht sind. Zornig genug? Populismus und Kapitalismus gingen ganz schön verbeult aus dem letzten Jahrzehnt hervor, aber es geht schon wieder bergauf. Die Grünen verbocken es wieder mal. Und der Sozialismus hat zu wenig Konjunktur, um dem etwas entgegenzusetzen. Was sie so aus den Wahlprogrammen herausliest, hat er auch diesmal leider wieder auf die Frauen vergessen. Das muss man erst mal schaffen. In ganz Mitteleuropa haben sich Frauen während und nach den Krisen mit ihren Kindern um Essen anstellen müssen, und einige sind obdachlos geworden. Und der Sozialismus hat es nicht zusammengebracht, daraus Kapital zu schlagen. So etwas wird nicht so schnell verziehen. Die unzufriedenen Frauen sind ein kleines Muttermal, allerdings eines, das den

Dermatologen die Stirn runzeln lässt. Der Minister ist erfahren genug, um wachsam zu bleiben und genau hinzusehen. Außerdem ist der Minister ein sexueller Vielfraß. Egal wie viel Macht er hat, er möchte sie auch noch sexuell gespiegelt haben. Das Alphamännchen braucht seine Beta-, Gamma- und Deltaweibchen, er muss immer wieder aufreiten, einer Urangst gehorchend, sollte sich ein Nachfolger nähern.

Und dann noch die Homestory, auf Hochglanz. Ganz klar, der sitzt schon mit der halben Arschbacke auf dem Ministerstuhl der nächsten Regierung. Egal, welches Ministerium. Die gratis Wahlwerbung ist er seiner Partei schuldig. Wie er sich mit seiner ganzen Sippe hat abbilden lassen. Im Kreise seiner Lendenfrüchte. Wie hermetisch diese bürgerlichen Frauen ihre Kinder gegen den Fortschritt abschirmen. Und wie unter ihrer Patronanz das System auch in der nächsten Generation gnadenlos funktioniert. Die Schwiegersöhne sind ein bisschen fürsorglich geworden, schieben Kinderwägen, pürieren Zucchini und deklinieren Vokabeln mit dem Nachwuchs. Vor der Kamera. Aber fürsorgliche Männer gehen nie in die Politik. Je mächtiger und bedeutsamer die berufliche Funktion, desto weniger Familienzeit.

Sie weiß, wie es beim Minister daheim läuft. Sie hat naive Fragen gestellt und entlarvende Antworten bekommen. Je privater die Fragen wurden, desto knapper fielen die Antworten aus; oft, weil der Minister die Antworten einfach nicht wusste.

Wie oft kommt eure Putzfrau? Wer wechselt die Glühbirnen in der Villa? Wo kauft ihr euer Fleisch ein? Wann ist deine Frau in den Wechsel gekommen? Nimmt sie Hormonersatzprodukte?

Was du für Fragen stellst, sagte er dann. Als wären es exotische Themen. Manchmal wird er unfreundlich, aber er hält meistens durch und stellt Gegenfragen. Und dann ist es Simone, die nicht antworten will.

Seid ihr alle lesbisch? Ist eure Heizung schon repariert? Wer trifft die notwendigen Entscheidungen? Wie geht sich das alles finanziell aus?

Nein. Nein. Niemand. Gar nicht. Simone muss sich auch oft auf die Zunge beißen, weil sie sich eigentlich nicht antworten hören will. Weil sie sich dabei zuhört, wie nichts weitergeht.

So richtig ernst kann er sie trotz aller Gespräche nicht nehmen. Er hält den Feminismus für bedingt gefährlich. Er ist ja auch nicht ernst zu nehmen, so, wie er sich mit einer schlafwandlerischen Sicherheit in der dritten, vierten Reihe der Tagesaktualität bewegt und sich damit abgefunden hat, am Frauentag in der ersten Reihe posieren zu dürfen. Wie der Minister sie gefragt hat, wann sie endlich lernen würde, sich für TV-Diskussionen ein passendes Gewand zuzulegen. So ein Hosenanzug steht dir sicher, sagte er. In dem kannst du viel besser deine stattlichen Eier zeigen. Wenn wir Röcke und Kostüme tragen müssten, könnten wir unmöglich dieses Land regieren.

Sie blättert sich durch das Magazin. Dieses Haus. Diese Hortensien, die wie ein Krebsgeschwür um die Mauern der stattlichen Villa wuchern. Sie könnte in das Heft hineinkotzen, wenn sie schon etwas gegessen hätte. Aber die Küche ist Sperrzone. In ihr stinkt und lärmt der Handwerker.

Der Lärm macht sie wahnsinnig. Simone versucht, wegzuhören. Die Geräusche klingen willkürlich. Als würde der Handwerker über die Ideologie dieser WG Bescheid wissen und absichtlich Krach machen. Vielleicht hat er Big Sista gesehen. Unwahrscheinlich. Er ist doch nur ein Installateur, der ein bisschen Mauer wegstemmt, um einen Wasserrohrbruch zu reparieren, beruhigt sie sich. Schade, dass er nicht hier ist, um endlich die neue Heizung zu installieren. Oder die Fenster auszutauschen. Oder eine neue Küche einzubauen, mit einem riesigen Kühlschrank, der sich von selbst füllt.

Dass die Frauen so viel diskutieren, könnte ja ein gutes Zeichen sein. Flora ist die Brandstifterin. Immer ist sie die Erste, der es zu ungeputzt, zu vollgeräumt, zu unorganisiert, zu ungelüftet ist. Immer nörgelt sie an Maren, Simone und Eleonora herum. Weil sie das Gendersternchen nicht aussprechen. Weil sie sich kritisch zu dem hippen Diskurs über Gender und Sexarbeit äußern. Flora ist eine woke Sternchenfeministin, das ist ihr nicht klar gewesen.

Die letzte Big-Sista-Folge hat die Stimmung nicht verbessert. Der Gast ist wieder eine Gästin gewesen, eine Transfrau, eine Sexarbeiterin. Ray. Eine dieser glücklichen, freiwilligen Sexarbeiter*innen, die alles legalisiert wissen wollen und keine Polizei, keine Kontrollen, keine Tabuisierung. Sie haben einander höflich begrüßt, Simone hat sie unter dem grellen Scheinwerferlicht in die Küche begleitet, sie haben sich gesetzt, Eleonora hat ihnen Minestrone, Wein und Kartoffelpuffer mit Krautsalat kredenzt. Ray verweigerte die Maske, ein Make-up-Artist hat sich schon um mich gekümmert, sagte sie. Sie trug hautenge Jeans, hohe Stöckelschuhe und eine gestreifte Bluse, aus der der halbe Busen raushing. Die Redaktion hatte eine glückliche, eloquente Bio-Hure ausgesucht, die für alle sprechen soll. Eine Zeit lang ging es gut. Draußen wurde es dunkel, sie sprachen über Frauenpolitik und Johanna Dohnal; Simone hatte das Gefühl, sich tiefer und tiefer in eine trügerische Idylle zu reden, die sie nicht verlassen wollte. Was sie aber müssen würde, wenn es um *das* Thema ginge.

Dann fragte der Moderator, ob hier nicht verschiedene Auffassungen von Feminismus aufeinanderprallen würden. Müssten. Haben brav ihre Aufgaben gemacht, das Bürschchen und seine Redaktion. Haben sich im Internet schlaugemacht und sind in die tiefsten Gräben hinabgestiegen, die der Feminismus aufzuweisen hat. Dort, wo es am lautesten plärrt, am heißesten wütet zwischen den Frauen.

Ja, da gibt es große weltanschauliche Differenzen, hat Simone zugegeben.

Nun, für dich ist es Weltanschauung, für mich Existenzgrundlage, sagte Ray und legte das Besteck zur Seite.

Auch für eine Zwangsprostituierte aus Nigeria ist es Existenzgrundlage, hat Simone korrigiert.

Ah, das kolonialistische Denkprinzip, hat Ray geätzt. Die arme Afrikanerin, die unseren Rat dazu braucht, was sie mit ihrem Körper machen darf.

Simone verdrehte die Augen. Entschuldige bitte. Ich konkretisiere: die nigerianische, rumänische, bulgarische und gern auch österreichische Zwangsprostituierte, die sich ungeachtet ihrer Herkunft aus einer Notlage heraus zwangsprostituiert und nicht eloquent oder anderweitig selbstermächtigt genug ist, um sich aus der Situation zu befreien, weil sie eingesperrt ist, keinen Pass hat oder halbtot vergewaltigt und geprügelt wird, wenn sie nicht spurt.

Ach, das Märchen von der armen Hure, seufzte Ray.

Maren eilte Simone zu Hilfe. Wenn es doch nur ein Märchen wäre.

Das ist nicht Sexarbeit, ereiferte sich Ray. Das ist sexuelle Gewalt.

Von der Umbenennung kann sich die Zwangsprostituierte aber auch nichts kaufen, sagte Simone.

Ray schüttelte den Kopf und legte theatralisch die Arme auf den Tisch.

Ihr steht nicht auf der Straße. Ihr redet nicht mit den Sexarbeiter*innen. Ihr habt keine Ahnung.

Hier sind wir also, dachte Simone: die Betonschicht. Wahrheit gegen Wahrheit.

Das stimmt, sagte Simone. Aber redest du mit den Zwangsprostituierten? Reden die? Dürfen die reden?

Ich verstehe nicht, wie ihr so unsolidarisch sein könnt, sagte Ray bitter.

Wer ist *wir*?, hat Simone gefragt.

Ihr Altfeministinnen. Ihr Emma-Feministinnen. So viele SWERFs und TERFs* unter euch. Es ist traurig.

Der Moderator hat schnell eingeworfen: Was ist eine SWERF, was ist eine TERF?

Damit die Zuseher und Zuseherinnen sich ein Bild machen konnten, was außerhalb ihrer Lebenswirklichkeit an Begriffen herumfliegt. Brav sagte er das Glossar auf.

Bin ich wirklich radikal, wenn ich die Ausbeutung von Frauenkörpern, und es sind mehrheitlich Frauen, die da konsumiert werden …

* Abkürzung für Sex Work Exclusionary Radical Feminism und Trans-Exclusionary Radical Feminism

Der Körper wird nicht verkauft.

Deiner nicht, sagte Simone. Der von anderen vielleicht schon. Aber es gibt ihn leider nicht, den Freiwillige-Hure-Sticker. So wie mit dem Bio-Gütesiegel. Wie gut es dem Huhn geht, entscheidet letztendlich nicht das Huhn, sondern der Konsument. Also, wo ist das Selbstermächtigungslabel? Wie unterscheidet der Freier zwischen zwangsprostituierter und selbstermächtigter Sexarbeiter*in?

Das ist das Problem mit euch Second-Wave-Feministinnen, sagte Ray gallig. Für euch sind alle Sexarbeiter*innen arme Hendeln aus Massentierhaltung. Mit dem Vergleich hast du dich jetzt entlarvt.

Simone schüttelte energisch den Kopf. Lass dich doch mal auf den Vergleich ein, deinen Schwestern zuliebe. Wenn der Konsument ein glückliches Huhn will, muss er ein teureres Bio-Huhn kaufen. Im Restaurant oder am Grillhendl-Stand wird's schon schwieriger. Ist es nicht so am Straßenstrich? Und warum muss ich mir darüber Gedanken machen? Warum ist das kein Freier-Thema? Warum interessiert es die Freier nicht, Druck auszuüben auf die, die sich nicht an die Regeln halten?

Ray war aufgebracht und fuchtelte mit den Händen. Ist das dein Ernst?, rief sie. Bleiben wir jetzt wirklich bei den Brathühnern?

Sie lachte jetzt und grimassierte in die Kamera. What the fuck, formten ihre schönen, glänzenden Lippen.

Ach komm, entgegnete Simone entnervt. Ich habe nur das Patriarchat entlarvt. Der Vergleich ist aus so mancher Freier-Sicht völlig legitim! Der schert sich um die Freiwilligkeit seiner Hure genauso wenig wie um das Wohlbefinden seines Grillhendls. Das ist ja das Empörende am Kapitalismus. Der ist auch das Verbindende: Das Hendl aus Massentierhaltung und die Zwangsprostituierte sind beide billiger als ihre humane, würdevolle Alternative. Der Kapitalismus freilich scheißt auf die Würde der Ware. Das ändert sich leider auch nicht, wenn glückliche Sexarbeiter*innen erzählen, wie super ihre Arbeit ist. Wie normal. Genau deswegen ist Sexarbeit nicht normal, sondern eben sehr speziell.

Vor allem ist sie tabuisiert und kriminalisiert, sagte Ray jetzt patzig. Eine Enttabuisierung und Entkriminalisierung der Sexarbeit würde uns mehr helfen als die Einmischung von Abolitionistinnen wie dir.

Dir würde es helfen, erwiderte Simone. Du bist eloquent und unabhängig. Aber wie ist es mit denen, die nicht zu Wort kommen? Weil sie nicht reden dürfen? Die Sprache nicht können? Was würden die mir erzählen?

Schon wieder entmündigst du uns, sagte Ray.

Wir denken aber nicht alle so, mischte sich Flora ein. Ich persönlich bin gar nicht auf der Emma-Linie.

Simone sah sie überrascht an.

Schau mich nicht so an. Ich bin Juristin, was erwartest du von mir? Die Polizeikontrollen in diesem Land sind völlig unzeitgemäß. Und das nordische Modell drängt die Sexarbeiter*innen in den Untergrund. Ist es nicht so?

Seitdem wird Simone geroastet. Und gepriesen. Danke, Big Sista. Sie hätte mit Ray über ungleiche Bezahlung reden können oder über Abtreibung. Nein, anstatt über mögliche Solidarität zu sprechen, ist Simone in die Kluft hinabgestiegen und hat mitgeplärrt. Sie hasst sich dafür. Falsch. Sie hasst die Redaktion dafür. Sie überlegt aufzuhören. Sie überlegt, das öffentlich zu sagen, sich zu distanzieren. Aber sie hat sich den Vertrag, den sie unterschrieben hat, angesehen. Ohne Pönale kommen wir da nicht raus, hat Flora gesagt. Ein Abendessen muss noch sein.

Flora und sie haben danach noch diskutiert. Du ziehst uns noch alle durch denselben Kakao, hat sie gesagt. Sie hat sich schrecklich gefühlt und tut es noch. Nicht nur wegen der Show.

*Ich will nicht chillen, Sistas,* hat Flora unter Marens oder Eleonoras Friedensaufruf *Chillt, Sistas* auf die Tafel geschrieben. *Ich will Luft kriegen, Sista.* Auf der Tafel sieht dieser Dialog fast lustig aus. Als wären es nur Kleinigkeiten, die mit einem Augenzwinkern weggeblinzelt werden können. Flora will mehr putzen als alle anderen. Sie will den heimlichen Hasen, der nicht mehr heimlich ist, ins Tierheim bringen. Seine Haare, seine Kötel. Die verschiedenen Auffassungen von Wohlbefinden und Sicherheit sind eben doch zu verschieden, auch wenn nur Frauen da sind. Gerade weil nur Frauen da sind. So wie in allen Familien wird gestritten, weil jede und jeder eine ein bisschen andere Auffassung von persönlichen Grundbedürfnissen hat. Vom Essen. Vom Schlafen. Vom Lieben. Vom Geldausgeben. Vom Geldverdienen. Vom Haustierhalten. Vom Putzen. Davon, wie lange ein Mensch auf einem Klo sitzen darf und wie genau es danach auszusehen und zu riechen hat, und womit sich ausgewischt wird. Die Kleinfamilien kriegen das auf die Reihe, weil sie es seit Generationen üben. Und müssen. Weil sie zusammengeschweißt sind. Nicht nur durch Liebe. Die gegenseitige finanzielle Abhängigkeit ist ein bewährtes Bindemittel, das die Gesellschaft über die Kleinfamilienstruktur zusammenhält. Das, die Moral und die Liebe, die Mutti immer noch hervorwürgen kann, wenn sie doch das Klo putzt, in dem die Kinder ihre Kackspuren hinterlassen. Weil es niemand anderer macht. Und wenn sie schon mal dabei ist, dann kann sie die Pisse von Vati, der sich beim Pinkeln nicht hinsetzen will, auch schnell wegwischen. Man will ja nicht ständig kämpfen und schimpfen. Alles Funktionieren wurzelt in der Liebe, da ist man sich weltweit einig.

Von Maren kam der Vorschlag, das Putzen auszulagern. Ja, am liebsten würden wir doch alle in unseren eigenen Häusern wohnen und uns bedienen lassen. Dann gibt's keinen Streit mehr. Wer es sich leisten kann, tut das auch. An den Reichen kann man sehr gut sehen, wohin der Trend ginge, wenn er könnte. Die Reichen wohnen nicht in WGs oder Wohnhäusern, sie haben gern Platz und Grünland um sich, und Personal, das die Drecksarbeit für sie erledigt und sich nach der Arbeit in seine Ritzen verzieht. Sie haben riesige Häuser, Köchinnen und Putzkolonnen, Erzieherinnen und sogar Trainer, die sie zum Sport nötigen, aber nicht beim Leben stören. Wer es sich leisten kann, betreibt Outsourcing ohne die Last, Beziehungen einzugehen.

Dabei sind die Haushaltskonflikte harmlos gegen das, was sich neuerdings ideologisch abspielt.

Simone braucht Tee. Eleonora ist nicht zu Hause, sie muss sich ihren Tee selbst machen. Simone überlegt, ob sie sich etwas anziehen soll, aber dann schlüpft sie nur in ihren türkisen Königinnen-Kimono mit den goldenen Ornamenten. In der Küche packt der Handwerker gerade sein Werkzeug zusammen, ihr den breiten Rücken zudrehend. Sie stellt sich in die Türe, verschränkt die Arme, er dreht den Kopf zu ihr. Etwas Verächtliches ist in seinen Bewegungen, eine Respektlosigkeit, die sie in ihren eigenen Wänden nicht so oft erlebt. Er sieht durch sie hindurch, sie ist nur eine alte Frau mit einem Wasserrohrgebrechen, eine von vielen, austauschbar, lästig, aber sie hat eine Auftragsnummer und irgendwie hat das etwas mit seinem Gehalt zu tun. Du Trottel, denkt sie. In der Wand prangt ein Loch, die geflickte Leitung liegt darin brach, das weggestemmte Material ist dürftig zusammengekehrt worden.

Ich bin fertig, sagt er.

Sieht aber nicht fertig aus, sagt Simone.

Verputzt muss noch werden, sagt er, aber erst, wenn es trocken ist.

Ich weiß schon, sagt Simone, ist nicht mein erster Wasserrohrbruch.

Sein Werkzeug hat er schon gepackt, jetzt legt er ihr noch einen Zettel zum Gegenzeichnen hin, sieht sie immer noch nicht an. Sie kann nicht lesen, was sie unterschreibt, es ist irgendein Geschmiere, das alles Mögliche heißen kann.

Den Boden wischen Sie nicht auf?

Er schüttelt den Kopf.

Das ist aber schade, sagt sie. Probieren wird man es ja noch dürfen, oder?

Er hebt die Brauen. Jetzt ist sie gleich ein bisschen besser sichtbar. Lästig muss man sein, widerborstig, anmaßend, denkt sie, während sie unterschreibt. Junger, männlicher Handwerker, alte, pensionierte Lehrerin im Morgenmantel, ganz klar, wer in der Gesellschaft höheres Ansehen genießt, da kann sie noch so akademisch und Kundin sein, Achtung hat er für sie nur, wenn sie zum Problem wird.

Sie nickt ihm zu und zeigt ihm den Weg zur Türe nicht, stattdessen geht sie kommentarlos zum Fenster und lüftet. Die Tür fällt ins Schloss, sie sieht das Chaos, beschließt, den Boden zu wischen, um Streit zu vermeiden. Das Putzzeug wurde lieblos in die Abstellkammer gestellt, sieht nach Maren aus. Der Geruch von Hasenurin hängt auch im Putzfetzen. In der Kammer. Sie wischt erst unter der verwundeten Mauer, dann unter dem Tisch, vor dem Kühlschrank. In der Nische zwischen Kühlschrank und Wand Hasenkötel, jetzt erst sieht und riecht sie die Urinflecken. Dann macht sie weiter, im Vorzimmer. Hasenscheiße hinter dem Vorhang, unter dem Schuhkasten, dort beim Schirmständer. Wie oft und wann ist dieser Hase frei in der Wohnung herumgelaufen?

Maren, knurrt Simone. Wo bist du? Vögel füttern im Park? Suppe kochen für Obdachlose? Deutsch lernen mit Flüchtlingen? Was ist mit deiner Liebe zu uns? Nach dem Aufwaschen zögert Simone nur kurz, bevor sie Marens Zimmer betritt. Auf dem Boden hinter dem Bett steht der kleine Käfig, in dem das graue Häschen hektisch klopfend zurückzuckt. Ein paar zernagte Karottenstückchen liegen herum, vermischt mit Kot. Sie hasst diesen Hasen. Ist das überhaupt ein Hase? Eher ist es ein Kaninchen. Der Käfig ist sicher zu klein. Dass es so schwer ist, so wenige Regeln einzuhalten. Simone riecht den Tiergeruch, öffnet wütend das Fenster in Marens Zimmer. Wenn es kalt wäre, würde es erfrieren. Aber es ist Frühling, es ist warm. Sie kniet sich vor das Tier, hebt den Käfig auf den Schreibtisch, es läuft aufgeregt herum, dann presst es sich ins Eck des Käfigs, seine Barthaare zittern, die großen, schwarzen Augen taxieren sie panisch. Ein Luftzug aus der Küche nimmt Fahrt auf, will mit den alten, morschen Fenstern klappern, aber Simone hält dagegen und bleibt noch kurz im Luftstrom stehen, bevor sie es verschließt, sich eilig anzieht, eine Decke über den Käfig wirft und mit dem Hasen die Wohnung verlässt, bevor Maren zurückkommt.

# 14
# Lilly
*Juni*

Lilly steigt die Stufen hinauf. Sie hat sich die rote Kostümjacke ausgezogen, aber die enganliegende Bluse klebt trotzdem an ihr, genauso wie der Bleistiftrock aus synthetischem Material, in den sie den ganzen langen Tag hineingeschwitzt hat. Sie freut sich darauf, endlich die unbequemen Schuhe auszuziehen, sich aus der Arbeitskluft zu schälen und sich unter die Dusche zu stellen. Sie freut sich darauf, umzuziehen. Ihr neues Zimmer ist doppelt so groß wie das Kämmerchen, es gibt einen richtigen Garten, und wenn sie einzieht, wird diese Big-Sista-Sache abgedreht sein und sie kann endlich in Ruhe leben, ohne Streitereien, ohne die dauersaure Flora, ohne die gestrenge Simone. Sie ist neugierig auf Rhea, Jolly und Priska, auf die Diversität, die sie endlich erleben und nicht nur auf Insta liken kann. Sie hat sie kennengelernt, als die drei Big-Sista-WGs einander besucht haben, auf einen Vorschlag von Flora und Lilly. Sie hatten sich auf neutralem Boden getroffen, ohne Kameras, einen ganz netten Abend miteinander verbracht, auch wenn Simone sehr still gewesen ist. Lilly ist stolz darauf, dass sie die Frauen miteinander bekannt gemacht hat. Und sie hat danach eine Nachricht von Priska bekommen, dass demnächst ein Zimmer bei ihnen frei würde. Augenblicklich ist eine Last von ihr gefallen. Männerbesuche sind dort erlaubt, die Heizung funktioniert, und sie hat nicht Simone im Nacken. Priska und die anderen müssen gespürt haben, dass sie auf der Suche ist; sie hat kein Wort darüber verloren. Vielleicht haben sie gesehen, wie unglücklich Lilly bei den Aufzeichnungen war. Sie muss es nur noch den Frauen sagen. Es wird schon nicht so schlimm werden. Vielleicht sind sie eh ganz froh, die Tussi loszuwerden, und die nächste Altfeministin, die viel besser zu ihnen passt, spitzt schon auf ihre Kammer.

Vom Dauerlächeln tut ihr der Kiefer weh. Wie viele Folder hat sie verteilt, und wie viele davon sind ein paar Meter weiter im Mistkübel gelandet? Was für ein sinnloser Job. Nur mehr drei Tage, sagt sie sich, dann ist die Messe vorbei und das Geld auf dem Konto. Gleich wird sie sich kalt duschen und dann nackt ins Bett legen und eine Runde schlafen. Doch schon im ersten Stock hört sie Marens Geschrei. Lilly nimmt die letzten Stufen, öffnet die Eingangstüre und kracht mitten in einen Streit, der im Vorzimmer tobt.

Du hattest kein Recht, es war meins! Aufgebracht und rotwangig steht Maren da, breitbeinig, die Arme vor der Brust verschränkt, an der Schwelle zwischen Abwehr- und Angriffshaltung, die Lilly alarmiert. Sie kann unmöglich an den beiden vorbeigehen, in die Dusche, in ihr Zimmer.

Es ist ein Kaninchen, sagt Simone ruhig. Ein Löwenkopfkaninchen, das du in einem viel zu kleinen Käfig gehalten hast.

Wo hast du es hingebracht?, jammert Maren unbelehrbar, Tränen in den Augen.

Lilly unterdrückt ihre Empörung. Simone hat eine Grenze überschritten, denkt Lilly aufgebracht, als sie sich ihre Schuhe auszieht.

Du hattest kein Recht, ihn wegzubringen!

Sie wegzubringen, korrigiert Simone. Es ist ein Weibchen. Das übrigens scheinschwanger ist. Und krank.

Und das im Freien gehalten werden sollte. Oder mit Holzhäuschen und Buddelkiste.

Maren zuckt zusammen.

Du hast es weggebracht? Wohin?, fragt Lilly.

Simone sieht Lilly nicht an, als sie antwortet. Ins Tierheim, wo es sicher aufgehoben ist und bald eine Familie finden wird, mit Haus und Garten, wo niemand allergisch ist und es nicht ein Dasein in einem viel zu kleinen Käfig fristen muss, sagt sie.

Maren presst die Lippen zusammen, noch mehr Tränen fließen, schließlich dreht sie sich ruckartig um und geht in ihr Zimmer, die Türe laut hinter sich zuschlagend.

Simone bleibt stehen, wendet sich Lilly zu.

Was?, entfährt es ihr. Einwände? Kritik? Verbesserungsvorschläge? Ihre Stimme ist zittrig.

Lilly versucht, sich nicht vor Simone zu fürchten. Sie denkt an sie als die alte Frau in der Straßenbahn.

Das würde ich dir nicht verzeihen.

Simones Augen sind unnachgiebig. Doch, sagt sie, würdest du.

Marens Tür springt auf. Nie, schreit Maren, die völlig angezogen an ihnen vorbeiläuft und aus der Wohnung stürmt, auch diese Türe hinter sich zuwerfend. Nie, nie, nie!, hört man sie noch im Stiegenhaus schreien.

Simone verliert plötzlich an Größe, sackt zusammen, lässt sich auf den Hocker im Vorzimmer sinken und vergräbt das Gesicht in den faltigen Händen, über die jetzt langsam die Haare fließen wie ein Vorhang.

Lilly unterdrückt den Impuls, sich in ihrem Zimmer einzusperren. Wann, wenn nicht jetzt.

Du bist herrschsüchtig, sagt sie. Nicht nur vor der Kamera, auch mit uns. Du vereinnahmst uns alle, ohne zu fragen.

Der Vorhang teilt sich, Simones Gesicht kommt zum Vorschein, zerfurcht, gerötet, wütend, aber: keine Träne.

Na komm, sagt sie. Sag es mir. Was hab ich alles falsch gemacht.

Lilly weiß gar nicht, wo sie anfangen soll. Die Diskussion mit Ray! Die Diskussion mit Jasmina! Du hörst überhaupt nicht zu! Du bist so reaktionär wie … wie mein Vater!

Geht es noch um das Viech?, fragt Simone kraftlos.

Um viel mehr, sagt Lilly.

Gut, sagt Simone und hebt plötzlich energisch den Kopf. Kopftuch, Prostitution und Transgender. Darum geht's dir doch? Da passt dir meine Position nicht, oder?

Lilly denkt kurz nach, dann nickt sie vorsichtig.

Simone nickt eifrig.

Die drei Königsthemen. Klar. Ohne die geht es nicht. Da geraten sich die Frauen verlässlich in die Haare, dass es nur so raucht – egal ob auf der Straße, auf Facebook oder im TV. Also gut, Lilly, sag mir: Hast du ein Transthema?

Lilly schüttelt verärgert den Kopf.

Bist du Prostituierte? Muslimin? Nein? Ich auch nicht! Warum müssen wir uns, obwohl wir cis sind, uns noch nie prostituiert haben und kein Kopftuch tragen oder überhaupt religiös sind, im Dienst einer Sache zerfleischen, die nichts mit uns zu tun hat?

Lilly sucht nach einer Antwort, aber Simone steht plötzlich auf, geht ganz nah an Lilly heran.

Komm, schimpf mich. Sag SWERF und TERF zu mir. Rassistin und Abolitionistin. Komm und hass mich auf einer Stellvertreterebene, die für uns nichts anderes als

Theorie ist. Komm und stell diesen ganzen Scheiß zwischen uns, damit wir über nichts anderes mehr reden. Warum brauchen wir das?

Lilly bleibt tapfer stehen. Weil es wichtig ist, weil es alle Frauen betrifft!

Was ist *es*?, sagt Simone. Wer ist *alle*? Du hast dich noch nie prostituiert. Oder? Maren und Eleonora auch nicht. Sie lacht rau. Und Flora ganz bestimmt auch nicht!

Aber Ray!, ruft Lilly. Die weiß es doch besser als wir!

Gut, sagt Simone. Neuer Versuch. Sind wir religiös? Einen Teufel sind wir. Warum also der Kopftuch-Scheiß? Warum sind wir nicht ausgewichen?

Sie lässt sich wieder auf den Stuhl fallen, wirft den Kopf in den Nacken, rauft sich die Haare.

Aber alle wurden wir schon sexuell belästigt. Fast alle werden wir schlechter bezahlt. Und in den Machtzirkeln sind wir gar nicht vertreten. Über das reden wir natürlich nicht. Was ist mit den Problemen, die uns selbst betreffen? Wir brauchen doch die Diskussion über die Prostitution nicht, um die Gehaltsschere zu bekämpfen oder, was ich am wichtigsten finde, diese Regierung zu verhindern! Oder die Altersarmut. Warum streiten wir über ein Stück Stoff, wenn wir über sexuelle Gewalt sprechen könnten! Wir haben doch bald Wahlen. Ganz wichtige Wahlen, sagt sie abschließend.

Aber du wolltest doch den Diskurs, sagt Lilly vorsichtig.

Simone lacht plötzlich, steht auf, öffnet die Arme, drückt Lilly an sich, viel zu fest, sie will sich eigentlich wehren, aber sie traut sich nicht. Ihr Gesicht in Simones Pullover gedrückt, in den Geruch von Seife und Kaffee, hört sie Simone sprechen.

Aber nicht diesen, mein Schatz! Du kannst nicht auf einmal alles richtig machen. Glaub mir, diese richtige Seite gibt es nicht. Hat es nie gegeben.

Gerade als Lilly sich befreien will, weil sie wenig Luft bekommt, drückt Simone sie wieder an sich. Ihre Stimme hat jetzt etwas Knurrendes im Unterton.

Ihr Jungen habt einen übertriebenen Hang zur Sportlichkeit, wenn es ums Diskutieren geht, ihr wollt immer gewinnen. Ihr diskutiert, als würdet ihr … freeclimben. Ja, genau. Ihr braucht die Gefahr, die Überhänge, das vor Angst und Bewunderung zitternde Publikum am Fuße des Berges.

Lilly versucht, Simone von sich zu drücken. Lass mich los, sagt sie, du erstickst mich.

Simones raues Lachen dringt zu ihr, sie spürt, wie der Brustkorb schwingt. Sie gibt nicht nach. Wie stark sie ist. Lilly kriegt Angst.

So schnell erstickst du nicht. Ihr Sternchenfeministinnen seid zäh. Weißt du, wer erstickt? Die Cis-Hetero-Normalos. Die kriegen gar keine Luft mehr in eurer Glitzerblase. Die zischen uns alle ab.

Simone, es reicht, sagt Lilly, fasst Simone an den Schultern und drückt sie mit aller Kraft von sich. Es gelingt, aber nur, weil Simone ihren Griff gelockert hat. Lilly atmet erleichtert auf und streift sich die Haare aus dem Gesicht.

Simone aber ist noch nicht fertig.

Die Cis-Hetero-Normalofrauen, die ihr als SWERFs und TERFs beschimpft, wissen gar nicht, was SWERFs und TERFs sind. Denen geht dein theoretischer Feminismus am Arsch vorbei, weil ihnen das praktische Patriarchat die Zeit zum Lesen und Nachdenken über die weibliche Identität stiehlt. Die können nicht über Judith

Butlers feuchte Träume diskutieren, weil sie in ihren ungeputzten Wohnungen und schlechtbezahlten Jobs »echte Sorgen« haben. Cis-Hetero-Sorgen. Männersorgen. Geldsorgen. Unversorgte Kinder, denen sie die Ungerechtigkeit vorleben müssen, damit sie auch mal zu patriarchalen Normalos werden. Solchen Frauen vergeht der Feminismus schneller, als ihr Sternchenfeministinnen eure Anklage zu Ende gendern könnt.

Simone verstellt die Stimme zu einem hohen Seiern. Ihr bösen weißen Feministinnen! Ihr Ausgrenzerinnen! Sie schaut böse, ihre Stimme sinkt wieder auf normales Niveau.

Die machen aber die Masse aus! Die verlieren wir gerade an die rechten Muttipolitik-Macher und Almosenverteiler, während wir schwafeln und streiten. Ohne diese Frauen kommen wir aber nie auch nur annähernd an die kritische Masse heran, die es bräuchte, um sich konsequent zu erheben! Verstehst du das?

Lilly sieht in das rote Gesicht, das jetzt etwas Verzweifeltes hat. Diese kritische Masse erreicht man doch nie, denkt sie. Aber sie traut sich nicht, es auszusprechen. Sie fürchtet sich vor Simone, davor, dass sich diese Umklammerung wiederholt. Am liebsten würde sie sich in ihr Zimmer einsperren, aber Simone würde ihr nachgehen. Die gibt jetzt keine Ruhe, denkt sie.

Worüber reden wir denn jetzt eigentlich, fragt Lilly.

Über Solidarität natürlich, ruft Simone. Echte, alltagstaugliche Solidarität!

Gut, sagt Lilly. Ich bin mit Ray und Jasmina solidarisch, und mit der Schwarzen Zwangsprostituierten. Und mit euch auch. So what?

Falsch, sagt Simone. Du kannst nicht gleichzeitig mit allen solidarisch sein. Du bist solidarisch mit den Nutznießern von Ray und Jasmina. In jedem Falle sind das Männer. Es ist mir egal, aus welchen Motiven Frauen Männern Dienstleistungen oder Gehorsam verkaufen und wie ermächtigt sie sich dabei fühlen. Nicht egal ist mir, wenn es erzwungen ist. Solange es kein Gegenüber wie männliche Huren und eine dazugehörige Schattenwirtschaft gibt, dient deine Solidarität dem Patriarchat. Solange es keine Religion gibt, in der Männer rechtlich und gesellschaftlich benachteiligt sind, dient deine Solidarität dem Patriarchat. Solange die elende Transdebatte am Feminismus dranhängt, dient deine Solidarität dem Patriarchat. Das wissen die Männer!

Aber das ist doch absurd, wirft Lilly ein.

Ach so?, ruft Simone aus. Du diskutierst über die Hure, der Mann kauft sie! Du diskutierst über das Kopftuch, der Mann muss es nicht aufsetzen! Du solidarisierst dich mit den Transaktivistinnen, dem Mann kann's nur recht sein, wenn einer von ihnen auf einem Frauenquotenplatz sitzt! So unsolidarisch wie wir können Männer gar nicht agieren! Vielleicht streiten sie über Steuersätze oder den Namen des Propheten. Aber darüber, dass Frauen sie gratis bedienen, weniger Kohle kriegen sollen und nicht an die Macht kommen dürfen, sind sie sich einig. Keiner von denen verbrennt sich die Finger mit Forderungen, von denen er nichts hat!

Lilly spürt, wie sie rot wird. Aber sich nicht mit den Sexarbeiterinnen und Kopftuchträgerinnen zu solidarisieren, heißt, eine große Gruppe von Frauen auszuschließen! Die brauchen wir doch auch! Lies doch mal was anderes als deine Zweite-Welle-Feministinnen!

Mein Kind, sagt Simone jetzt fast zärtlich. Ihr klugen, jungen Frauen, die ihr so beherzt an alle denkt. Ich kenne diese empathische, sozialistische Ursuppe, ich bin lang genug in ihr geschwommen. Du musst mir ordentlich zuhören. Mir ist die Prostitution oder Sexarbeit egal. Aber Propaganda für Prostitution während eines Frauenabendessens? Das ist obszön, genauso wie Propaganda für ein Verbot obszön ist. Die Obszönität liegt darin, dass wir den Männern den Gefallen tun, es für sie zu diskutieren und uns dabei zu entzweien. Jedes Mal, wenn wir darüber diskutieren, diskutieren wir nicht über ungleiche Bezahlung oder Femizid oder die gläserne Decke. Und über das, was in diesem Land auf uns zukommt! Das Prostituiertenthema ist Zeitverschwendung, gerade in Zeiten wie diesen! Ich will auch, dass es allen Huren gut geht. Aber glückliche Huren und Transfrauen allein werden unsere Gehaltsschere nicht schließen. Und sie werden das Abtreibungsverbot nicht wegzaubern, und auch nicht die kommende Regierung!

Lilly runzelt die Stirn und schüttelt den Kopf. Du hörst dich an wie meine Eltern, sagt sie.

Kann sein, sagt Simone überraschend. Vielleicht bin ja zu alt für den zeitgenössischen Feminismus. Wenn ich es mir aussuchen könnte, würde ich am liebsten in der Zeit zurückreisen und bei der ersten Welle des Feminismus mitschwimmen. Bei der zweiten war ich noch ein bisschen zu jung, und seit der dritten wird es mir zu kompliziert.

Das ist nicht zu übersehen, wirft Lilly ein.

Simone übergeht sie. Das Intersektionale hat seine Berechtigung, aber auch seine Tücken, weil die Lücke zwischen dem Gelebten und Gedachten immer größer wird. Die Theoretikerinnen auf ihren Unis und in den Feuilletons spinnen die gesellschaftlichen Konzepte, und die Praktikerinnen sollen sie in alltagstaugliche Rezepte übersetzen und mit den immer selben Zutaten nachkochen: Männer, die Privilegien nicht abtreten wollen, Kinder, die bedingungslos geliebt werden wollen, Arbeitsmärkte, die einem den Spagat aufzwingen, eine Konsumindustrie, die nur auf den Defiziten der Frauen herumreitet und uns allen den Rest gibt. Wie soll das gehen?

Was genau kann der intersektionale Feminismus dafür?, unterbricht sie Lilly.

Er hat den Feminismus in tausend Stücke zersprengt! Alles, was früher einmal richtig war, hat jetzt ein falsches Gegenüber, und damit ist die Diskussion beendet. Geschlecht, Gender, Prostitution, Religion: Alle Prinzipien, die früher vielleicht falsch, aber immerhin verlässlich waren, steckt der intersektionale Feminismus in Brand – und stiehlt sich dann durch die digitale Hintertür hinaus. Der Feminismus für den Hausgebrauch steht auf einmal ganz schön alt da und muss sich vorwerfen lassen, alles falsch gemacht und nix verstanden zu haben. Prostitution ist plötzlich Sexarbeit, der historische Feminismus ist plötzlich weiß und kolonial, tiefverschleierte Frauen sind plötzlich ermächtigt und das Wort *Frau* ist plötzlich transfeindlich. Ich hab echt Schwierigkeiten damit.

Das merkt man, sagt Lilly trocken. Simone schimpft weiter.

Ihr Sternchenfeministinnen seid die Frauen der Stunde, und ihr kapert den Diskurs, die Foren, die Frauenzeitungen. Die lesen sich jetzt, als seien alle Menschen genderfluid und im Nebenerwerb Sexarbeiter*in. Und alle außerhalb eurer Blase sind abgehängt.

Lilly muss plötzlich gähnen. Sie unterdrückt es nach innen, ihre Kiefer knacken.

Wie du das schon sagst: deine Blase, sagt sie. Als ob wir nur digital existieren würden.

Dann nenn es halt Generationen, sagt Simone aufgebracht. Die Generation Vierzig-plus zum Beispiel. Die versteht nicht, dass die Kategorie Frau plötzlich nicht mehr sein darf, weil sie binär und transfeindlich ist. Das ist doch lächerlich. Die fühlt sich verarscht und steigt aus. Oder nehmen wir die heteronormativ lebenden Frauen. Hausfrauen, Teilzeitbeschäftigte, bürgerliche, alle, die den Diskurs nicht mitbestimmen können. Die dürfen sich mit ihrem konservativen Lebensmodell bestenfalls lächerlich machen. Und die meisten von ihnen sind so erschöpft, dass ihnen die Ressourcen für den Diskurs fehlen. Selber schuld. Übrig bleibt der intersektionale Feminismus, der in seiner Blase klugscheißend um sich selber kreist.

Sie seufzt, fasst ihre Haare zusammen, dreht sie zu einem Knoten und steckt ihn mit einer Haarspange, die sie von ihrem Ärmel pflückt, fest.

Aber du wirst doch zugeben, dass der weiße Feminismus in die Jahre gekommen ist, sagt Lilly. Es gibt doch so viel mehr, das noch erledigt werden muss! Warum hängst du dir dann eine Schwarze Galionsfigur an die Wand?

Sie zeigt in Richtung Küche. Dort hängt seit zwei Wochen eine verwitterte, Schwarze Frau mit einem goldenen Turban, neben der komischen Büste, die Simone Komplizin nennt. Sie sieht schön aus, und teuer.

Simone lacht rau.

Weil ich sie geschenkt gekriegt habe. Weil sie schön ist. Und wenn du es genau wissen willst: weil ich ein

Schutzamulett brauche gegen eure Anfeindungen. Das, was du weißen Feminismus nennst, war der einzige Feminismus, den wir hatten. Der hat immerhin erreicht, dass ihr jetzt auf die Unis dürft und euch den ganzen Scheiß reinziehen. Die Frauen hatten zwei Optionen: dafür sein oder dagegen. Jetzt hat jedes Thema zwanzig Sichtweisen, Sternchen, Wahrheiten auf fünf sozialen Netzwerken. Ich schau aber nicht nur aufs Handy. Ich schau auf die Wahlergebnisse. Ich schau mir die Frauen an, die sich in falscher Sicherheit wiegen, vom Konsum betäubt werden und erst aufwachen, wenn es zu spät ist. Ich schau mir an, wie der Schwangerschaftsabbruch bald wieder kriminalisiert wird und die Mutteralmosen in der Altersarmut nicht zum Überleben reichen. Wenn diese Frauen anfangen nachzudenken, ist es auch schon wieder zu spät. Die meisten Frauen der Generationen vor euch hat man verhätschelt und ihnen eingeredet, dass die Rechte doch erkämpft sind. Aber das Politische hat die Rechnung ohne das Private gemacht. Über das wollte ich reden! Und nicht über Rays tolle Sexarbeit und Jasminas ermächtigtes Kopftuch! Verstehst du?

Lilly lehnt sich an die Wand und verschränkt die Arme. Simone hat sie mit ihrer Rhetorik eingelullt. Sie ist müde, aber fasziniert, fast hat sie vergessen, dass diese Frau, die ihr gerade eine interessante Vorlesung in Frauensolidarität gibt, vor ein paar Minuten das Haustier einer Mitbewohnerin entführt hat. Ohne zu fragen. Dass sie mit dieser Frau, mit dieser Art von politischem Leben nichts zu tun haben will. Weil es sich in eine Sackgasse manövriert hat.

Eure Generation hat es doch verkackt, denkt sie. Das ist es, was sie gerne sagen würde: Ihr habt nur euren weißen, reinen Feminismus gelebt und mit ihm so wenig erreicht. Ein ausgrenzender, egoistischer Feminismus, der dann doch mit dem Patriarchat ins Bett gegangen ist. Wie sollen wir euch ernst nehmen? Sie formuliert ein bisschen um, bevor sie fragt.

Warum tritt denn dein Feminismus so auf der Stelle, wenn er der richtige ist?

Simone zuckt mit den Achseln. Das frage ich mich auch schon seit Ewigkeiten. Wann sich das Unrecht, das den Frauen schon seit Jahrhunderten auf der ganzen verfluchten Welt angetan wird, einmal nachhaltig entlädt. Aber es brandet bei jeder einzelnen Frau an, tut ihr weh und brandet wieder ab. Den Frauen fehlt irgendetwas, um sich zu einem Kollektiv zusammenzurotten.

Sie macht eine kurze Pause, dann schaut sie listig.

Weißt du, ich hab eine Doku über Schleimpilze gesehen. Was der primitivste, dämlichste, einzellige Schleimpilz schafft, nämlich, wenn es darauf ankommt, zu einer Einheit zusammenzukriechen und sich zumindest kurz zu einem Fruchtkörper aufzubäumen, schaffen die Frauen nicht und wieder nicht. Lieber wurschteln sie alleine dahin, lieber kümmern sie sich exklusiv um ihre Tochterzellen, lieber bekämpfen sie die kleine Zelle neben sich, die schöner, erfolgreicher, geliebter oder cleverer ist als sie. So viele Ablenkungen, anstatt die Kraft zu bündeln und den Verantwortlichen in den Arsch zu treten. Tja. Frauen basteln ihren Kindern lieber originelle Jausenbrote, als das Patriarchat zu stürzen.

Vielleicht schafft das meine Blase, sagt Lilly, das Schleimpilz-Ding.

Jetzt müssen sie beide lachen. Lilly spürt den Druck weichen, Simone wirkt jetzt wieder versöhnlich, fast mütterlich. Sie folgt einem spontanen Impuls, holt tief Luft.

Ich ziehe übrigens bald aus, sagt sie.

Wohin?, fragt Simone ungläubig.

Zu den Queeren.

Wie bitte? Simones Augen weiten sich.

Das hat sich eher zufällig ergeben. Bei denen ist es nicht nur räumlich stimmiger, mit dem großen Zimmer und der besseren Verkehrsanbindung. Ich passe ja auch weltanschaulich besser hinein, das sagst du selbst. Die Show ist ja quasi vorbei, aber die queere WG bleibt.

Simone schüttelt den Kopf.

Hat sich eher zufällig ergeben, sagt sie gallig.

Lilly hat plötzlich Mitleid. Ich gehe doch eh erst, wenn die Show vorbei ist, keine Angst!, sagt sie schnell.

Nein, nein, sagt Simone und erhebt sich schnell, geh nur. Am besten gleich. Dann kannst du deine Zugehörigkeit noch sichern. Dann ist es offiziell, dass die Gräben zwischen den feministischen Generationen unüberwindbar sind. Ich hör schon das Bürschchen. Sie macht ihn nach.

*Und weg ist sie. Schon wieder eine Niederlage. Was hat die einzige Junge vergrämt? War es ihr dann doch ein bisschen zu viel Diskussion? Ist er nicht doch zu anstrengend, dieser Feminismus, der nichts weitergebracht hat und immer nur streiten will?*

Die Boshaftigkeit in ihrer Stimme verliert sich so schnell, wie sie gekommen ist.

Du bist doch gar nicht queer, oder?, fragt sie jetzt angriffig. Du bist doch hetero und cis, oder?

Was ist das für eine Frage?, sagt Lilly empört. Ich bin aber auch nicht so alt und retro wie ihr!

Stimmt, sagt Simone jetzt traurig. Ganz verübeln kann ich es dir nicht. Wäre ich so jung wie du und hätte nicht erlebt, wie es einmal war, ich würde mich auch auf die Seite der Queeren schlagen. Es ist schon gut.

Gut, sagt Lilly tapfer, dann gehe ich Ende der Woche. Ist vielleicht besser.

Ist sicher besser, sagt Simone, dreht ihr den Rücken zu und verschwindet in ihr Zimmer.

Lilly bleibt alleine in der Küche zurück. Was treibst du mit diesem rechtskonservativen Minister?, wollte sie Simone fragen. Wo kommen all diese Frauenfiguren an der Wand eigentlich her? Was soll ich tun, wenn ich die Regel nicht bald kriege? Was rät mir dein Feminismus, wenn ich schwanger geworden bin, weil mir dein Feminismus erzählt hat, wie unfeministisch es ist, die Pille zu nehmen, weil es ja so emanzipiert ist, sich die Verhütung nicht ganz alleine um den Hals hängen zu lassen? Dein Feminismus war nämlich leider nicht da, um schnell noch ein Kondom über Aarons Schwanz zu stülpen. Hilft mir dein Feminismus jetzt, die schwere Entscheidung zu fällen, nimmt er mich bei der Hand und geht mit mir abtreiben?

## 15
## Simone
### *September*

Sie fährt mit den Fingerrücken die Falte des Stoffs nach. Immer diese Sichtschutzvorhänge aus Kunststoff. In jedem Hotel sind sie zu finden, und in fast jeder Wohnung in diesem Land. Die Vorhänge und die Außenjalousien, die das Private beschützen, davor, sich zum Politischen aufzupudeln. Jeder Fluch hat seinen Segen.

Der Minister wartet auf sie, an der Bar. Er hat Hose und Hemd wieder angezogen, das Sakko hängt ordnungsgemäß auf einem ledergepolsterten Bügel draußen am Kleiderständer. Sie fühlt sich besudelt, auch wenn es *Consensual Sex* war, noch so ein Schlagwort. Die Lust blieb aus, trotz ihrer Einstimmung. Wenigstens hat es ihm auch keinen Spaß gemacht. Die Ärmel des Hemdes sind hochgekrempelt; seine dicht behaarten Unterarme sind mit Flasche und Korkenzieher beschäftigt. So lange haben sie einander nicht gesehen. Wahlen mussten ausgefochten und gewonnen werden, Koalitionen vorbereitet, ein Verrat musste verdaut werden. Er hat ihr die Komplizin und die Galionsfigur geschickt, und die Replikation der Nana von Niki de Saint Phalle. Muss ihm Spaß gemacht haben, seine Assistentin herumzuschicken, im Netz oder auf Antiquitätenmärkten. All das muss sauteuer gewesen sein, nichts davon hat ihr Glück gebracht. Zweimal hat er Blumen geschickt, an x-beliebigen Tagen, ohne Karte, fette Sträuße unpolitischer Blumen wie Tulpen, Ranunkeln, Amaryllis; natürlich weder Rosen noch Nelken.

Ein paarmal hat er sie um ein Treffen gebeten. Jetzt, nach der Wahl, hat sie Ja gesagt.

Billie Holiday hat er ausgewählt; ausgerechnet. Jetzt erst fällt es ihr auf. Simone hatte schlechten Sex zu der Musik aus der guten alten Zeit. Wenigstens hat es nicht lange gedauert. Why not take all of me, singt Billie. Genau, warum nicht. Mit elf vergewaltigt, mit dreizehn mit Mutti im Bordell anschaffen, mit vierzehn ins Gefängnis. Kann eh nicht mehr viel von ihr übrig geblieben sein, von der armen Billie, nehmt euch den Rest von ihr einfach auch noch.

Was weißt du über Billie Holiday?, fragt sie in den Vorhang hinein.

Ein Leben voller Gewalt und Drogen. Aber auch voller Erfolg, sagt er.

Den Mutti verzockt hat, ergänzt Simone. Sie dreht sich um, wickelt den beunruhigend flauschigen Bademantel enger um sich und setzt sich zu ihm an die Bar.

Und als sie starb, standen Polizisten um ihr Krankenhausbett herum, um sie wegen Drogenbesitzes zu verhaften, sagt er, während er den Wein einschenkt.

Der Minister hat seine Hausaufgaben gemacht. Jetzt wäre der richtige Zeitpunkt, sich zum Lächeln zu zwingen. Sie kostet den Wein: Er schmeckt rot, teuer, nach schönem Etikett. Ihr ist nach Trinken zumute. Eigentlich will sie ihre Frustration darüber herausschreien, dass zwei rechtskonservative Parteien (eine mehr rechts, die andere mehr konservativ) wieder die Mehrheiten für sich herausschlagen konnten und jetzt natürlich eine Koalition bilden. Und vielleicht umsetzen, was sie versprochen haben. Aber ihre vordergründige Wut darf sie nicht an den Minister adressieren. Ihr Zorn muss den Wählerinnen gelten – 41 Prozent der wahlberechtigten Frauen haben ihr Kreuz bei den Konservativen gemacht, 23 Prozent bei den Rechten. Das macht eine satte Mehrheit von 64 Prozent.

Lächle, Simone, sagt sie zu sich. Du bist hier, um etwas zu lernen. Nur was? Im besten Falle setzen sie nichts um, dann ist es so schlimm wie vorher. Im schlechtesten Fall setzen sie alles um, dann ist es so schlimm, wie es zuletzt in den 70er Jahren des vorigen Jahrhunderts war. Die hintergründige Wut hebt sie sich für später auf.

Und, gratulierst du mir nicht?, fragt er.

Nein, sagt sie.

Freu dich doch ein bisschen für mich, sagt er.

Er schmunzelt, breitet die Arme aus. Lass dich doch aufheitern. Die Partei wird machen, was sie immer macht. Du brauchst dich nicht fürchten, der Wahlkampf ist vorbei. Dein Paragraf ist schon wieder so gut wie vergessen.

Ich glaub dir kein Wort, sagt sie.

Sei doch ein bisschen positiv! Du machst deine Arbeit, ich meine, das Feuilleton liebt dich! Wie du die Wolkenstein auseinandergenommen hast – Chapeau. Bist du nicht zufrieden?

Womit? Damit, dass sie gesagt hat, wie zufrieden sie damit war, dass ich gegen den Verschleierungswahn auftrete? Oder damit, dass sie meine Positionen zu den Transrechten teilt? Sie hat mich in die Nazi-Ecke gedrängt, diese Ratte. Weißt du, was ich die ganze letzte Woche gemacht habe? Drohmails und Hate-Kommentare gelöscht und an die Polizei weitergeleitet. Drohmails von *Frauen*.

Du siehst nur den Mist, den Kleinvieh macht, sagt der Minister lächelnd. Du bist eine der letzten Bastionen gegen die Banalisierung des Feminismus, hab ich gelesen. Eine unbeugsame Stimme in einem Chor der Cancel-Culture.

Simone winkt ab.

Über alles haben wir geredet, nur nicht über das, was unter den Nägeln brennt. Bei keinem der drei Abende. Wenigstens dieses Big Sista ist Geschichte. Bin ich froh! Alles nur Unterhaltungsfernsehen mit Zickenkrieg. Das Interessanteste ist immer vor und nach der Aufzeichnung passiert.

Der Minister hebt die Brauen fragend.

Als das Fernsehteam weg war, ist die Wolkenstein geblieben und hat mit uns die Flasche ausgetrunken. Sie war unglaublich ruhig und hat ihre Populismusplatte weggelegt. Das ist eine ganz normale, nette Frau, die über ihren Mann schimpft und Beckenbodentraining machen muss, damit sie beim Niesen nicht in ihr Kostüm pinkelt.

Was haben die anderen dazu gesagt?, fragt der Minister.

Die sind ins Bett gegangen. Was sollen sie schon sagen, lügt Simone und denkt an die wutentbrannte Flora, an Maren, die seit der Hasengeschichte ohnehin nicht mehr mit ihr spricht, an die entsetzte Eleonora, an Lilly, die schon weg ist. Simone ist jetzt die Verräterin. Sie beginnt zu lachen.

Ich habe mir während der Aufzeichnung überlegt, die Wolkenstein in unsere Besenkammer einzusperren und ihr das Versprechen abzupressen, zum Thema Abtreibung das Maul zu halten. Das hab ich ihr nachher gestanden. Sie hat mir gestanden, dass sie mich am liebsten an den Haaren in die Kirche schleifen und mich ins Taufbecken tauchen würde.

Der Minister schaut verdutzt.

Über das hätten wir reden sollen, verstehst du? Wie uns dieser Zugang zum Kinderkriegen gegeneinander aufbringt. Wir hatten sogar eine Schwangerschaft in der WG, erzählt Simone weiter. Stell dir vor, unsere schöne Lilly ist schwanger geworden, unabsichtlich. Und hat gleich die große Abtreibungsdepression bekommen. Erst ist sie ausgezogen, und dann wieder bei uns angetanzt und hat uns die Ohren vollgeheult, was sie tun soll. Weil sie ewig ein schlechtes Gewissen haben wird, das sie ihr ganzes Leben verfolgen wird.

Der Minister wiegt mitfühlend den Kopf.

Spar dir dein Mitleid. Du falscher Hund.

Er sieht sie gespannt an. Sie wartet nicht auf seine Antwort.

Eben. Du hast es nicht nur vergessen. Du hast es sogar verraten. Wundert mich nicht. Du bist ja auch »familienpolitisch auf Parteilinie«. Sie malt die Anführungszeichen in die Luft.

Er übergeht die Anklage geübt. Was hast du ihr geraten?, fragt er.

Gar nichts. Ich hab ihr nur gesagt, dass sie sich nicht anstecken lassen soll vom großen Babycaust-Schuldmythos. Dass es nur ein Zellhaufen ist. Und dass sie noch Kinder kriegen kann, so viele sie will, wenn es besser passt. Und dass sie froh sein kann, dass eure Regierung noch nicht ihre tollen Pläne umsetzen konnte. Und sie gefragt, was ihr Freund dazu sagt. Mit dem hat sie Schluss gemacht, weil das Kind nicht von ihm, sondern von einem Börsenmakler ist, mit dem sie nur fickt und von dem sie nicht glaubt, dass er ein guter Vater wäre. Ich hab ihr gesagt, dass sie wählen kann: emanzipiertes, bescheidenes Leben mit Börsenmaklerkind und Ersatzfamilie in der WG oder Abtreibung jetzt und kapitalistisches Nestchen später, wenn der Freund vielleicht wieder darüber hinweg ist. Oder mit einem anderen. In Wirklichkeit, darauf wette ich, will sie nämlich eine richtig stinklangweilige Kleinfamilie, mit Hochzeit und allem. Halt nicht jetzt, sondern später. Warum sonst ist sie mit dem Thema zu uns gekommen und nicht zu ihren queeren Freundinnen. Wir sollen ihr Händchen halten. Hat Eleonora erledigt. Das Gespräch war so entlarvend, so didaktisch! Aber leider nur privat. Vor den Kameras haben wir ja Identitätspolitik besprechen müssen.

Na ja, noch kann man ja straffrei abtreiben.

Wer weiß, wie lange. Das sagt sie nicht. Sie versucht cool zu bleiben. Sie braucht den Minister vielleicht noch.

Wie laufen denn die Koalitionsgespräche?

Er schüttelt den Kopf und lächelt. Sie nickt. Klar, sagt sie, mit den Rechten läuft es immer gut.

Du hast doch nicht wirklich erwartet, dass du den Wahlausgang beeinflussen kannst, oder?, sagt er ausweichend und sieht auf die Uhr.

So blöd bin ich nicht, lügt sie.

Immerhin, der linke Boulevard hat dich hofiert, sagt er, ganz ohne Partei, ohne Mandat, ohne Prominenz. Du hast nicht einmal ein Buch geschrieben! Das muss dir wer nachmachen.

Neidisch?, fragt sie.

Niemand muss den Finanzminister mögen, sagt er und stellt das Glas ab.

Sag mir endlich deine Meinung, sagt sie und verschränkt die Arme. Was hat mir die Show wirklich gebracht?

Für deine politische Reputation war das nicht von Vorteil.

Was für eine politische Reputation? Sie schnaubt abfällig, er ignoriert es.

Die politische Reputation, die du brauchst, um etwas anderes in der Hand zu haben als ein Mikrofon.

Er nimmt einen Schluck. Homestorys über ach so glückliche Frauengruppen. Gerede über Putzen und Kochen. Zickenkrieg. Aktionismus mit Babypuppen. Was willst du eigentlich? Polit-Clown spielen?

Sie lässt es sich nicht anmerken, wie weh er ihr tut.

Was weißt du schon über Frauen in der Politik. Du kennst doch nur deine getreuen Parteisoldaten mit Vagina.

Er wiegt den Kopf.

So schlecht können wir es nicht machen, wenn uns so viele Frauen wählen.

Genau, schreit es aus ihr. Warum ist das so? Warum wählen sie euch wirklich?

Weil euer Feminismus an ihrer Realität vorbeidiktiert. Sie wollen das alles nicht.

Was wollen sie nicht? Gleiche Bezahlung? Eine gewaltfreie Umgebung?

Sie wollen bei ihren Kindern sein. Sie wollen nicht von Afghanen vergewaltigt werden.

Simone schnaubt. Weil ihr ihnen Märchen erzählt, seit sechstausend Jahren!

Er lächelt herablassend. Fällt dir wirklich keine Politikerin ein, die du gut findest?

Nur tote. Und keine aus deiner Partei.

Sind sie schon zu dir gekommen?

Simone nickt.

Er fragt. Die Grünen? Sie schüttelt den Kopf.

Die Sozis? Sie nickt. Und die Kommunisten. Er scheint nicht überrascht. Na ja: Träumer. Du hast Nein gesagt?

Natürlich.

Schade. Du gäbest eine lustige Oppositionspolitikerin ab, egal welcher Farbe.

Was soll ich denn in der Politik, sagt Simone mit Abscheu.

Was willst du denn sonst mit deinem Aktionismus? Unterhalten?

Aufwecken, sagt sie.

Das ist alles? Und wenn sie wach sind? Machst du ihnen dann einen Kakao?

Er lacht, den Kopf zurückwerfend, mit wogendem Bauch und aus vollem Hals lacht er sie aus.

Aber sie schlafen doch so gerne, setzt er nach und wischt sich die Tränen aus den Augen.

Beim Lachen hat er ihr seine Zähne gezeigt. Es sind gute, gepflegte Zähne ohne sichtbare Füllungen. Sicher Keramik. Der Minister musste sich nie zwischen undichten Kunststoffplomben oder hässlichen Amalgamplomben entscheiden, er hatte immer schon die Wahl zwischen Keramik und Gold. In den Mund des Ministers wurden ein paar Jahresgehälter von Supermarktkassiererinnen investiert, denkt sie, dieselben Supermarktkassiererinnen, die seine Partei aus Angst vor Viren und Flüchtlingen oder wegen der paar Mutteralmosen gewählt haben, im Irrglauben, ihre Interessen würden tatsächlich vertreten werden.

Dieser Mund lacht jetzt über ihre Ideale. Über ihre Visionen. Simonc spürt, wie sie immer wütender wird. Dieser konservative Günstling, der seit der ersten Stunde an der immer selben Parteizitze gesäugt wurde.

Der alles in sein einfaches Gesellschaftsmuster hineingestrickt hat, was man ihm beigebracht hat: konservativ, bäuerlich, bürgerlich, katholisch, und wieder von vorne, bis zum Delirium. Was an unserer komplizierten Gesellschaft ganz schön alt aussieht, was hinten und vorne nicht zusammenpasst. Jetzt, wo er zum Minister herangewachsen ist und die Zitze endlich ausgespuckt hat, darf er liefern. Und anmaßend werden. Nur weil sie mit ihm geschlafen hat, muss sie sich das nicht gefallen lassen. Sie trinkt einen großen Schluck.

Nur weil du nie Ideale hattest, die du verraten hättest müssen.

Er wischt sich noch einmal die Tränen aus den Augenwinkeln.

Wer sagt denn, dass es Ideale braucht. Mit Idealen kann man nicht regieren.

Wir sehen ja, wohin es führt, wenn ohne Ideale regiert wird, sagt Simone.

Ideale machen niemanden satt, sagt er abfällig. Und wozu gibt es Kirchen.

Simone beschließt, sich zu erleichtern. Endlich sprechen wir Klartext, endlich kommen wir zum Punkt, denkt sie.

Was macht denn satt? Wer macht wen satt? Schau dir mal dein letztes Budget an! Ich wette, dein nächstes wird nicht besser. Den Arbeitslosen nimmst du das Geld weg und den Industriellen stopfst du es in den Arsch, den Oberschichtlern und den Spießbürgern! Und den Frauen setzt du die Almosen vor, während du ihnen hintenrum die reproduktiven Rechte aus der Tasche ziehst. Du bist widerlich.

Er steht auf und bleibt ganz nahe vor ihr stehen. Komm, erzähl mir was von Verantwortung.

Ich weiß schon, sagt sie in sein Gesicht. Es ist nicht *dein* Budget. *Du* bist ja gar nie schuld.

Naiv, sagt er. Ihr Frauen seid alle naiv, ausnahmslos.

Naiv ist, wer glaubt, er kann am Wochenende in der Kirche um Vergebung für sein Budget beten, antwortet Simone.

Nur weil man der Kirche ein paar ideologische Geschenke gemacht hat, ist man noch lange kein Unmensch.

Sie richtet sich ein bisschen auf. Groß und schwer steht er vor ihr, sein Atem riecht nach Rotwein. Wie schwer es ihr fällt, ihre Empörung zu verbergen. Sie sieht in ein Gesicht, das über jede Regung erhaben ist. In tausenden Seminarstunden hat er gelernt, seine Gefühle zu beherrschen, seine Mimik zu kontrollieren, seine Worte und Gesten zu zügeln. Sie möchte etwas zucken sehen. Sie möchte ihn einmal die Kontrolle verlieren sehen, so wie er beim Sex die Kontrolle verliert. Sie streckt die Hand aus, bohrt ihren Finger in seine Brust, er versinkt in seinem warmen, weichen Männerbusen. Der Minister ignoriert es.

Ich bin dir keine Erklärung schuldig, sagt er. Du solltest ohnehin schon längst kapiert haben, wie der Hase läuft. Schau dich mal in den Spiegel.

Jesus würde auf dein letztes Budget kotzen, sagt sie und macht sich noch ein paar Millimeter größer. Und auf eure Zwangsberatungsgespräche.

Der Minister greift nach ihrer Hand, zieht ihren Finger aus seinem Fleisch, spöttisch lächelnd, führt ihre Hand an seinen Penis. Sie fasst zu. Er nimmt einen Schluck Rotwein, seine feiste Kehle vollführt Schluckbewegungen, er stellt das Glas wieder hin.

Komm mir nicht mit Jesus, sagt er. Wer bist du schon.

Ich bin, was ich mache. Nicht, was aus mir gemacht wurde. Sie spürt, wie er wieder hart wird. Ein zweites Mal; das ist selten. Vielleicht sollte sie darauf einsteigen. Ihn besteigen, ihn reiten und dabei fest schlagen, ins Gesicht.

Er lacht leise. Na gut. Dann sei ein Haufen Babypuppen, der auf dem Mistplatz entsorgt wird. Sei ein verpixeltes Slapstick-Video. Sei eine Spielfigur in einer Trash-TV-Show. Sei ein kleines Insekt, das über noch kleinere Insekten bestimmt, die es ohne Imker nicht über den Winter schaffen würden. Mit deinem Idealismusgeschwafel wirst du nicht weiter kommen als deine Vorgängerinnen. Weil ihr nie zu einer politischen Konstante zusammenfinden werdet. Aber sei nicht traurig. Wir bösen Patriarchen machen die Arbeit für euch. Wir schauen, dass die Säulen der Gesellschaft stehen bleiben, damit ihr was zum Dagegenschlagen und Beschmieren habt.

Sie lässt die Hand sinken. Ihn anspucken. Sie schluckt ihren Speichel hinunter. Was hat sie denn erwartet. Sie wünschte, sie würde ihren grünen Kimono tragen. In so einem Erotiksauna-Bademantel hat man keine Würde. In einem auf Kosten der Republik flauschig weichgespülten Bademantel, den das Personal vom Minister für sie bereitgelegt hat, kann man dem Minister nichts entgegnen.

Und noch etwas. Keine von deinen linken Regierungen hatte einen so hohen Frauenanteil wie unsere kommende, er wird noch höher sein als bei der vorherigen. Was sagt dir das über unsere und deine Ideale?, sagt er.

Ich weiß es nicht, will sie sagen. Sie schweigt.

Ich sag es dir, setzt er fort. Du hast politisches Talent, aber ohne Partei ist es für den Arsch. Du hast deinen Zirkus gehabt, jetzt bist du am Ende deiner Möglichkeiten. Ideologisch. Und finanziell. Also: Raus aus dem Zirkus, weg mit den Ponys und Clowns und ab in die Politik – oder in die Vergessenheit.

Sie räuspert sich.

Während er sich sein Sakko anzieht und seine feinen Schuhe bindet, sieht er sie an. Zuletzt zieht er sich den Mantel an und umarmt sie kurz, aber erstaunlich zärtlich.

Wach du erst mal auf, sagt er und küsst sie auf die Stirn.

Als er weg ist, öffnet sie die Balkontüre und beugt sich über das Geländer. Der Verkehr ist schon ruhiger geworden, es hat zu regnen begonnen, die Straße glänzt, als wäre sie aus Lack. Die ersten Tränen wischt sie noch trotzig weg; dann lässt sie sie fließen. Der Minister hat recht. Ohne Verrat an den Idealen wird das dauerhaft nichts. Sie wird sich entscheiden müssen, für die politische Realität, für eine Partei. Für ein Klientel. Für eine Wählerschicht. Für Alliierte, egal welcher Couleur. Die Frauen als einheitliche Gruppierung jedenfalls waren zu vergessen. Das haben sie wieder einmal bewiesen. Sie lassen sich eher mit ein paar Almosen ködern, als dass sie sich zusammentun würden, um Wertschätzung auf Augenhöhe einzufordern. Anstatt auf die Straße zu gehen, kuscheln sie sich doch lieber an ihre Männer und raffen ihre Kinder und ihr gutes altes Rollenverständnis an sich. Den Männern bleibt immer das Patriarchat, das sie eint. Das Geld und die Macht als universaler Klebstoff. Die Frauen halten alles andere zusammen, mit ihrer Liebe und Weichheit. Sie selbst hält nichts zusammen, nichts, was sich gegen das Patriarchat halten ließe. Von dem fühlen sie sich dann abgeholt und vertreten, wenn ihnen Türen aufgehalten und sie »beschützt« werden – vor »den anderen«. Und die, die zusammenhalten, werkeln einzeln und isoliert vor sich hin, unbezahlt, oder mit minimalen Fördermitteln, die ihnen jederzeit vom Ministerium abgedreht werden können.

Sie hat versucht, das alles in wenigen Worten zu sagen. Sie hat keine Wahlempfehlungen abgegeben, nur Warnungen. Es war großartig. Die PR, die sie durch die Show gekriegt hat, überstieg ihre Erwartungen. 20 000 Frauen waren zur Abschlusskundgebung gekommen, auf die Papstwiese in Wien. Sie stand auf der Bühne, sie war nichts als Gänsehaut. Was für ein Fest. Und was für ein Furz gegen die 1,75 Millionen Frauen, die tags drauf rechtskonservativ gewählt haben. Jetzt schon, bevor die rechtskonservative Regierung gebildet wird, wird Simone von vielen bekniet, weiterzumachen. Von Politikerinnen, von Journalistinnen, von Organisationen. Nicht aufgeben. Nicht jetzt. Bitte. Sie hat nicht geantwortet. All ihren ehrenamtlichen Helferinnen hätte sie sonst schreiben müssen: Danke für eure wunderbare Solidarität, die uns allen einen Scheißdreck bringt, die wir ins Grab mitnehmen dürfen. Ungedankt. Unbefruchtet. Muss die nächste Generation eben wieder von vorne beginnen. Vergesst es gleich. Ordnet euch unter. Eure geliebten Schwestern überstimmen euch bei jeder einzelnen verdammten Wahl. Kriegt Kinder und kocht euren Männern was Feines. Dröhnt euch mit Weihrauch zu.

Simone ist nach der Wahl in ein Loch gefallen und hat fast eine Woche nicht herausgefunden. Sie wollte nach Sardinien auswandern, den Jakobsweg gehen, in einem Zelt durch Tasmanien. Stattdessen hat sie Fieber bekommen, und Brechdurchfall.

Ihr Bienenstock. Ausgerechnet Bienen. Was haben die denn schon geleistet, außer sich domestizieren zu lassen, Trilliarden von Fruchtbäumen zu bestäuben, unbezahlt, und sich noch den Honig unter dem kleinen, pelzigen Arsch wegstehlen zu lassen. Über dieses Schicksal kommen die Frauen dieser Welt scheinbar nicht hinaus. Nichts am Feminismus ist von Bestand, nichts im Gesetz verankert oder aus Stein, alles ist aus Papier, Geplapper, Bits und Bytes. Der Minister hat sie an die Inkonsequenz der Frauen erinnert, an die Zahnlosigkeit ihres Widerstandes und an ihre kollektive Amnesie, die wie ein Fluch von einer Generation in die nächste getragen wird.

Sie hat denselben Fehler gemacht wie alle anderen. Sie hat nicht in größenwahnsinnigen Dimensionen gedacht. Sie hat gedacht, wie Frauen eben denken – maßvoll, ressourcenschonend, rücksichtnehmend. Alles der Bedeutungslosigkeit geweiht. Ihre Komplizinnen müssten aus Gold, Stein und Stahl sein, auf Plätzen und in Kirchen stehen. Ihre WGs sollten ganze Stadtteile einnehmen, und nicht nur ein paar versprengte Häuser; und ihre Strategie müsste nicht sein zu überzeugen, sondern zu indoktrinieren. Täuschen. Erpressen. Bestechen. In die Luft jagen. Vom Patriarchat zu lernen, ist längst überfällig.

Simone geht wieder ins Appartement und gießt sich ein neues Glas Rotwein ein. Sie mag jetzt nicht zu ihren friedfertigen, toleranten und politisch korrekten Frauen heim, mit denen sie es sich verscherzt hat. Sie hat Lust auf dieses noble Appartement, aufs Sich-Bedienenlassen, auf ein rohes Steak. Auf einen Seitenwechsel. Auf ein Leben allein, ohne feministische Agenda und Allgemeinwohl. Sie hat die Frauen satt. Ihr hängt dieser schwächelnde Feminismus zum Hals raus. Was für ein feines Leben sie führen könnte mit ihrer Pension und ihrer vielen Freizeit. In Sardinien ließe es sich schön in den Tag leben. Oder in Griechenland, da könnte sie Katzen füttern, Retsina trinken und Moussaka essen, jeden Tag. Stattdessen sitzt sie hier in Wien fest, verplempert die Zeit mit den dämlichen Frauen, die sich in die Arme von reaktionären Katholiken wünschen.

Was haben sie nur falsch gemacht all diese Jahrzehnte. Die Friedfertigkeit, denkt Simone. Die Gutherzigkeit. Sie haben auf die Freiwilligkeit ihrer Männer gesetzt. Und Löcher gestopft. Ein bisschen Frauenhaus hier, ein wenig Body Positivity da, ein paar Hashtags; und viele tolle, engagierte Initiativen, die alle vor sich hin wurschteln. Dabei haben sie vergessen, das Patriarchat auszurotten. Im Privaten. Nur wenige haben weiter gemahnt, eine Handvoll, die zu leise war, zu entkräftet, die zu früh gestorben ist. Ungedankt.

Das Patriarchat war und ist ein Krieg. In einem Krieg greift man zu Waffen, nicht zu Mikrofonen. Zu richtigen Waffen, und zu ideologischen. Das feministische Gedächtnis ist hinter einer dicken Schicht aus Speck verschwunden. Ein Speck, der glaubt, er wäre für die Ewigkeit gebaut.

Hat nicht jede feministische Bewegung, und sei sie auch noch so erfolgreich gewesen, denselben Fehler gemacht? Anders ist dieser Wahlausgang nicht zu erklären. Haben sie nicht alle zu früh aufgehört? Sie hätten draufbleiben sollen, schon nach der ersten Welle. Nach der zweiten erst recht. Sie hätten streiken und Gift spritzen und ihre Muschis verweigern müssen, bis auch die letzte Ungleichheit beglichen ist. Sie hätten in Gebärstreik treten sollen. In Fickstreik. Bis im Privaten eingelöst wird, was im Politischen und Juristischen vorweggenommen wird. Denn das Private ist die Quelle, aus der das Patriarchat immer wieder seine Berechtigung schöpfen darf. Bis jetzt schöpft und schürft es, sogar bei demokratischen Wahlen in einem freien Land ist noch genug patriarchale Ressource da, um einem katholischen Gottesstaat den Weg zu bereiten.

Eigentlich, denkt sie, hat sie das Frausein satt. Östrogenien. Sie hat Lust auf Testosteronistan. Ein Leben mit Schwanz und Brusthaaren. Sie will nicht Katzen füttern in Griechenland. Sie will Bier trinken in Wien. In einem Beisl. Sie will ihren mächtigen Bierbauch zur Tür reinschieben und sich krachend am Stammtisch fallen lassen, jeden Tag. Sie will ein verfetteter, versoffener Niemand sein und trotzdem blöde Witze über die rangniedrigen Weiber machen können. Sie will einer zwangsprostituierten Nutte um fünfzig Euro ihren Schwanz in die Kehle rammen dürfen, mit der gleichen Selbstverständlichkeit, mit der sie sich ein Schweinsschnitzel um vier Euro in den Mund stopft.

Simone trinkt das Glas leer, als wäre es Saft. Sie schenkt sich nach. Zumindest diesen Wein will sie, als Lohn für ihre vergebene Mühe. Klar, man hat die Frauen nicht an die Schalthebel lassen. Simone ist pazifistisch und verabscheut Gewalt, wie alle Frauen. Blöd nur, dass das Patriarchat die Gewalt auf seiner Seite hat, als verlässliche Komplizin. Es geht nämlich nicht ohne Gewalt. Nur die Frauen sind dämlich genug, auf die friedliche Machtübernahme gewartet zu haben. Auf die gerechte Ressourcenverteilung haben sie gehofft, das Gewaltregime ist stattdessen gekommen: Gewalt durch Kapital, Religion, Chauvinismus. Hitlerdeutschland, das Römische Reich, Kolonialisierung, Bekehrung: Wenn ein System verändert werden soll, darf nicht lang gefackelt werden.

Sie geht wieder zurück auf den Balkon. Statt Frauenzentren und -vereinen müssten Frauen Parteien gründen, Religionen erfinden und Kirchen bauen, in denen neue Rituale zelebriert werden. Sie spuckt hinunter. Sie müssten Minister entführen und freipressen lassen. Waffen einkaufen. Kirchen ausräumen. Götter demontieren. Selbstjustiz anwenden. Sie lehnt sich weit über die Brüstung und blickt nach unten. Sie stellt sich vor, wie sie den Minister in einem schwachen Moment, in dem er es gar nicht erwartet, packt und über die Brüstung wuchtet. Wie sie ihn dort festhält. Wie er in der Schwebe strampelt, um sein Leben bettelt, Zugeständnisse macht. Wie sie ihm Budgetposten abpresst. Eine längst ausständige Frauenoffensive. Also, Bursche. Mehr Kohle für Gewaltschutz! Einsatz von Quoten! Gleiches Geld für gleiche Arbeit, oder du machst die Fliege, ohne Flügel!

Sie tauscht den Minister durch die Familienministerin aus, sieht ihr ins Gesicht. Die Todesangst. Schwierig, aber nicht unmöglich. Unangenehm, aber so ist das eben, wenn es gegen den Strich geht. Besser gegen den Strich als gar keine Berührung. Ihre Skrupel sind weiblich. Es lässt sich nicht verleugnen, dass das Patriarchat diesbezüglich ein paar tausend Jahre Vorsprung hat.

Was macht sie denn hier seit Monaten? Um Aufmerksamkeit betteln. Es ginge natürlich auch schneller, ohne Skrupel, mit Korruption. Aber dazu bräuchte es wieder Geld. Zugang zu Lobbyisten. Zugriff auf Steuergelder. Sie müsste Industrielle anfüttern und Gesetzestexte einkaufen. Sich bei Kirchenleuten einschleimen. Ihr wird ganz schlecht bei dem Gedanken, wie tief sie sich korrumpieren lassen müsste.

Unten sieht sie den Chauffeur vorfahren und den Minister in seinen Wagen steigen. Eleonora hat sie wieder aufgerichtet, und Flora, und Maren, nach der Wahl. Sie sind zu ihr ins Zimmer gekommen, haben sich an ihr Bett gesetzt. Wie zu einer Sterbenden. Mit Kakao, Hühnersuppe, Pudding, eine nach der anderen, und haben ihr gesagt, dass Scheitern zum Feminismus dazugehört. Und dass sie so wichtig sei, weil sie dranbleibe. Und weil sie eine treibende, lästige Kraft sei, sie als Person, als Ideologie, als Charakterkopf des Widerstandes. Nach der geschrien würde, jetzt, nach der Wahl. Und das Medieninteresse sei nie größer gewesen. Und dass man in größeren Zeiträumen denken müsse. Ein Schritt nach dem anderen, haben sie gesagt. Erst einmal Widerstand. Und Publicity. Und Likes. Und Shares. Neue Medien. Neue Frauen. Neue Gesprächspartnerinnen.

Der Minister wird sie so bald nicht mehr anrufen. Wenigstens das ist sicher. Auf dem Weg nach Hause wird er sich noch fragen, warum er das notwendig hat, sich für ein bisschen nostalgisches Ficken und Tratschen mit einer alten Schachtel zu streiten, für die sich in ein, zwei Jahren ohnehin niemand mehr interessieren wird. Er wird abwägen, ob er sie einfach aus seinem Kontaktverzeichnis löschen soll. Während er überlegt, ob sie vielleicht doch noch irgendwie von Nutzen sein könnte, wird er sich vielleicht die Profilbilder seiner anderen Geliebten ansehen, und wenn er die Türe zu seiner Villa aufsperrt, wird er sie schon vergessen haben. Zu Recht.

# TEIL II

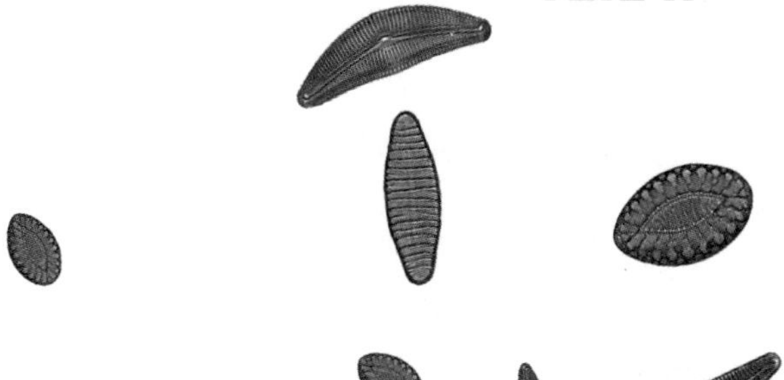

I met a woman
She had a mouth like yours
She knew your life
She knew your devils and your deeds
And she said, »Go to him, stay with him if you can
But be prepared to bleed.«

**Joni Mitchell, A Case Of You**

# 16
# Lilly
*Mai*

Papa ist immer noch so aufgeregt. Seine fürsorgliche Euphorie irritiert Lilly. Ständig will er Rosa halten oder fotografieren. Dass da wirklich ein Kind aus meinem Kind geschlüpft ist, sagt er immer wieder und küsst die Stirn; erst ihre, dann Rosas. Großvater, so ein Irrsinn!

Jetzt hör auf mit dem Unsinn, sagt Mama schließlich. Dieses Kind ist das Gegenteil von Irrsinn: Es ist das Logischste, Vernünftigste und Sinnvollste, was uns seit Lillys Geburt untergekommen ist.

Was Lilly jemals getan hat, korrigiert Lilly sie im Geiste. Das ist es doch, was ihre Eltern von ihr denken. Sie versucht, nicht gekränkt zu sein und der Feierlichkeit des Augenblicks gerecht zu werden. Immerhin ist es das erste Mal, dass sie zu dritt bei ihnen sind. Es ist schwierig, mit dilettantisch genähten Schamlippen feierlich zu sitzen. Die Nähte sind zwar draußen, aber sie hat trotzdem das Gefühl, auf einem Regenwurm zu sitzen. Aaron hätte auf den Chefarzt bestehen sollen, aber der schlief schon längst wieder, als der junge Turnusarzt sich mit Lillys lädierter Möse abmühte. Und Aaron ist nicht der Typ Mann, der Kartoffeln aus dem Feuer holt. Oder Chefärzte aus dem Schlaf. Lilly war nach der Geburt auf so viele Arten sprachlos: überwältigt, euphorisch, verletzt, erschöpft. Eine Mutterhülle nach der Geburt. Sie lag nur da und spürte die Nadelstiche in ihren Vulvalippen. So heißt es doch richtig, korrigiert sich Lilly trotzig. Schön sprechen, auch wenn es nicht mehr schön aussieht da unten.

Es gibt ihr Lieblingsessen, Mamas Minestrone mit selbstgebackener Focaccia, und Lilly isst gehorsam und einhändig, obwohl sie keinen Appetit hat. Rosa hat sie über die linke Schulter gelegt, Silberfuchs-Position sagt Aaron dazu, weil es so elegant wirkt. So elegant, wie mir gleich wieder die ausgekotzte Milch den Rücken runterrinnen wird, denkt Lilly, aber immerhin hat sie eine Hand frei. Sie löffelt um die Erbsen und Bohnen in der Suppe herum, aus Angst vor den blähenden Proteinen, die über ihre Muttermilch in den unschuldigen Darm der kleinen Rosa gelangen könnten. Sie schiebt den Teller von sich und beobachtet ihre Familie. Oma, Opa, Mama, Papa, Rosa: alle glücklich und zufrieden.

Aaron isst so, wie er grüßt, gestikuliert und kommuniziert: aufrecht und formschön, als wäre er durch eine harte Benimmschule gegangen. Seit Lilly Aarons Eltern kennengelernt hat, fragt sie sich, ob es Samu war, der ihm die Manieren beigebracht hat. Proleten, würde Mama sagen, wenn es nicht Aarons Eltern wären. Aarons Kiefer mahlen rhythmisch, sein eckiges Kinn und die spitze Nase nicken im Takt dazu. Papa beobachtet ihn unauffällig. Lilly beobachtet Aaron durch die Augen ihres Vaters. Höflich, aber nicht herzlich. Erfolgreich, aber nicht visionär. Interessant, aber nicht charismatisch. Könnte schlimmer sein. Sie kann seine Gedanken lesen. Was seine Tochter an dem viel zu glatten und kühlen Manager gefunden haben mag, dass sie den emanzipierten, pelzigen Öko-Samu gegen ihn ausgetauscht hat. Tja, Papa, wie explizit hättest du es denn gerne? Mit Samu wäre jedenfalls kein Kind passiert. Erstens hat er immer Kondome verwendet. Zweitens hat er Verbrechern zugehört, anstatt seine Freundin zu vögeln. Und drittens hätte er vielleicht noch ein paar Ausbildungen und Praktika drangehängt und auf einem Biobauernhof in Sizilien Orangen ernten gehen müssen oder die Welt umsegeln, bevor er sich endgültig bindet. Sicher denkt Papa, dass es für Samuel ein harter Schlag gewesen sein muss. Der beste Freund und WG-Kollege schwängert deine Freundin! Als ob Papa es mit der Treue so ernst genommen hätte. Immerhin steht Aaron zu seinem »Unfall«. Ob Samu das auch getan hätte? Natürlich. Samu, wie er fassungslos auf dem Küchenstuhl sitzt, seine großen Hände kraftlos hängend, der Kopf, der sich immer wieder von einer Seite zur anderen dreht. Du musst jetzt sofort gehen, sagte er zum Abschied.

Papas erster Impuls nach Verkündung der Neuigkeiten war: zahlen. Dann wäre es die Dachgeschoßwohnung in Praternähe geworden. Aber Aaron beharrte auf seiner gerade erst angezahlten Eigentumswohnung in Hietzing.

Willst du das wirklich?, hat Papa gesagt. Keine Hochzeit, kein Grundbucheintrag, kein Einkommen, ja nicht einmal eine abgeschlossene Ausbildung? Hängst du da nicht ein bisschen in der Luft? Mit einer Eigentumswohnung hättest du wenigstens irgendetwas zum Lebensunterhalt beizusteuern.

Ein gemeinsames Kind ist schon mal nicht nichts, hat Lilly bitter geantwortet. Und ich studiere ja weiter. Und das Geld, das du unbedingt in mich investieren willst, wird nicht schlecht, auch wenn du es lieber in eine Immobilie investiert hättest. Das hat sie nicht gesagt.

Sie hat ihnen auch nichts von dem Termin erzählt, den sie nicht wahrgenommen hat. Dein Bauch, deine Entscheidung, hat Aaron gesagt. Das war zwar politisch korrekt, aber nicht besonders ermutigend. So will ich aber nicht Mutter werden, hat sie geheult. Nicht so! Du musst es auch wollen! Er hat sie unbeholfen umarmt. Willst du es denn? Lilly hat kein katholisches Beratungsgespräch gebraucht, um sich gegen den Abbruch zu entscheiden. Irgendwann ist sie im Hörsaal gesessen und hat es mit einer Sicherheit gewusst, die sie bis dahin nicht gekannt hat: dass sie es auch alleine kriegen kann. Alleinerziehen ist doch mittlerweile ganz normal, hat sie sich gesagt. Und dass sie ja nicht alleine ist. Sie hat ihre Eltern, ihre Freunde, ihre WG. Mit Priska hat sie es zuerst besprochen. Das kriegen wir schon hin, hat die gesagt. Du brauchst den Samenspender nicht mehr, außer für die Alimente. Es gibt Kinderbetreuung, es gibt Fördertöpfe, und meine Schwester ist Hebamme, die kann ihr aufblasbares Gebärbecken hier aufstellen, in der Küche, oder dort im Garten. Wo immer du willst. Und wir halten dir die Hand und singen dir was Schönes vor, wenn die Presswehen kommen. Sie hat einen großen Kuchen für Lilly gebacken, alle wurden feierlich eingeweiht, es gab jede Menge Umarmungen, sie haben den Geburtstermin errechnet: Hey, wenn du ein bisschen zusammenzwickst, kommt es am feministischen Kampftag zur Welt! Lilly hat geheult vor Rührung, fünf Stück Kuchen in sich hineingestopft und eine Stunde später zehn Stück erbrochen.

Sie nimmt es Aaron nicht mehr übel, dass er ein paar Wochen gebraucht hat, um es auch zu wollen. Sein erster Anruf kam zeitgleich mit der Anschaffung von Lillys erster Umstandshose, um die kein Weg mehr herumführte. Priska war mit in der Kabine. Drück ihn weg, sagte sie streng, als sie sein Profilbild auf Lillys Handy erkannte. Lilly ließ es läuten. Mir ist schlecht, sagte sie. Immer noch?, fragte Priska verwundert. Und mitten in dem Bedürfnis, sich zu übergeben, diese Klarheit: dass Priska keine Ahnung davon haben kann, wie sich dieses Schwindelgefühl aufbäumen kann, auch nach der vierzehnten Schwangerschaftswoche. Wie sich die Unfähigkeit, sich ein Leben mit Kind in einer queeren WG vorzustellen, zu einer Panik verdichten kann. Wie sinnlos es wäre, Priska zu erklären, wie fies dieses Baby nach seinem Vater verlangte, von Anfang an, und immer fordernder, obwohl es nur ein Würmchen war, aber eins, das unter ihrem dehnbaren Bündchen durch die Bauchdecke seine Befehle plärrte. Gib meinem Vater wenigstens eine Chance! Sag dieser Priska, sie soll das Maul halten! Was weiß die schon von einem normalen Leben. Ich will nicht in einer queeren WG aufwachsen! Und du auch nicht! Du wirst einsamer sein, als du es je warst, und all die schlauen Sprüche von heteronormativer Hegemonie und selbstbestimmter Mutterschaft werden dich nicht trösten, ganz im Gegenteil! Das Baby hat sein Recht auf ein normales Leben eingefordert, Aaron hat beigepflichtet, und Lilly hat stattgegeben. Warum sollten wir es nicht schaffen, hat er gesagt, ohne Fragezeichen.

Mama räumt den Tisch ab, es gibt später noch Mandelkuchen, sagt sie, keine Angst, leicht verdaulich. Möchtest du dich ein bisschen hinlegen? Lilly nickt dankbar, Mama pflückt Rosa gekonnt von ihrer Schulter, die quäkt kurz, doch dann lässt sie sich in den

Kinderwagen legen, und Lilly kriecht auf die Couch, nur ein paar Minuten unter die Fittiche dieser Ruhe. Die eigene Mutter um sich zu wissen, ihre unangezweifelte Kompetenz in Anspruch nehmen zu dürfen, sich der großen Liebe zu der kleinen Rosa sicher zu sein: was für ein Segen. Sie schläft schnell ein und erwacht von einem Wimmern, Mama steht vor ihr, Lilly knöpft das Kleid im Halbschlaf auf, legt Rosa an und versucht, wieder weiterzudämmern. Sie spürt Rosa nuckeln, auch das Baby ist nicht ganz wach, und Lilly lässt sie im Halbschlaf trinken. Die eine oder andere Bohne wird dich schon nicht umbringen, denkt sie zärtlich. Mama, Aaron und Papa führen ein leises Gespräch, erst plätschert es dahin, dann fallen Wörter, die sich in Lillys Bewusstsein aufstauen, Turbulenzen in die Entspannung bringen, sie muss plötzlich zuhören.

Ich verstehe gar nicht, was an dieser Bedenkfrist schlecht sein soll, sagt Mama. Die neue Regierung arbeitet doch gut.

Es wird immer welche geben, die dagegen sind, hört Lilly Aaron sagen.

Dann wieder Mama. Es ist ja nicht so, dass keine Zugeständnisse gemacht werden. Frauen bekommen jetzt Muttergeld, aber die Linken haben immer was zu maulen. Müttergroschen, dass ich nicht lache. Die sollen lieber still sein und sich schämen! Der ist mehr, als wir von den vorherigen Regierungen gekriegt haben. Sogar ich hab Anspruch darauf! Sie lacht mädchenhaft. Ich überweise es aber eh gleich weiter an euch.

Danke, sagt Aaron.

Ich weiß nicht, sagt Papa jetzt, mir gefällt das alles nicht.

Unsinn, entgegnet Mama. Wenn man unbedingt muss, kann man ja immer noch abtreiben, aber eben nicht mehr so gedankenlos. Was ist denn so schlimm an einem Beratungsgespräch! Spricht man eben mit einem Katholiken. Tut doch nicht weh. Wartet man halt ein paar Tage. Schadet sicher nicht. Diese Feministinnen sind immer so wehleidig. Für mich ist das sowieso unverständlich. Ich hätte jedes Kind genommen, das gekommen wäre.

Papa murrt. Hör auf, Carmen. Nicht die Platte.

Doch, und du auch! Ja, auch ein behindertes! Aber es kam halt nur eines. Es ist eben doch ein Mord. Und wer A sagt, muss auch B sagen. Ich finde es gut, dass den Frauen jetzt Mut gemacht wird, dass ihnen jemand die Optionen aufzeigt, bevor es zu spät ist. Wer weiß, wie unser Land aussehen würde, wenn alle so locker abtreiben hätten können, wie die Feministinnen das gerne hätten. Dann gäbe es schon seit den 70er Jahren keine autochthonen Österreicher mehr, sondern nur mehr Ausländer!

Jetzt spricht Papa wieder. Spöttisch ist sein Ton. Lilly hört seine Lust an der Provokation.

Carmen findet es auch gut, dass die jetzt Deutschkurse machen müssen, weil sie sonst kein Geld mehr kriegen, sagt er. Oder keine Wohnungen. Was sagst du dazu, Aaron?

Ich bin ein bisschen gespalten, antwortet Aaron wortkarg.

Jetzt wieder Mama. Wurde Zeit, dass jemand Tacheles spricht. Ganz Europa beneidet uns heimlich um die Regierung. Wieder mal. Schon in den ersten Monaten ist die Kriminalität um fünfzehn Prozent zurückgegangen! Das muss man sich mal auf der Zunge zergehen lassen! Da fällt mir ein, ich muss euch noch was zeigen. Das wird Lilly vielleicht auch interessieren. Lilly?

Lilly stellt sich schlafend. Etwas wird abgespielt, so eine Buster-Keaton-Musik, Lilly erinnert sich, sie hat das Video gesehen, auf Insta, auf TikTok. Von den Frauen, die im Park Bauarbeiter belästigen. Sie hat Maren und Flora erkannt, und natürlich Simone. Und Priska, und andere, eine nach der anderen. Es muss im Herbst während dieser warmen Altweibersommertage aufgenommen worden sein, nachdem sie zu Aaron gezogen ist. Wie sich die dann doch zusammengefunden haben, die Bienen und die Queeren, ohne die Grannys, und sich gemeinsam ausgezogen haben, im Stadtpark. Das Video war bearbeitet, damit es wie ein Stummfilm aus den 20er Jahren des vorigen Jahrhunderts aussah. In doppelter Geschwindigkeit und künstlich koloriert sieht man zuerst ein paar Bauarbeiter, die sich im Park niederlassen, ihre Jausen und Biere auspacken und sich die Oberkörper freimachen, um die Sonne an die Haut zu lassen, ein letztes Mal, bevor der Winter kommt. Und wie sich drei Frauen in die Wiese setzen, ein paar Meter daneben. Und wie sich die Frauen plötzlich ihre Oberteile ausziehen, eine nach der anderen. Zuerst Flora in ihrer Knabenhaftigkeit, die Männer drehen sich um, kegeln sich die Hälse aus. Dann kommt die pummelige Maren, da werden die Männer schon unsicher, man sieht sie die Gesichter verziehen, eindeutig zu viel Speck, an den falschen Stellen und jenseits des Ablaufdatums. Und zuletzt Simone, die weißen Haare offen, wie sie seelenruhig Schicht für Schicht ihrer wallenden Gewänder auszieht und ihren Körper seitlich in die Wiese fläzt, die welken Brüste demonstrativ den Männern zugewandt. Als wäre sie eine dieser Robben im Zoo, die sich der Publikumsliebe bewusst sind. Man kann sehen, wie die Männer versuchen, sich mit Gelächter aus der Affäre zu ziehen, aber so viel Fleisch auf einmal ist dann doch zu viel. Und dann kommen Priska und die anderen dazu, mit ihren coolen Tattoos. Zum Schluss sind es zehn Frauen, die sich nackt im Gras räkeln. Lilly hat sich das Video ein paarmal angesehen, sie ist froh, da nicht hineingezogen worden zu sein. Und sie hat sich gefragt, ob es dramaturgisch nicht besser gewesen wäre, sie hätten die Jungen vorgeschickt und den Schockmoment nach hinten hinausgezögert. Aber darum geht es nicht. Wie die Männer sich aufraffen, anziehen und das Weite suchen, wie sie sich verjagen lassen: darum geht es.

1:0 für die Hexen, sagt Papa. Ich hätte mich nicht vertreiben lassen.

Du liegst auch nicht mit nacktem Oberkörper im Stadtpark, korrigiert Mama. Ich finde es köstlich, sagt sie. Mit so einer Art Feminismus kann ich was anfangen. Nicht mit schwangeren Männern, keifenden und jammernden Emanzen, die von Gendersternchen träumen. Und überhaupt, diese Beschmierungen und Sabotageakte! Überall schmieren sie ihre Parolen hin, auf die U-Bahnen und Züge, und dass die Gratiszeitungsspender angezündet werden, ist sicher auch ihr Werk! Wer sonst sollte so etwas tun?

Scheinbar gibt es Bedarf an so einer Gruppierung, so wie es auch Bedarf an durchlöcherten Hosen und vorgekochten Kartoffeln in Plastikfolie gibt, sagt Papa säuerlich. Man muss nicht alles verstehen. Und nicht alles gutheißen. Aber ich habe ein bisschen Verständnis für die Proteste, sagt er nach einer Pause. Sie sind zwar übertrieben und ungustiös, sagt er, aber mir ist die Regierung auch zu dogmatisch.

Tja, in seinem Innersten ist Paul halt doch noch immer der linke Bobo aus dem 7. Bezirk, sagt Mama spöttisch. Lilly hört Aaron leise schnauben, sein geräuschvolles Lächeln, das er gerne macht, um zu signalisieren, dass er zugehört hat, aber nichts dazu sagen will. Geschickt und höflich, denkt sich Lilly, gut gemacht. Schlag dich nur auf Omas Seite. Kann nie schaden.

Hast du gesehen, wie sie am 8. März die Maria Theresia verschandelt haben?, fragt Mama jetzt mit hysterischem Unterton.

Lilly erinnert sich. Es war kurz nach Rosas Geburt gewesen und in den sozialen Medien rauf und runter geteilt worden. Nun, die Dohnal: die zieht immer noch. Die Heilige Johanna Dohnal, erste österreichische Frauenministerin, und die letzte, die diese Bezeichnung auch verdient hat. Sagt Simone. Die HABS-Burgerin wurde durch eine GIBS-Bürgerin ausgetauscht: eine fast zehn Meter hohe Johanna-Dohnal-Statue (leicht erkennbar an Zigarette und Krawatte) aus großen rosa Styroporblöcken war auf dem Platz vor Maria Theresia platziert und vertäut worden; und statt der Berater waren Frauen aus Karton ausgeschnitten und an die Statuen gebunden worden, auf den Pferden zu Maria Theresias Füßen. Maria Theresia selbst war mit Tüchern verhängt worden, auf denen zu lesen war: #Gusch und #IchhabPause. Lilly muss lächeln. Priskas Handschrift, nicht Simones. Mit nacktem Busen und Trillerpfeife im Mund hat Priska damals vor dem Theresiendenkmal posiert, die Arme in die Taille gestützt. Natürlich wurde alles abmontiert und entsorgt, die Frauen haben sie vom Platz gezerrt; und während Müllmänner die Dohnal zerteilten und die rosa Figuren von den Marmorsockeln schnitten, wurden von angereisten Demonstrantinnen laute Sprechchöre und Buh-Rufe skandiert. Die ganze Aktion ging viral und schaffte es in die Abendnachrichten. Ein Verfahren wegen Sachbeschädigung läuft. Aber der Hashtag und die Dokumentation und Priskas Femen-Auftritt sind auf Insta geblieben. Dann kam die Brustentzündung und die Müdigkeit, denkt Lilly, und die ersten von Rosas Impfungen, und danach hat sie vor lauter Mutterschaft ein paar Wochen nichts mehr mitgekriegt vom Feminismus.

Immer so radikal, immer so extrem!, sagt Mama. Was kann denn die arme Maria Theresia dafür? Sie hat die Schulpflicht eingeführt!

Und sie hat die Abtreibung unter Todesstrafe gestellt, will Lilly sagen, aber sie beißt sich auf die Lippen. So viel feministische Bildung hat Mama dann doch wieder nicht mitgekriegt. Ist das so schwer? Aber jetzt ist Schluss mit der Politisiererei, sagt Mama. Ich hol den Mandelkuchen. Lilly?

Lilly hält die Augen fest geschlossen. Rosa schläft. Sie will auch nur mehr schlafen. Um nichts in der Welt mag sie Mama weiter beim Politisieren zuhören und dabei ihren Mandelkuchen essen. Ihre altbackenen Ansichten. Mama hat gar nichts verstanden. Wird man so, wenn man Kinder hat? Sie merkt ja selbst schon, wie sie verblödet. Den feministischen Diskurs sieht sie seit Rosas Geburt wie durch einen Schleier. Ihr Insta-Feed ist jetzt voller Mutterzeug. Still-Positivity, Postpartum Body, nachhaltige Babybekleidung, ökologische Windeln, beschwörende Durchhalteparolen.

Ist auch irgendwie Feminismus. Simone würde ihr den Marsch blasen, wenn sie das hören würde.

Von Simone hat man seit der Wahl so gut wie nichts mehr gehört. Oder hat Lilly etwas versäumt? Kann schon sein, dass man nicht mehr so aufmerksam ist, wenn man ein Kind hat. Priska und die anderen waren ein bisschen entsetzt darüber, dass Lilly in den heteronormativen Hafen einfährt, aber sie hat das Gefühl, dass sie sie schon von Beginn an ein wenig abgeschrieben hatten. Lilly war ein Experiment, ein heteronormativer Testballon. Genauso wie bei den Bienen. Immer ein bisschen daneben. Sie ist eine Verräterin, sie weiß schon. Sie hat die feministischen Ideale zugunsten der biologistischen Prinzipien links liegen lassen und nicht abgetrieben. Sie wird ihr Kind in einer heteronormativen Kleinfamilie aufziehen. Die patriarchale Urzelle, so sagt Priska dazu. Ja, sie ist zum Feind übergelaufen. Dass sie wegen der feministischen Ideale überhaupt erst die Pille abgesetzt hat, kann sie mit niemandem besprechen. Dass der Feminismus sie in »diese Situation« gebracht hat. Der sie zuerst sexuell befreit hat und sie ermutigt hat, unehelich und promiskuös herumzuficken, wie es ihr gefällt. Der sie belehrt hat, dass die Pille pfui ist, eine patriarchale, pharmakologische Knechtung. Da hat der Feminismus die Rechnung ohne die Geilheit gemacht. Wo steckte der Feminismus, als sie ihn gebraucht hätte, um ein Kondom hervorzuzaubern. Sie weiß schon: ihr Problem, dass sie ihn nicht genug verinnerlicht hat. Aaron schon gar nicht. So schnell erzieht man eben den Feminismus nicht in einen Mann hinein. Wie schnell so eine »Situation« zu einem völlig neuen Lebensgefühl führen kann. Wie unwichtig ihr all das erscheint, wofür sie sich interessiert hat, wofür sie eingestanden ist. Natürlich gibt es auch feministische Mutterschaft, aber mit Aaron? Da müsste Lilly feministisch für drei sein. Und Kraft hat sie für null Feminismus. Ihr gehen die Diskussionen am Arsch vorbei. Was früher mal wichtig war – Solidarität mit allen, Visionen, sogar der Veganismus –, ist totale Nebensache geworden. Schlafen ist Hauptsache geworden. Das neue Leben kreist um Rosas Schlaf, Lillys Schlaf und Rosas Verdauung. Ihr altes Leben, es wird schon wieder auf Spur kommen. Eben anders als früher. Sie spürt, wie Rosa im Schlaf trinkt, ein Schluck Milch, noch einer. Trink mich aus, denkt sie. Saug mich so leer, dass niemand anderer etwas von mir wollen kann. Nicht Mama und Papa, nicht der Feminismus, auch Aaron nicht. Was er eh nicht tut. Seit sie zusammen sind, ist sein sexuelles Interesse eingeschlafen. Schlaf ist die verbindende Tätigkeit in ihrer kleinen Familie, irgendwer ist immer müde, meistens sind es alle. Schlaf ist die kostbarste Ressource. Das ist normal, sagt die Hebamme.

Lilly hört, wie Kuchen aufgetragen wird, sie hört die Gabeln klimpern und die Espressos aus der Maschine laufen und wie sich ein Gespräch zwischen Aaron und Papa um irgendeine Wohnbauförderung entspinnt, Zahlen werden hin und hergeworfen, ein Tennisspiel, in das sich Kohlmeisen mischen, und das Klappern von Geschirr, mit dem Mama jetzt hantiert, vertraute Geräusche, die sie wieder in den Schlaf wiegen.

Lilly steht auf, wo ist Rosa, denkt sie, geht in den Garten, der in eine Graslandschaft mündet, es ist ein Reisfeld, in dem Simone steht, die Beine im Wasser, sie pflanzt Setzlinge, Lilly geht zu ihr. Hast du Rosa gesehen?, fragt Lilly Simone, Simone zeigt in den Schlamm, Lilly versteht nicht, Simone sieht müde aus, aber schön, elfenhaft, sie trägt die Haare offen, sie sind so lange, dass sie ins Wasser hängen. Erst jetzt realisiert sie, dass Simones Füße umgeben sind von Fischen, die sich so dicht an sie drängen, dass von den Füßen nichts mehr zu sehen ist, Lilly fragt sich, ob die Tiere in Frieden kommen, es sind auch Echsen dabei, und Aale, und Krabben, oder ob sie Simone fressen werden, aber würde Simone dann nicht schreien? Sie blickt an sich herunter, ein Fisch zeigt schon Interesse an Lillys Zehen, es ist ein schöner, marmorierter Goldfisch, da kommt auch schon der nächste, der ist schon nicht mehr so schön, Lilly spürt ein Zupfen an der Ferse, den schlammigen Untergrund und plötzlich einen großen Ekel, sie bewegt sich rückwärts, sie will wieder ins Haus, aber nicht ohne Rosa, die nirgendwo zu sehen ist. Lilly ahnt, dass sie weiter in den Schlamm hinausgehen muss, um sie zu finden, noch weiter, als sich Simone gewagt hat, sie sucht nach Schuhen, nach Stiefeln, da ist nichts, nur sie und der Morast, und die Fische, die ihr nachstellen, und Simone, die pflanzt und pflanzt, dabei lächelt und lächelt, aus ihrem Mund rankt jetzt ein grüner Trieb mit einer Knospe darauf, und Lilly muss ihre Tochter suchen, aber sie muss zuerst wissen, was aus der Pflanze wird, die in Simone wurzelt, und da wird Simone ganz starr, die Pflanze ist eine Weinrebe, die munter aus Simones Mund hervorquillt und um Simone herumwächst, mit einem fiesen Rascheln, bald ist nichts mehr von ihr zu sehen, und Lilly spürt auch in ihrer Kehle ein Kratzen, ein Stoßen, und an ihren Füßen das Nagen, da schiebt sich schon das erste Blatt aus ihrem Mund und sie erwacht mit einem heiseren Schrei, der nicht nur Mama, Papa und Aaron aufschreckt, die sich besorgt nach ihr umdrehen, sondern auch Rosa, die in den Schrei mit einstimmt.

## 17
## Simone
*Juni*

Simone hat sich an Hannahs graue Haare gewöhnt. Als sie ihre Tochter im November zum ersten Mal seit Luis' Geburt gesehen hatte, waren ihr die grauen Haare, die sich vereinzelt von dem dunklen Pagenkopf absetzten, wie ein Zeichen für ihr Scheitern als Großmutter vorgekommen: Meine Tochter hat graue Haare, weil ich nicht für sie da war. Einen Tag lang konnte sie das Bedürfnis unterdrücken, ihr ins Haar zu greifen, aber schon am zweiten Tag nach ihrer Ankunft in Berlin gab sie der Versuchung nach und strich über Hannahs Locken, als die den kleinen Luis stillte. Ein bisschen borstiger als früher, dachte sie. Vielleicht das Stillen. Oder der Stress. Oder fehlende Pflegeprodukte. Vielleicht kommt ihre Tochter einfach in das Alter, in dem der Körper sich seine Ressourcen neu einteilen muss. So ist das nun mal. Kein Grund für Schuldgefühle.

Sie sitzen in einem dieser Cafés mit idiotischen Namen, die den Kollwitzplatz säumen, weil Simone es mit eigenen Augen sehen wollte: das bourgeoise, grüne Ökoberlin, über das man sich in Wien lustig macht. Das sie der großen, roten Stadt vor dreißig Jahren niemals zugetraut hat. Aber hier ist sie: eine zum lupenreinen Kapitalismus gereifte Öko-Bobo-Blase, die neoliberalen Schick, traditionellste Lebensweise und Ökofaschismus unter den schönen Baumkronen zu einem Lifestyle vereint. Luis schläft in Simones Armen seinen tiefen Babyschlaf, den er sich mit einer halben Stunde Schreien verdient hat. Simone hat ihn herumgetragen, stoisch und großmütterlich, unglaublich, wie einfach das geht, mit einer Generation Puffer zwischen sich und dem Baby. Und ein bisschen Testosteron und Antidepressiva im Blut. Und ohne feministische Agenda, die zur ununterbrochenen Grübelsucht zwingt. Sie ist im Park auf und ab gegangen, hat den weinenden Luis erfolgreich abgelenkt, mit schönen Farben und heimeligem Licht, das sich exklusiv über dieses Viertel zu gießen scheint.

Oberflächlich sieht es gemütlich aus, die schönen alten Häuser, Gastgärten unter großzügigen Markisen. Die ein bisschen schlampig gekleideten Kinder auf dem riesigen Spielplatz und den breiten Gehsteigen wirken glücklich. Das hat alles seinen Preis. Was so teuer ist, muss gut sein. Simone blättert in der Speisekarte, neben ihr wird ein Glasnudelberg in einer ausgeweideten Ananas serviert. Die Kellnerin spricht abwechselnd Berlinerisch und tadelloses Englisch, mit einem Kunden schwärmt sie über die geschäumte Pflanzenmilch, bevor sie sich Hannah und Simone strahlend zuwendet. Kann es wirklich so erfüllend sein, in einem Café zu servieren? Wo kommt all die gute Laune her, die in Wien zu fehlen scheint? Simone klappt die Karte zu und bestellt Kaffee und Kuchen, Hannah einen hausgemachten Eistee ohne Zucker. Luis schläft, Florentina läuft einer Taube hinterher, die Sonne scheint, die nächste Generation glücklicher Bobos wird in Kinderwägen, die aussehen wie kleine Raumschiffe, spazieren geführt; oft von Männern, die an wiederverwendbaren Trinkbechern nippen und auffallend gepflegte Bärte tragen.

Simone sticht ihre Gabel in den kleinen, runden Kuchen.

Friedlich ist es bei euch, sagt Simone. Ganz anders als bei uns.

Friedlich, blafft Hannah. Keine Kunst. Stinkreich alle, sagt Hannah. Ist doch in den Schnöselbezirken Wiens nicht anders.

Du musst es ja wissen, denkt sich Simone. Das hätte sie früher laut gesagt. Die riesige Wohnung in Charlottenburg, die bis auf ein paar bekleckerte Wände makellos ist, mit ihren marokkanischen Fliesen in den Nassräumen und einem bis unter die Decke reichenden Bücherregal aus geöltem Vollholz, das Wittmann-Sofa, die Küche aus Sichtbeton – Simone will gar nicht wissen, was das alles gekostet hat. Ob Gunnar neben seiner Tätigkeit als Partner in einer Unternehmensberatung noch krumme Geschäfte macht? Wessen Partner ist er eigentlich genau? Oder ob Hannah mit ihren Food- und Lifestyle-Artikeln über alkoholfreie Getränke und komisches Essen aus Algen und Sprossen so viel Geld verdienen kann? Aber eigentlich will sie es gar nicht so genau wissen. Sie wischt die Bedenken zur Seite, mit dieser geübten Bewegung, die ihr schon seit ein paar Monaten gute Dienste tut.

An dem Wochenende, als Floras Auszug anstand, und sechs Wochen nach der Burnout-Diagnose ist Simone nach Venedig gefahren, trotz Regen und Acqua Alta. Schon vor der Fahrt nach Venedig verschwamm der Blick auf die feministische Agenda zu einer milchigen Angelegenheit. Nach der österreichisch-italienischen Grenze fiel Simone in einen tiefen, traumlosen Schlaf, aus dem sie erst erwachte, als der Zug über die Lagune fuhr – und mit einem Schlag hatte sie das Gefühl, die Talsohle ihrer Depression verlassen zu dürfen. Sie fragt sich immer noch, ob es Venedig gewesen ist, die Schilddrüsenhormone oder das Testosteron, oder doch die Antidepressiva, denen sie diese jähe Gelassenheit zu verdanken hatte. Das feuchte, vor sich hin gammelnde Venedig hat jedenfalls den letzten Rest der Beschwerden aufgesaugt. Simone ist sich ziemlich sicher, dass das Testosteron den entscheidenden Ausschlag für ihre Besserung gegeben hat. Seit sie die bittere, rosa Pastille täglich unter ihrer Zunge zergehen lässt, ist nicht nur der Beckenboden wieder unter Kontrolle, auch die Rastlosigkeit ist Geschichte, der schlechte Schlaf, der raunende Tinnitus, das Dauernagen an ihrem Gewissen - nach nicht einmal einer Woche Hormonkur war gespenstische Ruhe. Wie lange sie schon diesen Mangel gehabt hat, kann sie nur erahnen. Wahrscheinlich ihr ganzes Leben lang. Deswegen immer diese Hilflosigkeit und Wut, in die sie eingespannt war wie ein Esel in eine Mühle. Sie hat gelesen, dass Frauen, denen Hormone, allen voran Testosteron, verabreicht wird, gelassener werden, weniger empathisch. Sie hat Lust, die Dosis zu erhöhen. Natürlich hat sie die Warnungen der Endokrinologin im Ohr: Krebs, Thrombosen, Bartwuchs, Vermännlichung des Erscheinungsbilds. Aber gehört all das nicht auch zum weiblichen Älterwerden? Eben. Sie versteht jetzt diese jungen Frauen, die es satthaben, Frauen zu werden, und Transmänner sein wollen. Die Versuchung, es aufzuhalten, dieses Sprießen und Schwellen und Erweichen des Körpers, schon bevor es so richtig losgeht - die muss groß sein. Wäre sie heute jung, sie würde es auch in Erwägung ziehen. Sie kann sich noch erinnern, wie ekelhaft das war: allein schon dieses Brüstekriegen. Fast bereut sie ihre transkritischen Bedenken, die sie vor einem Jahr geäußert hat. Sie war in einer feministischen Sackgasse, ganz benommen vom Leid der weiblichen Weltbevölkerung. Östrogenbesoffen. Wie großartig es sein muss, jeden Tag ein bisschen männlicher zu werden. Dieses Kümmern hinter sich zu lassen. Es hat sie mit infantiler Schadenfreude erfüllt, in der morbiden, absaufenden Kulisse Venedigs durch die überfluteten Gassen zu waten, in Regenjacke und Gummistiefeln, in weiten Jeans, räudiger Pudelhaube und hässlichem Pulli, wie eine dieser eingeschworenen Jungfrauen Albaniens, die Burrnesha, die das Weibszeug hinter sich lassen dürfen. Am dritten Tag hat sie sich mit der Nagelschere die Haare geschnitten, etwas kürzer als Kinnlänge, vor dem Badezimmerspiegel der kleinen Pension. Im gelbstichigen Licht der schwachen Lampe sah sie aus wie Andy Warhol. 400 Perücken hatte er angeblich. Und sie brauchte nur eine Nagelschere, einen Handspiegel und eine halbe Stunde, um genauso auszusehen.

Ohne Auftrag, ohne historisches oder kulturelles Interesse, sinnfrei über die Brücken und Treppchen auf und ab zu spazieren – während Eleonora und Maren mit Flora Kisten packten und Möbel schleppten –, das fühlte sich großartig an. Als wäre sie auf Entzug, aber auf einem Entzug, der Spaß macht: eher eine erleichternde Entgiftungskur. Feminismus-Fasten, dachte sie, als sie in einem kleinen Café saß, einen Macchiato nach dem anderen trank und Touristen beobachtete, die in Einweg-Plastiküberzügen über ihren Schuhen das europäische Kulturerbe abhakten. Und wie sie dann auf Negroni umstieg und eine Social-Media-App nach der anderen auf ihrem Handy löschte, alle feministischen Abonnements kündigte, Benachrichtigungen und Newsletter abbestellte. Während sie schließlich, einer spontanen Eingebung nachgebend, ihre E-Mail-

Adresse ruhend legte und eine neue anlegte, überfiel sie eine Euphorie. Als würde sie eine ganze Sippe von Parasiten aus sich herausziehen, die undankbar und gierig an ihr gesaugt hatten.

Auch als sie wieder in Wien war, behielt sie den guten Vorsatz bei: sich auf das Private zu konzentrieren und sich politisch in Abstinenz zu üben.

Was ist mit deinen Haaren?, fragte Eleonora mit unterdrücktem Entsetzen, als sie aus Venedig zurückgekommen war.

Ich transitiere, sagte sie zu Eleonora und Maren.

Was soll der Blödsinn, blaffte Maren.

Schluss mit Feminismus, antwortete Simone harsch. Lasst mich mit dem Frauenzeug in Ruhe. Oder wollt ihr mir ein zweites Burnout bescheren?

Das Burnout war ein Schild, hinter dem Simone sich zurückziehen konnte, um heimlich im Testosteron zu schwelgen. Sie bemerkte zwar, dass Maren und Eleonora sie argwöhnisch beäugten, aber sie verhielt sich ausreichend freundlich, um ihnen keinen Anlass zur Sorge zu geben. Rekonvaleszenz, sagte sie achselzuckend. Kann dauern. Meist streifte sie in der Stadt herum, verbrachte viel Zeit in Cafés. Oder in den altmodischen Museen Wiens, in denen man tagelang in Kultur und Wissenschaft baden kann, ohne von feministischen Themen belästigt zu werden. Ihr abgespecktes Handy ließ sie im Flugmodus; sie schaltete es nur beizeiten ein, um sich mit ihrer Tochter auszutauschen. Schadenfroh stellte sie sich vor, wie sich all die Nachrichten, die sie früher bekommen hatte, im digitalen Äther verloren. Ihren Medienkonsum beschränkte sie auf Abendnachrichten und Wochenendzeitungen, und zwar ganz normale Zeitungen. Feministischen Themen war leichter auszuweichen, als sie jemals gedacht hätte. Wenn sie in einer Überschrift die Worte *Frauen*, *Feminismus* oder *Gender* entdeckte, was selten genug vorkam, blätterte sie weiter. So einfach ist das also, keine Feministin zu sein, dachte sie anfangs. Mittlerweile denkt sie sich nicht einmal mehr das.

Die Abkehr vom Feminismus hat nicht nur ihre Stimmung gehoben, sie hat auch die Beziehung zu ihrer Tochter verbessert. Natürlich sieht sie alles noch ganz genau: wie unfähig dieser Gunnar ist. Ein aufgeblasener Trottel, der sich erfolgreich blöd stellt, was die Sache mit Kindern und Haushalt betrifft. Wie unverhohlen er seine Ahnungslosigkeit zelebriert, wenn er Hannah mit hilflosen Gesten fragt, welche nun die Babykekse sind; und wie routiniert Hannah die Augen verdreht, wenn sie ihm die zuckerfreien Riegel für Florentina aus der Hand nimmt und ihm stattdessen die richtige Packung in die Babytasche stopft. Als ob es einen Unterschied macht, was da ein paar Sekunden lang eingespeichelt wird, bevor es aus dem Kinderfäustchen fallen gelassen wird. Es könnte aber schlimmer sein: Wenigstens ist er ein gutverdienender, aufgeblasener Trottel. Sie sieht jetzt den kapitalistischen Leckerbissen und relativiert Hannahs Unglück, indem sie es an dem Unglück anderer Frauen misst. Keine Gewalt, keine Armut, keine Krankheit. Da bleibt nur mehr sehr wenig Grund zur Beschwerde über. Das bisschen Ungerechtigkeit, das zu einem bürgerlichen Alltag dazugehört und das Hannah sich wohl durch ihre Überfürsorglichkeit und Harmoniesucht selber eingebrockt hat. Wenn es wirklich schlimm wäre, könnte sie ihn umerziehen, und wenn das nicht funktionierte, ihn verlassen, nach Wien zurückkommen und ihn von dort aus ausnehmen wie eine Weihnachtsgans.

Simone jedenfalls ist da, um zu helfen. Endlich. Hannah weiß es sichtlich zu schätzen, die Mutter um sich zu haben, damit sie auf den kleinen Luis schaut, wenn ein Shooting oder ein Businesstermin anstehen und Gunnar unabkömmlich ist. Zumindest bis ein Kita-Platz frei wird, was dauern kann. Was vor dem ersten Geburtstag weder entwicklungspsychologisch klug ist; und schon gar nicht alltagstauglich, wenn man noch voll stillt, wie Hannah sich einbildet, es tun zu müssen. Die Muttermilchmafia hat bei ihr ganze Arbeit geleistet. Während die Milchpumpe ihre Brüste leermelkt, checkt sie ihre Mails und pflegt ihre Termine in den Kalender ein. Als wäre das alles ganz normal. Vielleicht ist es das jetzt auch. Früher hätte sich Simone aufgeregt, Milchviehvergleiche angestellt und die Kosten-Nutzen-Rechnung von so einer körperlichen Aufopferungsorgie in Frage gestellt. Sie hätte Hannah davor gewarnt, alles gleichzeitig zu wollen und dabei immer nur am selben Tropf zu hängen: ihrem eigenen Perfektionismus. Heute lehnt sie sich zurück, macht die Augen zu, lässt sich den warmen Sommerwind ins Gesicht blasen und sagt nichts. Das Politische ist politisch und geht sie nichts mehr an. Das Private ist privat und geht sie erst recht nichts an. Punkt.

Ein helles Lachen ist zu hören. Simone öffnet die Augen wieder. Florentina hat ein gleichaltriges Mädchen kennengelernt, gemeinsam balancieren sie kichernd auf einer kleinen Mauer, die zwei Gastgärten trennt.

Warum bist du eigentlich so entspannt?, hat Hannah gefragt. Warum hast du so viel Zeit für uns?

Ich bin Oma und ich bin in Pension, sagte Simone. Darf ich nicht?

Natürlich, ich freu mich auch sehr, und wie du siehst – wir brauchen dich auch. Bis vor einem halben Jahr bist du …

… ich weiß, unterbricht sie Simone. Bin ich noch vor der Kamera gestanden und auf Demos gelatscht und auf jedem Podium gesessen. Was hat es gebracht?

Hannah zuckt mit den Schultern.

Simone spürt, wie sich ein kleiner Spalt in ihrem Schild öffnet. Eine winzige Wut von früher zwängt sich durch, legt sich sehnsüchtig an ihren Stammplatz: den Magen. Gut fühlt sie sich an, und warm. Simone macht den Spalt wieder zu.

Nichts hat es gebracht. Ein Burnout hat es gebracht. Und die blöden Weiber haben ihre reaktionäre Regierung gewählt. Dann sollen sie es eben ausbaden. Was soll ich noch tun?

Du musst dich schützen, pflichtet Hannah ihr bei.

Exakt, sagt Simone. Sollen wir uns ein Bier bestellen?

Trink nur, sagt Hannah. Ich stille ja noch.

Simone hält nach der Kellnerin Ausschau.

Vermisst du nichts?, fragt Hannah. Du warst doch …

Nichts war ich. Simone schüttelt den Kopf.

Vermisst dich niemand?

Simone zuckt die Achseln. Weiß ich nicht, sagt sie. Ich hab meine digitalen Kanäle gekappt. Sicher werden sie einen anderen Trottel finden, der ihnen den Affen macht in den Gesprächsrunden. Das Affenweibchen. Ein junges vielleicht? Sie lacht.

Schade, sagt Hannah und schwenkt ihren Tee. Du warst gut. Charismatisch. Authentisch.

Jaja. Simone winkt ab. Ich weiß.

Hannah nickt. Ist in Deutschland nicht anders. Die wirklich Charismatischen gehen nicht in die Politik. Und die, die in die Politik hineinfinden, müssen ihre Authentizität an der Türe zur Parteizentrale abgeben. Und ihre Ideologie. Wie in der Kirche.

Wie in allen Machtzentren, ergänzt Simone.

Wobei man sagen muss: In Österreich geht es schon schlimmer zu als bei uns.

Simone wägt ab. Würde ich nicht sagen, sagt sie. Beim Thema Abtreibung sind die beiden Länder auf einer Linie.

Hannah entgegnet: Was die Beratungsgespräche und die Kosten betrifft schon; aber den Spätabbruch haben wir noch im Programm. Ihr ja nicht mehr.

Stimmt, sagt Simone. Dafür habt ihr mehr katholische Krankenhäuser, die die Pille danach nicht verschreiben dürfen.

Regt dich das nicht alles auf? Die Plakate überall, die Proteste …

Simone unterbricht sie unwirsch. Schau mal. Ich kann und muss keine Kinder mehr bekommen, und du kriegst das schon hin. Was die anderen betrifft und was in Zukunft ist … Sie hebt die Hände. Die Frauen haben ein Wahlrecht. Wenn sie es gegen ihre eigenen Interessen verwenden, ist das bedauerlich, aber nicht mein Kaffee. Nicht mehr. Göttin sei Dank.

Ein Bier bitte!, ruft sie der Kellnerin zu.

Ich muss gehen, sagt Hannah, wir müssen noch in die Spielgruppe. Machst du heute noch etwas?

Museum, sagt Simone. Käthe Kollwitz.

Dann könnten wir doch gemeinsam fahren?, fragt Hannah.

Ich trinke noch aus und komm dann später, antwortet Simone.

Sie sieht Hannah nach, wie sie den Kinderwagen über den Gehsteig schiebt, beobachtet, wie sich Florentina auf das kleine Brettchen stellt, das als Mitfahrgelegenheit für sie gekauft und am vorderen Teil des Wagens montiert wurde. Wie praktisch die Mutterschaft doch heute ist. Als Hannah so klein war wie Luis, waren die Kinderwagen Schlachtschiffe, die nicht zusammenklappbar waren und zu breit für die Einstiege der Straßenbahnen, und barrierefreie Zustiege waren ein Luxus, den die Stadtväter und Verkehrsplaner einfach nicht auf dem Schirm hatten. Simone war eine der Ersten gewesen, die sich mit dem Tragetuch abgemüht haben: nicht, weil sie Hannah verwöhnen oder sich das Kreuz ruinieren wollte, sondern weil der Kinderwagen ein Bremsklotz war, den sie nur so loswerden konnte.

Ihr Handy läutet, eine österreichische Nummer, sie überlegt, ob sie rangehen soll, sie überlegt zu lange, das Läuten endet. Sie starrt auf das Telefon, eine Nachricht trudelt ein, sie hört ihre Box ab.

Frau Hebenstreit?, sagt eine freundliche Frauenstimme. Evelyn Huber vom Österreichischen Frauenbüro hier. Es war gar nicht so leicht, eine Kontaktadresse von Ihnen aufzutreiben! Wie dem auch sei, wir haben gute Nachrichten für Sie: Sie wurden für den Wiener Frauenpreis ausgewählt, der im Oktober verliehen wird! Rufen Sie mich bitte zurück, oder geben Sie mir Ihre E-Mail-Adresse bekannt, damit wir alles Weitere besprechen können! Ich gratuliere Ihnen herzlich!

Simone sitzt im Gastgarten und horcht in sich hinein. Sie spürt die Freude sickern. Ein Preis! Eine Würdigung, die mit Händen greifbar ist! Ein unmissverständliches Lob, das sich wie eine lang überfällige Umarmung um sie legt. Sie hat noch ein Bier bestellt, der Frau eine E-Mail geschickt und sogleich eine Antwort bekommen, den Verleihungstermin und die Jurybegründung: Für unermüdliches Hinterfragen feministischer Kernthemen und Bemühen um Vermittlung zwischen den ideologischen Fronten. Ein bisschen wundert sie sich schon. Warum sie, ausgerechnet jetzt? Warum nicht schon vorher? Wer hat diesen Preis schon aller bekommen, und wer ist diese Jury?

Als sie in der U-Bahn sitzt, googelt sie. 3000 Euro, liest sie. Und eine Messing-Statuette, die einen sehr kleinen Kopf hat und einen mächtigen Speckbauch. Journalistinnen, Wissenschaftlerinnen, Juristinnen, ein paar Autorinnen. Keine, die so wie sie keine eindeutige Funktion hat. Wie sie wohl bezeichnet werden wird? Als Meinungsbildnerin? Publizistin? Aktivistin?

Die Freude ist anhaltend, die Zweifel nicht begründet. Am liebsten würde sie es sofort Eleonora mitteilen, Maren, dem Minister. Sie stockt. Der Minister. Ob er etwas damit zu tun hat? Das kann, nein, will sie nicht glauben. So etwas würde er nicht tun, und so groß ist sein Einfluss nicht, schon gar nicht in feministischen Kreisen. Ob sie wirklich erst übermorgen nach Hause fahren soll? So gerne sie Hannah hilft: Mehr als eine Woche mit zwei kleinen Kindern muss nicht sein. Hannah hat ungestört arbeiten können, und wenn sie über das Wochenende bleibt, spielt sie eigentlich nur diesen stinkfaulen Gunnar von seinen Vaterpflichten frei. Wenn sie morgen früh fährt, kommt sie noch rechtzeitig zu Eleonoras Geburtstag nach Hause und kann die gute Nachricht verkünden. Sicher freuen sich alle. Ein bisschen Normalität für Eleonora, Maren und Simone. Ein bisschen Kuchen, eine Flasche Sekt oder zwei. Oder drei. Und ihr Erscheinen und der Preis als Überraschungsgeschenk! So wird sie es machen.

Im Museum sind nur eine Handvoll Besucherinnen. Es ist dunkel und gedrungen, genauso wie die Gestalten, die Käthe Kollwitz geschaffen hat. Die Stimmung spießt sich mit dem Triumph in ihr, aber wer weiß, wann sie wieder in Berlin ist. Simone geht von Bild zu Bild und wird dabei immer langsamer. Was aus diesen Kunstwerken spricht, ist der Fluch der Weiblichkeit. Ausgemergelt und vorwurfsvoll kauern Frauengestalten auf den kleinen Papierarbeiten, klammern sich aneinander und beweinen ihre toten Kinder. Die Momente des Glücks sind kurz, sagen diese Bilder, genieße sie: Gleich wird wieder alles schrecklich. Sogar die Liebenden wirken bestenfalls verzweifelt aneinandergeklammert: Abschied, Krieg, die ganze Palette der Alpträume ist immer in Griffweite. Und erst die Plastiken: ein Haufen Elend, in Bronze gegossen. Sie sehen Simone ins Gesicht, direkt aus dem Abgrund ihres Scheißlebens, das sie dem Krieg zu verdanken haben. Den Herrschaftsverhältnissen. Dem Patriarchat. Simone wartet auf Wut, aber stattdessen steigt bodenlose Traurigkeit in ihr hoch, und Mitleid.

Bei der Plastik *Mutter mit zwei Kindern* kommen ihr dann die Tränen, seit Langem wieder so, wie sie früher gekommen sind: aus der Körpermitte, mit diesem dazugehörigen Schluchzen, das anspringt wie ein braver Traktorenmotor. Nicht dieses Weinen, das sich anfühlt, als würde eine Badewanne überlaufen. Das Gefühl attackiert sie ohne Umwege. Seine Kinder beschützen zu wollen, zu müssen, und es doch nicht zu können: Sie kennt das. Ohne einen Krieg erlebt zu haben, ohne ein Kind verloren zu haben, weiß sie, was sie fühlen muss. Alle Mütter sind über dieses Sorgen verbunden. Ein empathisches Kollektiv, denkt sie, und dass die Mutterschaft der heimliche Kraftstoff ist, der all diese Mechanismen versorgt, die sich dann wieder gegen sie wenden. Sie hat in den letzten Wochen ganz vergessen, dass sie zu diesem Kollektiv dazugehört, dass die Mutterschaft sie transformiert hat: irreversibel. Egal wie viel Testosteron, Schilddrüsenhormone und Antidepressiva sie ihrem Körper zumutet: Zum Mutterkern, den ihre Tochter in sie gepflanzt hat, dringt keine Substanz der Welt vor. Mit Hannahs Geburt hat alles begonnen, vorher war ihr Frausein unschuldig und ahnungslos. Erst die Mutterschaft hat sie in eine weichhäutige, süße Frucht verwandelt, und das Kind und die Gesellschaft haben in sie hineingebissen, bis ihnen der Saft übers Kinn gelaufen ist. Man müsste das überdauern, sich verweigern, damit noch etwas übrigbleibt für eine selbst, später. Austrocknen, bis zähes, haltbares Dörrobst aus einem wird. Als sie begonnen hat, sich dem Patriarchat zu verweigern, hat der Feminismus übernommen und auch nichts anderes gemacht, als sie auszusaugen. An diesem Punkt ist sie jetzt: über diesen Bogen gereift, von der unreifen Frau zur nährenden Kindsmutter, zur Frauenmutter, und jetzt geht es endlich wieder bergab und sie kann von sich selbst zehren. Sie beutelt den Gedanken ab, ihre Hand gleitet wie von selbst in die Tasche, tastet nach den rosa Pastillen, nur eine halbe, um das Sehnen und Hadern wieder abzustellen, aber sie widersteht, sie muss das intellektuell schaffen, im Hirn und nicht in den Drüsen. Es ist nur Muttermelancholie, denkt sie und wischt sich die Tränen aus den Augen, weil sich ein Besucherpärchen nähert.

Der Weg zum Ausgang führt natürlich über den Gift Shop, sie steht eine Weile vor den Ansichtskarten, soll sie sich eine mitnehmen, als Warnung für daheim, als Geschenk für Eleonora? Da fällt ihr Blick auf eine Figur, die sie sofort anspricht, die nicht Teil der Ausstellung war, oder hat sie etwas übersehen? Es ist eine Frau, die die Arme über der Brust kreuzt und den Kopf mit geschlossenen Augen nach vorne reckt, sie ist horizontal in einer Kirche hängend angebracht. Der Schwebende, steht da, von Ernst Barlach. Der Schwebende? Das ist doch ein Frauengesicht, denkt Simone. Sie fängt an, in den Katalogen zu blättern, und da ist sie wieder, die Figur, und der Bildhauer behauptet, dass sich Käthe Kollwitz in das Gesicht des Engels eingeschlichen hat, als er sie erschaffen hat. Das gefällt Simone. So eine Komplizin bräuchte es, denkt sie, eine, die als Werkzeug des Patriarchats geschaffen wurde, die in die Hallen der Macht und Heiligkeit einziehen darf, und in Wirklichkeit trägt sie das Gesicht einer Frau, die eine Ikone des Trostes ist. Ein trojanisches Pferd, denkt Simone: außen Engel, innen Patriarchatskritik. Simone kauft diese Karte und sonst nichts. Die Karte soll sich zu den anderen Komplizinnen dazugesellen. Simone wird den Herrgottswinkel immer weiter befüllen. Die Aristokratin und die Schwarze Galionsfigur möchte sie an den Minister zurückschicken. Sie haben ihr kein Glück gebracht. Bis jetzt hatte sie keine Kraft, die großen, schweren Holzfiguren wieder aus ihren Verankerungen zu lösen, abzuschrauben, zu verpacken, zur Post zu bringen. Wie schnell aus Ideologie Ballast geworden ist.

Die Verkäuferin hat schon den Schlüssel in der Hand, sie kann es nicht erwarten, der komischen Alten mit den verheulten Augen das Geld abzuknöpfen, sie hinauszukomplimentieren und hinter ihr abzuschließen. Draußen ist es immer noch heiß, Simone steckt die Karte in die Tasche und wischt sich noch einmal über die Augen. Was für ein sentimentaler Ausritt, denkt sie, und bevor sie den Weg zu ihrer Tochter antritt, setzt sie ihre Sonnenbrille auf. Zeit, zu feiern!

Als sie am Abend danach nach einer langen Zugfahrt die Wohnung aufsperrt, ist es so still, dass sie zuerst denkt, niemand wäre zu Hause. Warum brennt dann Licht? Simone kommt um die Ecke, in der Küche sitzen Maren, Eleonora und Lilly, und sie stolpert fast über den Kinderwagen, der mitten im Raum steht.

Überraschung, ruft sie, ich bin da! Und sieh mal, Lilly ist auch da, wunderbar!

Du bist doch in Berlin, sagt Eleonora und umarmt sie.

Simone drückt ihr einen Kuss auf den Mund. Alles Gute zum Geburtstag! Ich hab auch eine Überraschung für euch! Was ist hier los? Kein Wein? Keine Fasanenbrüstchen?

Maren legt den Finger auf die Lippen und deutet auf den Kinderwagen, dann auf Lilly, die steif auf einem Stuhl sitzt und die Hände in den Schoß gelegt hat. Als würde sie porträtiert werden, denkt Simone verwundert. Und dann sieht sie es erst: die blutige Lippe, den Riss im Ärmel der Bluse, die hastig überschminkte Schramme auf der Wange, die Tasche. Sie seufzt.

Aaron?, fragt sie.

Lilly nickt.

Wohl doch nicht so ein Traumtyp, dieser Aaron, denkt Simone. Und jetzt ist Lilly auf und davon, aber nicht zu Mami und Papi; denen ist das Scheitern der heilen Familie nicht zuzumuten. Noch nicht.

Simone geht langsam auf Lilly zu, setzt sich neben sie. Ach Lilly, sagt sie nur und streift ihr das Haar aus dem Gesicht. Eine Tränenspur zieht sich über die Wange, legt den Bluterguss unter dem Make-up frei, der sich über ihrer Lippe ausbreitet. Lilly wischt sich die Tränen weg, schnäuzt sich vorsichtig, das Taschentuch füllt sich mit Blut.

Simone fühlt Wut in sich aufsteigen, auf diesen Aaron, aber auch auf Lilly. Sie holt tief Luft.

Hast du ihn angezeigt?

Lilly schüttelt den Kopf.

Hat er dich vergewaltigt?

Wieder schüttelt sie den Kopf.

Nur geschlagen, denkt Simone.

Was ist passiert?

Ich weiß es nicht, sagt Lilly tonlos. Die Waschmaschine war kaputt, Rosa hat geschrien, dann hab ich auch geschrien, dann hat er geschrien und einen Sessel nach dem anderen umgeworfen. Und dann ist er auf mein Handy gestiegen. Und so weiter.

Krankenhaus?, fragt Simone.

Lilly schüttelt den Kopf. So schlimm ist es nicht.

Simone steht auf, ohne zu wissen warum. Sie öffnet das Fenster und beugt sich ins Freie. So eine schöne Nacht. Hinter ihr funktionieren Eleonora und Maren. Eleonora kommt mit Desinfektionsmittel und Verbandszeug aus dem Bad, Maren trägt das Baby gekonnt über die Schulter gelegt, während sie den Wasserkocher befüllt, Tee in ein Sieb abfüllt, Tassen herausstellt, Wasser aufgießt, alles einhändig, als hätte sie ihr ganzes Leben nichts anderes gemacht.

Simone kann das nicht. Sich mütterlich kümmern. Sagen, dass sie es geahnt hat. Leise wütend sein. Auf Aaron, oder auf Lilly. Was für eine bescheuerte Idee von Lilly, sich so ins Ungewisse ziehen zu lassen. Sie verschränkt die Arme. Nein, sie wird Lilly nicht zu einer Anzeige überreden. Der Weg der Justiz ist ein dorniger, voller Fallen und Hinterhalte. Lilly ist nicht die Art Frau, die den Vater ihres Kindes anzeigt und vor Gericht geht. Für sie ist es einfacher, wenn ihre Eltern sie aus der toxischen Beziehung rauskaufen und irgendwo anders auf die Füße stellen, auf neuem, frisch aufgewaschenem Boden zum besten Quadratmeterpreis. Ist ihr gar nicht zu verübeln. Wer Geld hat, hat diese elegante Ausweichroute, die jenen, die keines haben, versperrt ist. Genug Speck, um das Töchterchen aufzufangen und die Schmach der Gewalt abzuschütteln. Damit sie es jetzt besser machen kann: in einer neuen Wohnung, mit neuen Perspektiven, vielleicht an der Seite eines neuen Partners. Und dann wird alles gut.

Sie spürt, dass ihre Wut noch da ist, aber sie ist kleiner als früher. Eine Wut, die kapituliert hat, vor dem Immerwiederkehrenden. Diese Lillys in diesem Land, denkt sie: glauben, sie hätten ein Recht auf Idylle. Denken, ihr Wohlstand schützt sie vor Gewalt. Wähnen sich immer in trügerischer Sicherheit. Lilly wird sich nicht denken: Was für eine schwachsinnige Entscheidung hab ich da getroffen, dass ich mich in so eine verletzliche Schwangere-Prinzessinnen-Position gebracht hab, ich dumme Kuh. Wie konnte ich das Vater-Mutter-

Kind-Märchen auch nur glauben! Stattdessen wird sie sich vormachen, es wäre eine Art Unfall gewesen. *Es hätte doch klappen können.* Müssen!

Simone hat Aaron nur einmal gesehen: Bei Lillys Auszug hat er missmutig und halbherzig das Zirbenbett zerlegt und runtergeschleppt, das sie zuvor raufgeschleppt und zusammengebaut haben. Dieses Überhebliche in seinem Gesicht, wie er alles gemustert hat, mit unübersehbarer Abscheu für die WG und deren Bewohnerinnen. Simone hatte gleich ein schlechtes Gefühl.

Sie werden ihr natürlich ein Bett richten, zumindest so lange, bis sie weiß, wie es weitergeht. So funktioniert Frauensolidarität. Das sind sie doch, solidarisch. Eleonora und Maren zweifellos. Eleonora, die beginnt, Gemüse aus dem Kühlschrank zu nehmen und Zwiebeln zu schälen. Maren, die das schlafende Baby gerade geübt in dem Kinderwagen verstaut, ist wie auf Drogen. Als hätte sie ihr ganzes Leben darauf gewartet, endlich ihre Fürsorglichkeit auspacken zu dürfen. Ein Kinderwunsch, der zu einem Enkelkinderwunsch gereift ist, begreift Simone, als Maren einen Löffel Honig in den Tee rührt und ihn vor Lilly hinstellt. Lilly, die gequält und schief lächelt. Jetzt hat Maren wieder ihr Häschen.

Wo wird sie schlafen? In ihrem alten Zimmer? In Floras Zimmer? Verträgt unsere Wohngemeinschaft tatsächlich ein Baby, wenn schon ein Häschen nicht ging? Wie lange wird sie bleiben?

Dann eben nicht das Politische feiern, sondern das Private reparieren. Das Private einer Ehemaligen, die dann doch die bürgerliche Kleinfamilie mit Zufallsbefruchter bevorzugt hat, weil sie dem guten alten Märchen vom automatischen Familienglück aufgesessen ist. So einfach geht das nicht.

Simone zieht den Stuhl näher heran und setzt sich noch mal neben Lilly, die jetzt zwei Pflaster im Gesicht kleben hat.

Ich habe mich mit Aaron verkalkuliert, sagt sie. Ich wusste nicht, wohin.

Du solltest ihn anzeigen, sagt Simone.

Kopfschütteln.

Deine Eltern wissen nicht Bescheid?

Kopfschütteln. Ich bleibe nicht lange, sagt sie. Es ging alles so schnell, und ich wusste nicht, wohin.

Er wird es wieder tun, sagt Simone. Das nächste Mal hat dann vielleicht Rosa ein blaues Auge.

Lilly sitzt ganz ruhig da. Simone kann sie zittern sehen. Du solltest wenigstens die Verletzungen dokumentieren, setzt sie nach.

Genug jetzt, sagt Maren. Komm, wir gehen dein Bett machen. Du schläfst in Floras Zimmer, wir blasen die Luftmatratze auf und überziehen sie. Bett gibt es leider keines mehr, aber dann kann Rosa wenigstens nicht weit fallen.

Sie legt ihren Arm um Lilly, die langsam aufsteht und mit ihr mitgeht. Den Kinderwagen nehmen sie auch mit. Auf dem Weg aus der Küche dreht sich Maren noch einmal um und sieht Simone verärgert und kopfschüttelnd an, bevor sie ihr den Vogel zeigt.

Simone wendet sich Eleonora zu, die mit dem Rücken zu ihr steht und Zwiebeln schneidet.

Sag du etwas, zischt sie ihr zu.

Eleonora dreht sich um, das Messer noch in der Hand sagt sie: Du bist so unsensibel.

Ich bin ehrlich, korrigiert Simone. Warum geht sie nicht zur Polizei? Oder zu den Eltern? Warum nicht zu ihren Queeren? Weil sie es verstecken will! Weil sie weiß, bei den anderen braucht sie gar nicht antanzen mit ihren Versöhnungsfantasien, die sie sicher hat.

Sie wird schon noch zu sich kommen, flüstert Eleonora. Jetzt steht sie unter Schock. Das ist vor ein paar Stunden passiert. Gib ihr doch ein bisschen Zeit.

Nein, sagt Simone. Die hatte sie doch schon. Als sie letztes Jahr eine falsche Entscheidung nach der anderen getroffen hat. Eleonora schüttelt den Kopf und hackt auf die Zwiebeln ein.

Draußen hört sie, wie die Badewanne eingelassen wird, sie hört, wie Maren und Lilly das Baby baden. Es sind freundliche Geräusche, Plätschern und Glucksen, und leise Frauengespräche ohne schweren Inhalt: Seife, Handtuch, Creme, hört sie, und die entzückenden Töne, die Babys in Badewannen machen.

Simone kratzt mit dem Daumennagel im Astloch des narbigen, alten Holztisches herum und denkt an die Jurybegründung. Für unermüdliches Hinterfragen feministischer Kernthemen und Bemühen um Vermittlung zwischen den ideologischen Fronten. Was davon soll sie jetzt gerade anwenden, das Vermitteln oder das Hinterfragen?

Komm, sagt Eleonora, geh etwas arbeiten, oder nimm ein Bad, wenn das Baby fertig ist. Ich mach hier weiter.

Und als Simone in ihrem Zimmer die Taschen auspackt, läutet das Telefon wieder. Die Halbritter, denkt sie verwundert, während sie die Schmutzwäsche nach Farben sortiert. Als sie fertig ist, hört sie sich die Nachricht an.

Hallo, Frau Hebenstreit. Ich gratuliere Ihnen zum Preis, mir hat es ein Vögelchen gezwitschert. Völlig verdient! Und ich denke, ich weiß, warum man von Ihnen nichts mehr hört. Ich kann es nachvollziehen. Wollen Sie mir nicht ein Interview geben? Nur wir zwei im Studio, versprochen, und Sie ziehen Bilanz. Sagen Sie mir Bescheid.

Simone hört die Nachricht ein zweites Mal ab. Sie muss lächeln. Klingt verlockend. Ein Preis, ein Interview, eine Rede vielleicht, wenn sie gefragt wird. Das wäre doch nicht schlecht.

Eleonora hat sich große Mühe gegeben, denkt Simone, als sie später alle bei Tisch sitzen. Sie hat ein Risotto mit Garnelen und Salat gezaubert, indirektes Licht gemacht und Kerzen angezündet. Für Glück gibt es doch eine Handvoll einfache Rezepte: Schon immer und in jeder Kultur wird gegen Trauer und Schmerz angekocht, und die Familie dankt es mit Wohlbefinden. Sogar die geprügelte Lilly, die sich die Flecken frisch überschminkt hat, ein Glas Wein trinkt und sich ein bisschen Parmesan über das Risotto reibt, gibt sich Mühe. Während sie am Klo ist, gibt es ein kurzes Update von Maren: Es war das zweite Mal, dass Aaron sie geschlagen hat. Aber wenigstens nicht vergewaltigt, flüstert Maren. Während des Essens klammern sie aus, was eigentlich besprochen werden müsste. Wie lange Lilly und das Baby bleiben. Wohin sie danach soll. Wie Lilly sich und Rosa vor Aaron beschützen wird. Wovon Lilly leben wird. All das darf Simone nicht ansprechen; das hat sie Eleonora versprechen müssen. Sie beißt sich auf die Zunge. Auch über den Preis spricht sie nicht. Stattdessen erzählt sie von Berlin, Eleonora spricht über ein Hochbeet, das sie gerne im Hof anlegen würde, nächstes Jahr. Maren quetscht Lilly über das Baby aus, und Lilly antwortet gehorsam. Das Gespräch erschöpft sich schnell, alle werden wortkarg, sie räumen gemeinsam das Geschirr weg und gehen nacheinander ins Bad.

Als Simone ins Bett gehen will, sieht sie Eleonora in der dunklen Küche verstohlen aus dem Fenster spähen. Der Wasserkocher siedet.

Ist was?, fragt sie.

Pst, sagt Eleonora. Schau. Simone sieht auf dem Platz vor dem Haus einen einzelnen Mann stehen, der zu ihnen hinaufsieht.

Simones Herz schlägt schneller. Mit einem Ruck zieht sie die Vorhänge zu.

Ist er das?, flüstert Elenora.

Und wenn auch, sagt Simone laut. Ein paar Tonnen Ziegel, Metall und Fensterglas sind zwischen uns und ihm. Und zwei Türen. Das Wasser im Kocher blubbert und blubbert.

Keine Sicherheitstüren, sagt Eleonora.

Das kann irgendwer sein, sagt Simone. Geh schlafen.

Mit einem Klack hört das Wasser auf zu kochen. Sie sieht Eleonora dabei zu, wie sie im Dunklen einen Teebeutel aus der Lade fischt, ihre Tasse füllt und wortlos in ihr Zimmer geht. Als Simone später vorsichtig an den Vorhängen vorbei aus ihrem Fenster blickt, ist der Platz wieder leer.

# 18
# Lilly
*August*

Raphaelas Kinderwagen fährt vor und zurück, vor und zurück. Als führte Raphaelas Arm ein Roboter-Eigenleben und wäre in der Bewegung stecken geblieben. Lilly weiß, es ist eine unbewusster Mutterreflex: den Kinderwagen auch noch im Stehen zu bewegen, damit das Kind glaubt, es schaukle noch im Fruchtwasser. In Raphaelas Fall unnötig, denn der kleine Kaspar schläft, als wäre er tot. Rosa nicht. Rosa schläft nur, wenn der Kinderwagen tatsächlich über unebene Flächen wie Kies und Kopfsteinpflaster rumpelt, und jeder Versuch, sie zu betrügen, wird sofort bemerkt und geahndet. Jetzt gerade wacht sie auf, Lilly spürt das, ohne nachsehen zu müssen.

Ich muss, sagt sie zu Raphaela, sie umarmen sich auf diese komische, gymnastische Art, über die Kinderwägen gebeugt. Ein kurzer Blick unter die Stoffwindel, die sie über den Kinderwagen gebreitet hat. Schschsch, sagt sie, Mama geht ja schon wieder, schlaf einfach weiter. Dann steuert sie auf die Gloriette zu, zehn Minuten hat sie noch, bevor Samu kommt, eine Runde schafft sie noch. Sie genießt die Stille. Das Mamageplapper mit Raphaela; es ist nett, es ist informativ, es nervt, es ist besser als gar nichts. Leise knirscht der Kies unter den Rädern des Kinderwagens, sie geht flott an einem sehr langsamen, dicklichen Läufer vorbei, der sich in der Hitze plagt. Bei diesen Temperaturen gehen alle eher langsam durch Schönbrunn, immer im Schatten der getrimmten Buchenhecken.

Arbeiten sieht man bestenfalls Gärtner. Lilly schwitzt unter ihrer ärmellosen Bluse, die sie trägt, damit sie dezent stillen kann, wenn Rosa später den Busen will. Sie drosselt das Tempo, sie hat es nicht eilig, und das Licht fällt so schön auf die Blumen und das Schloss. Als hätte ein Impressionist Schönbrunn und seine Gärten in flotten Strichen gemalt, und sie, die junge Mutter und ihren hellgrauen Kinderwagen zwischen den Buchenhecken mittendrin. Als sie wieder auf das Meidlinger Tor zugeht, erkennt sie ihn schon aus der Ferne, an seinen Farben: das Gelb seiner Haare, bunte, diesmal rote Shorts, dunkelbraune Beine, sie erinnert sich an den dichten, weichen Goldflaum darauf, die Muskeln darunter, das Gegenteil von Aarons weißen, haarlosen Schenkeln und Waden, die so dünn und glatt sind wie die einer weiblichen Schaufensterpuppe. Die Vorfreude, ihn wiederzusehen, beruht auf Gegenseitigkeit, er lacht sie an, auch wenn er ihr nicht alle Zähne zeigt, was verständlich ist: Ihr letztes Treffen mit Samu war die Trennung von ihm, vor mehr als einem Jahr.

Sie positioniert den Kinderwagen zwischen sich und ihm, aber er geht einfach um den Wagen herum, umarmt sie halbseitig und küsst sie auf die Wange. Wie er seine Unsicherheit überspielt; sie sollte ihm dankbar sein. Stattdessen weiht sie ihn gleich in das Rosa-Prozedere ein.

Wenn wir gehen, schläft Rosa, und wenn Rosa schläft, weint sie nicht, und wenn sie nicht weint, können wir plaudern. Passt das für dich?

Er wirkt ein bisschen überrumpelt, aber natürlich passt das für ihn.

Weint sie viel?, fragt Samu.

Rosa ist ein Winterbaby. Sie hasst die Hitze, antwortet sie.

Das hat sie aber nicht von dir, sagt er. Nein, auch nicht von Aaron, will sie sagen, aber natürlich sagt sie es nicht.

Wie geht es dir?, fragt er und versucht, sie nicht so offensichtlich zu mustern. Gut siehst du aus, setzt er nach.

Schon viel besser, sagt sie. Am Anfang war es schrecklich, die Zeit ist mir erst zwischen den Fingern zerronnen, und dann ist sie plötzlich stehen geblieben, einfach so. Es sollte Stundenbett heißen, nicht Wochenbett. Sie lacht.

Sie spürt, wie Samu überlegt, ob er mitlachen soll oder darf. Sie sollte besser schnell die Gegenfrage formulieren. Wie war es bei dir? War es auch schrecklich, will sie fragen, die Wut und die Kränkung, ist die Zeit stehen geblieben oder gerast, wusstest du, wohin mit deinem Zorn auf Aaron und mich, die egoistische, notgeile Schlampe, die sich von allen vier Milliarden Männern auf der Welt ausgerechnet deinen besten Freund zum Ficken ausgesucht hat?

Alles gut bei dir?, fragt sie.

Läuft, sagt er. Und erzählt vom Freediven auf den Kanaren, davon, dass er Soziologie studieren will, von einem Hilfsprojekt, einer Öko-Zitronenfarm auf Sizilien; lauter Samu-Geschichten, die sie irgendwie schon kennt. Viel hätte sie ihn nicht gesehen, wenn sie noch mit ihm zusammen wäre. Sofort kommt diese Schönfärbe-Phrase: Ist vielleicht besser so.

Glücklich siehst du aus, sagt er.

Ach, meine Tage sind mit diesen neuen Routinen dermaßen vollgestopft, dass ich noch gar nicht auf die

Idee gekommen bin, mich zu fragen, ob ich glücklich bin, sagt sie und lacht wieder. Ich werde schon glücklich sein ... ein gesundes Kind, eine neue Wohnung, ein neues Leben ... Rosas Existenz hat alles über den Haufen geworfen ... Sie stockt.

Bist du manchmal noch bei deinen Frauen?, fragt er.

Meine Frauen, sagt sie gallig. Ja, einmal hab ich Rosa zu ihnen raufgeschleppt und sie haben sie schief angeschaut und gefragt, ob ich sie nach Rosa Luxenburg benannt hab.

Luxemburg, korrigiert Samu. Sie ignoriert es, biegt ab und beginnt den Wagen den Hügel zur Gloriette bergauf zu schieben.

Sie haben natürlich kein Verständnis für so ein heteronormatives Leben, fährt sie fort. Das ist ihnen total zuwider. Mit Abtreibung haben sie hingegen gar kein Problem. Wenn man selbst ein Kind hat, merkt man erst, wie schräg die drauf sind.

Wie meinst du das?, fragt Samu. Sie weiß, er hat sich immer schon gefragt, was ausgerechnet sie in einer experimentellen, feministischen WG zu suchen hatte. Als hätte sie einen Trend ausprobieren wollen, am eigenen Leib, so wie Veganismus oder Zero Waste. Es ärgert sie, wie er sie eingeschätzt hat und es immer noch tut, noch mehr ärgert sie, dass er mit seinen Zweifeln recht behalten hat.

Ich meine, sie träumen von Gleichberechtigung, aber sie denken nur an die Frauen, die so drauf sind wie sie selbst. Sie sind so ... radikal. Und für Mütter ist Feminismus ohnehin ein Luxus.

Samu nickt. Ich hab mich immer ein bisschen gewundert, was du dort suchst.

Und jetzt kriegt Simone auch noch den Wiener Frauenpreis, sagt Lilly.

Ach wirklich?, fragt Samu.

Ja, im Oktober. Es ist kein großer Preis, aber viele finden, dass ihn eine andere verdient hätte. Eine queere Frau, die ein bisschen aufgeschlossener ist. Jedenfalls keine SWERF oder TERF.

Keine was?, fragt Samu verwundert.

Vergiss es, sagt Lilly. Sie steuert den letzten steilen Anstieg auf die Gloriette zu, lehnt sich gegen den Kinderwagen, stemmt ihn gegen die Schwerkraft. Samus Atemrhythmus ändert sich nicht, klar, super Kondition, und ohne Kinderwagen ist es leichter. Sie hat die Petition nicht unterzeichnet, die an sie herangetragen worden ist, von Priska. Dass der Frauenpreis nicht an eine transphobe Aktivistin verliehen werden darf und überhaupt diverser werden muss. Dass er bisher nur an Altfeministinnen und arrivierte Intellektuelle vergeben worden ist, ist das falsche Signal an den Rest der Gesellschaft, die doch schon viel weiter ist. Dass es Frauen*preis oder FLINTA*-Preis heißen soll. Lilly ist die Diversität der Gesellschaft ziemlich egal geworden. Seit Rosa sie den ganzen Tag braucht, ist ihr egal, was Sexarbeiterinnen brauchen oder auf welches Klo Transfrauen gehen. Ihr ist egal, ob es so einen Preis gibt, wie er heißt und ob Simone ihn kriegt oder wer anderer. Mit Simone ist sie jedenfalls fertig. Sie hat sich alles angehört, sie hat dagegengeredet, sie war oft sprachlos, wie harsch und urteilend Simone war. Sie hat das alles unter Diskurs verbucht. Bis Simone ihr eine Abtreibung einreden wollte, kurz bevor Aaron wieder vor der Tür gestanden ist: Das verzeiht sie Simone nie. Und wie sie sich eingemischt hat, nachdem das mit den Sesseln passiert ist, wie sie Druck gemacht hat, Anzeige zu erstatten und Aaron zu verlassen. Das war dann die allerletzte von vielen Grenzüberschreitungen, die es ihr unmöglich gemacht haben, dieser Frau noch länger zuzuhören. Welcher Frau hört sie überhaupt noch länger zu? Mama. Raphaela. Den Still-Freundinnen. Keine von denen predigt oder grübelt, die haben alle andere Sorgen. Lilly hat keine Geduld mehr für Feminismus, egal für welche seiner Strömungen. Seit Rosa da ist, braucht sie einen praktikablen, babytauglichen Feminismus, der schnell geht und nicht so weit weg ist von ihrer Lebensrealität. Und den findet sie am ehesten auf Instagram.

Sie hat plötzlich Durst, und Lust, Samu den Wagen schieben zu lassen. Was soll denn das hier überhaupt. Sie wollte ihn sehen. Sie hat ihn angerufen, aus einem Reflex heraus, ohne nachzudenken. Wie die Leute uns ansehen, denkt sie. Diese ältere Frau dort auf der Bank, wie sie schmachtet. So ein schönes Paar, großgewachsene, schlanke, hellhaarige Menschen, die sich auch noch fortgepflanzt haben. So etwas gefällt den Nazis und Biedermännern in diesem Land. Es gab immer schon wohlwollende Blicke für sie, wenn sie gemeinsam mit Samu aufgetreten ist. Mit Aaron ist es anders. Sie treten nicht oft gemeinsam auf, und wenn, werden sie auch nicht so schmierig angegrinst.

Lilly räuspert sich.

Wir werden später, wenn sie ihren Schlaf gemacht hat, in den Zoo gehen, dann kommen wir gerade recht zur Robbenfütterung, dafür ist man nie zu jung …

… oder zu alt, sagt Samu.

Eine Erinnerung wie ein Stich: Lilly und Samu im

Zoo, mit Samus kleinem Neffen Tobias, an einem Sonntagnachmittag im Winter, sie standen auf der Zusehertribüne. Wie sich Tobias über die Mähnenrobben freute, wie die den Fischen nachhechteten, die der Pfleger in hohem Bogen ins Wasser warf. Das gespannte Raunen, als der dicke Bulle die Stufen hinaufwatschelte und sich nach dem Fisch reckte. Das Toben, als der Bulle durch die Luft segelte und mit einer mächtigen Detonation im Wasser aufschlug. Und wie die Freude der Kinder auf die Eltern und Großeltern übersprang, auf müde Mütter und unbeteiligte Touristen. Damals kriegte sie eine Ahnung davon, wie Kinder einen zurichten können. Lilly bekam feuchte Augen, und als sie zu Samu hinsah, bemerkte sie, dass auch er sich verstohlen eine Träne aus dem Augenwinkel wischte.

Noch eine Kehre, dann sind sie oben, Lilly steuert eine Sitzbank an, unterhalb der Gloriette. Wie auf Befehl kommt ein Quäken aus dem Kinderwagen.

Ist es ok, wenn wir eine Pause machen?, fragt sie, und für Samu ist es natürlich ok.

Lilly parkt den Wagen, arretiert die Bremse, kramt in ihrer Tasche herum und deutet Samu, sich zu setzen. Das kann jetzt ein bisschen dauern, sagt sie, als sie Rosa aus dem Wagen nimmt, die verschwitzt ist und wimmert.

Ich stille nicht gerne in der Öffentlichkeit, aber sich für das Stillen zu schämen, geht wirklich gar nicht, erörtert sie, ohne dass er gefragt hätte. Weil er nichts dazu sagt, spricht sie weiter. Da ist auch die Stillberaterin im Krankenhaus streng gewesen. Ein hungriges Baby hat immer Vorrang, sagt sie, während sie ihre Bluse aufknöpft und mit der Stoffwindel ihren Busen abdeckt.

Die Stillburka, erklärt sie grinsend und wirft ihm einen Blick zu, während sie die Windel zurechtzupft. Samu grinst unsicher zurück. Rosa schnappt gekonnt nach der Brustwarze, unter der Stoffwindel ist bald ein zufriedenes Schnaufen und Schmatzen zu hören.

Samu würde dem Kind gerne beim Trinken zusehen, das spürt sie. So ist Samu: neugierig, beteiligt, ungeniert. Wieder ein kleiner Stich.

Du glaubst ja gar nicht, wie man angeschaut wird, hört sie sich reden. Manche schauen bös, vor allem die Frauen, manche lächeln dir und dem Baby zu, und die Männer gaffen sowieso immer gerne… Aber die von der Stillgruppe, die sagen, dass…

Rosa verkutzt sich, beginnt zu weinen, Lilly unterbricht, klopft ihr auf den kleinen Rücken, lüftet den Vorhang und justiert ihre Brustwarze nach, im Augenwinkel sieht sie, dass Samu jetzt einen Blick erhascht. Sicher ist er überrascht, vielleicht sogar entsetzt. Ihre Brust ist riesig geworden, die Brustwarze ist dunkel, nicht so hell und klein, wie er sie vielleicht in Erinnerung hat, wer weiß, ob und woran er sich erinnert.

… jedenfalls, mit dieser Widersprüchlichkeit habe ich nicht gerechnet, redet Lilly weiter. Schamloses Hinstarren auf der einen Seite, Ablehnung und Grausen auf der anderen. Titten auf Heizkörperwerbungen, auf Apfeltransportern, auf Energydrinks sind ganz normal. Aber Titten im Mund von Babys: die sind immer noch eine Sensation.

Das hätte sie jetzt besser nicht gesagt. Sie erinnert sich jedenfalls gleich an seinen gekonnten Umgang mit ihrem Busen, an sein forderndes Streicheln, während er sie auf seinem Schreibtisch geleckt hat, ohne vorher die Jalousien herunterzulassen. Sie sollen das ruhig sehen, hat er gesagt, eine schöne Frau auf meinem Schreibtisch zu lecken, ist doch keine Schande.

Was für eine blöde Idee, ihn hier zu treffen. Er mustert den Kinderwagen, jetzt sieht er die kleine Plakette vom heiligen Christophorus und fragt sich sicher: Wie lächerlich ist das denn. Ein Geschenk von Aarons Mutter, das sie sich nicht abzunehmen traut, was, wenn sie Aarons Mutter beim Billa trifft, oder im Park, und da ist auch noch Aaron, der ihr mit einem Knurren im Mundwinkel gesagt hat, sie soll das verfickte Ding hängen lassen, verdammt noch mal, einmal hat er das gesagt und ein zweites Mal will sie das nicht provozieren. Ja, dein Aaron, würde sie dann zu seiner Mutter sagen, der ist ganz anders, als ich ihn mir vorgestellt habe.

Vor allem, wenn er zu viel Wein trinkt, weicht sie ihm gekonnt aus, das ist ihr Part des Deals. Dass das selten vorkommt und er sein Trinken kontrolliert und ankündigt, ist sein Part. Und dass sie ihm aus dem Weg geht und bei Rosa im Zimmer schläft, wenn eine Firmenfeier oder eine Party ansteht, ist ihr Part. Seine Einwilligung, zu einer Beratungsstelle zu gehen, ist Lillys Bedingung gewesen, zurückzukommen. Drei Nächte war sie weg gewesen, und sie hat sich wieder aus dem Bienenstock gestohlen, als Simone nicht in der Wohnung war. Am Tag, nachdem sie überlegt hatten, wie es ohne Aaron weitergehen könnte, was sie arbeiten könnte, wo sie wohnen würde. Alles nicht so flockig wie früher, aber keine Hexerei, hat Maren gesagt, und Simone hat genickt. Aber Aaron stand einfach vor der Türe und hat sie abgepasst, sie weiß nicht, wie lange er gewartet hat, und er stand vor ihr und Rosa und sah sie fest an, entschuldigte sich und sagte, er werde ihr keinen Druck machen, kein lautes Wort werde sie jemals wieder von ihm hören, er habe schon einen Termin beim Therapeuten, aber ein Leben ohne sie und Rosa, das ertrage er einfach nicht und sie solle bitte, bitte zurückkommen. Der Sex danach war überirdisch.

Die Sonne brennt auf die Bank. Vom Zooeingang nähert sich eine Mutter, mit älteren Zwillingen im Doppelkinderwagen, einem kleinen Baby im Tragetuch, die Frau lächelt Samu und Lilly komplizinnenhaft zu. Lilly wendet den Blick ab und lässt die Frau abblitzen. Diese Blicke von Leidensgefährtin zu Leidensgefährtin. Nichts da. Dieses Leid soll sie schön alleine auslöffeln. Niemals und von niemandem würde ich mir jemals drei Kinder machen lassen, denkt sie.

Samu zieht sich den Pulli aus.

Übrigens, sagt er, das Video von den Hebenstreit-Frauen im Stadtpark in den Abendnachrichten war richtig geil.

Lilly nickt, das ist doch schon uralt. Sie schließt die Augen. Ich bin so müde, sagt sie.

Soll ich uns einen Kaffee holen?, fragt er, aber sie schüttelt den Kopf. Kein Kaffee, kein Alkohol, keine scharfen Gewürze.

Hast du eine Neue?, fragt sie.

Tinder, sagt er. Was soll ich dir sagen. Eine wollte gleich mehr, eine spielte mir multiple Orgasmen vor, eine roch nach Zwiebel, aus allen Körperöffnungen, sagt er und lacht plötzlich, und sie lacht mit.

Was sagst du denn zu unserer Regierung?, fragt er.

Na ja, ein Rechtsruck halt wieder, sagt sie, ist ja nichts Neues in Österreich. Braucht es scheinbar alle paar Jahre, damit die Linken wieder was zum Ausputzen haben.

Also das Katholische ist schon neu, sagt Samu.

War das nicht im Wahlprogramm?, fragt Lilly.

Ja, schon, aber dass sie so ernst machen, in den Schulen und Kindergärten, im psychosozialen Dienst, und die vielen geistlichen Krankenhäuser und Privat-Unis, macht dir das keine Sorgen? Als Feministin?

Sicher, sagt Lilly, aber wundert es dich? Unser marodes Bildungs- und Gesundheitssystem fragt eben nicht nach, die sind froh, wenn irgendjemand Geld hineinpumpt. Sagt Simone, denkt Lilly. Nicht mal die geht noch demonstrieren. Irgendwie ist allen die Kraft ausgegangen. Nicht nur mir.

Mir kann es ja wurscht sein, sagt Samu, ich bin ein Mann.

Gäbe es kein Aaron-Tabu, würde sie jetzt weiterfragen, wie er zur Abtreibungsdebatte steht, zu der gerade jede und jeder eine Meinung haben muss. Aber sie weiß es eigentlich auch ohne zu fragen. Als Linker und aufgeklärter Mensch ist er sicher dafür, dass Frauen die Wahl haben sollen, genauso, wie er Babys süß findet und Gummis zumutbar. Seine Mutter war es, die ihn so erzogen hat, sie ist in den Sechzigern und Siebzigern groß geworden und geht auf die Demos. Sie ist eine von diesen lustig-rabiaten Omas geworden. Lilly vermisst sie und ihren veganen Apfelstrudel. Aarons Mutter ist ungebildet, stockkonservativ und am liebsten würde sie sogar den Gugelhupf mit Schweineschmalz machen. Aber sie ist hoffnungslos verliebt in Rosa. Immerhin etwas.

Triffst du noch jemanden von früher, fragt Samu.

Ich habe Babyfreundinnen, sagt sie, aber es beginnt schon auseinanderzudriften, weil die Babys so verschieden sind.

Sie zuckt mit den Achseln. Keine Freundschaft ist so stark ist wie das Bedürfnis nach Schlaf, zumindest in diesen ersten Wochen. Aber das Rechnen in Wochen wird eh bald aufhören. Schwangerschaftswochen, Wochenbett, die ersten Lebenswochen. Als würde die Zeit zerbröseln. Jetzt darf ich ja wieder in Monaten und Jahren rechnen. Weißt du, was meine Mutter sagt: Du wirst dir diese Zeit, die so langsam vergeht, zurückwünschen. Sie seufzt.

Und die Mädels von früher?, fragt Samu.

Die haben sich zwar alle Mühe gegeben, rosa Bodys gekauft und Prinzessinnen-Waschlappen, aber in Wirklichkeit sind sie heilfroh, kein Baby am Hals oder im Bauch zu haben. Noch nicht.

Und lebst du noch vegan? Er lächelt sie an.

Das waren noch Zeiten, sagt sie, ächzt, nimmt das Baby von der Brust, legt es über die Schulter und klopft sanft. Im Gegenteil. Am liebsten würde ich Schinken in mich hineinstopfen, ohne Brot, Rolle für Rolle, mit Mayonnaise drauf. Oder Käse, in tortengroßen Stücken. Kannst du dir das vorstellen? Sie lacht, er stimmt ein.

Aber das mach ich nur ganz selten. Soll ich etwa etwas kochen, für mich ganz alleine?

Was ist mit Aaron, fragt er sich sicher, warum kocht Aaron nicht. Aaron hat doch nie gekocht, würde sie antworten, du kennst ihn doch. Aaron lässt kochen und liefern. So war Aaron vor Rosa und so ist er auch nach Rosa. Natürlich hat sie sich gefragt, wie es gewesen wäre, wenn es mit Samu passiert wäre. Und was mit Samu nicht passiert wäre. Aber es ist ja nichts mehr passiert, seitdem. Es war ein Unfall. Man muss besser aufpassen, dann passieren Unfälle nicht.

Mama hat ihr den Kopf gewaschen, als sie es angedeutet hat. Mama waren die neuen Stühle aufgefallen, die Lilly gekauft hat. Lilly hat nichts von den Ohrfeigen erzählt, von dem Stoß auf den Boden, von der geplatzten Lippe oder von dem zertretenen Handy, sondern sie hat nur die Sache mit dem Thonet angedeutet, der irreparabel war, nachdem Aaron ihn durch die Wohnung getreten hat. Umgetreten, hat Lilly es genannt. Und er war ja vorher schon sehr fragil.

Na, wenn es sonst nichts ist, hat Mama gelacht. Und das war doch alles, oder?

Ja, natürlich. Lilly hat müde genickt.

Mama hat die Lüge mühelos geschluckt. Glaubst du, so eine Ehe kommt ohne Streit aus? Stühle kann man nachkaufen. Was denkst du, was ich mit Papa mitgemacht hab, als du klein warst? Wenn ich jede Beschimpfung, jede Nacht, die er nicht heimgekommen ist und noch vieles mehr auf eine Liste schreiben würde und mir einen guten Anwalt suchen würde, könnte ich ihn in Grund und Boden klagen.

Sie hat trocken gelacht. Überall gibt es hässliche Szenen. Das gehört dazu. Redet halt niemand darüber.

Dass Mama so redete, entsetzte und erleichterte Lilly zugleich. Dass Mama so gar nicht nachfragte, wunderte und beruhigte sie.

Samu reißt sie aus ihren Gedanken. Hast du das Plakat beim Eingang gesehen?

Ja, hat sie. Hängen ja jetzt überall in der Stadt, sagt sie. So etwas ist immer schon in der Stadt gehangen, in den U-Bahnen.

Aber nicht so drastisch. Und nicht so riesig!, sagt Samu.

Man weiß ja, wer die Plakate finanziert, sagt sie.

Was erwartest du von einem Industriellen, der die schnellsten Autorennen und die mutigsten Spinner sponsert. Jetzt hat er halt die größten Abtreibungsplakate bestellt.

Was hat so einer eigentlich mit Politik am Hut?, fragt Samu.

Nichts. Ist ja auch eher Religion als Politik. Wahrscheinlich hat er auch nix mit Babys am Hut, außer sie sind im Bauch einer Frau, die er nicht kennt und bevormunden will. Vielleicht glaubt er, so unsterblich zu werden, sagt Lilly.

Warum sich so einer so eine Kampagne viel kosten lässt?, fragt Samu.

Zu viel Geld? Wirtschaftliche Allianzen? Frömmigkeit?, mutmaßt sie.

Wer weiß das schon. Ich finde es geschmacklos. Diese rötlich schimmernden Föten, die blutverschmierten Instrumente. Schon sehr polemisch.

Lilly will nicht darüber nachdenken. Sie erinnert sich nur verschwommen an die Diskussion über die Beratungsgespräche, zu denen sie dann ohnehin nicht gegangen ist. Sie ist auch nicht zu den Beratungsstellen von den Alleinerzieherinnen gegangen, die Priska ihr rausgesucht hat. Und Eleonora, und Simone. Sie solle sich das anhören. Und durchrechnen, ob sich das ausgeht. Lilly hat sich für Rosa entschieden und dann für Aaron. So und nicht anders ist das jetzt.

Rosa hat fertig getrunken. Lilly verstaut ihren Busen, legt Rosa über die Schulter, damit sie rülpst, aber das Bäuerchen kommt nicht, stattdessen beginnt Rosa wieder zu weinen, Lilly kennt das, wenn die Luft in der Speiseröhre feststeckt, das hat Rosa von ihr geerbt, Lilly weiß, wie weh das tut, sie klopft auf Rosa herum, dreht sie zu sich, riecht an ihrem Po, auweh, sagt sie, ich muss Windel wechseln, das mag sie gar nicht.

Sie überlegt, wo der nächste Wickeltisch ist, und entscheidet sich gegen den Weg über die Stufen in das Touristen-Café, in dem sie blöd angeschaut werden würde, weil sie nichts konsumiert hat und es trotzdem wagt, ihr Kind zu wickeln. Es ist ihr unangenehm, dass sie Samu jetzt auch noch da hineinzieht, aber das hält er schon aus. Sie beginnt, alles herzurichten, eine Unterlage, eine Decke, Feuchttücher, Cremen, Tropfen, Samu folgt einem Instinkt, steht gehorsam auf und macht Platz, und Lilly beginnt, einen Wickeltisch zu bauen und das immer lauter weinende Kind auszuziehen, das schließlich mit strampelnden Beinchen in der prallen Sonne liegt, nichts bis auf eine Windel am Körper, die Leute schauen bös, aber so ist das in Österreich, die Leute schauen immer bös, wenn ein Kind den Mund aufmacht. Lilly öffnet die Windel, darin eine senfgelbe Schweinerei, die Lilly in ihren Feuchttüchern verschwinden lässt, während sie beruhigende Worte spricht, als Rosa plötzlich einen roten Kopf und einen verbissenen Gesichtsausdruck bekommt, und kurz darauf ein hellbrauner Strahl zwischen den Beinchen hervorspritzt.

Lilly schreckt sich, das hat sie noch nie gemacht, dann blickt sie auf ihre Bluse, ach, sie hört sich aufschreien, dann jammert sie, nein, verdammt, verdammt, bitte nicht, die Scheiße klebt auf ihrer Bluse, rinnt schon bergab, verdammt, sagt sie, das nächste Klo ist so weit weg, kannst du mir helfen?

Wie soll ich dir helfen, fragt Samu, der ein paar Schritte zurückgegangen ist, aus der Schusslinie des Babys, das schon wieder die Augen zusammenkneift und vielleicht noch eine Portion auf Lager hat.

Lilly ist plötzlich völlig überfordert, sie sieht nur noch verschwommen, versucht sich und Rosa zu beruhigen, aber es geht nicht um ein bisschen Babyscheiße auf einer Bluse, das Weinen ist tiefgreifender, es geht um leere Batterien und falsche Entscheidungen, um Einsamkeit und Einbahnstraßen, sie bäumt sich dagegen auf, nicht jetzt, denkt sie, alles ist gut, sagt sie und presst die Lippen zusammen, und als der nächste Strahl aus Rosa schießt, hält sie das Feuchttuch davor und kann ein bisschen etwas abschirmen, der Rest rinnt über die Parkbank. Sie überlegt, was sie tun kann, sie braucht Wasser, um die schlimmste Schweinerei wegzumachen, damit sie Rosa in das Café tragen kann und am Klo abwaschen, sie hat kein Wasser, nur gelben Babytee, vielleicht kann ihr Samu helfen, eine Flasche Wasser holen, sie blickt über die Schulter. Und als sie ihn sieht, erkennt sie den heftigen Konflikt in ihm, sein Mitleid ist zwar stark, aber der Fluchtinstinkt ist noch stärker, sein Gesicht ist verhärtet und unendlich genervt. Es ist nicht sein fucking Problem, denkt er sicher, und ist da nicht auch ein bisschen Schadenfreude in seinen Mundwinkeln?

Ich kann dir nicht helfen, sagt Samu. Sorry, Lilly, sagt er, ruf Aaron an, das ist mir zu steil. Und dann geht er, ohne sich umzudrehen.

## 19
## Simone
***September***

Als sie das Haustor aufschließt, ist der Himmel schon blauschwarz, und auf dem Platz vor dem Haus beginnt der Wind, welke Blätter und Staub im Kreis zu wirbeln. Simone hat den ganzen Tag im Bad verbracht, die spätsommerliche Sonne und das warme Donauwasser genossen und den Abend mit ein paar Bier und einer Portion Pommes frites vergoldet. Müde ist sie, satt, angenehm träge. Jetzt noch eine Dusche, und dann ein paar Gedanken zu dem Interview morgen notieren. Eigentlich weiß sie gar nicht, was sie sagen soll. Sie hat doch alles schon gesagt. Alles, außer dass alles sinnlos ist. Dass die Reaktionen auf ihren Preis nur der letzte Beweis dafür sind, dass der Feminismus sich hauptberuflich selbst kannibalisiert. Dass so ein Shitstorm aber letztendlich aus nichts anderem besteht als Bits und Bytes, von denen sich keine Frau etwas kaufen kann. Würde sie jetzt mit der Halbritter sprechen, mit diesem Sonnen- und Bierdusel, sie wäre ehrlich. Aber morgen wird sie wieder nüchtern sein, morgen wird es kalt und regnerisch werden und diese warme Gleichgültigkeit wird wie weggeblasen sein. Vielleicht sollte sie vor dem Interview ein paar Schnäpse trinken.

Im Vorzimmer steht ein Paar Converse-Schuhe. Ah, Eleonora hat Ali zu Besuch. Simone kann Ali nicht ausstehen. Sie versteht nicht, was Eleonora an der Kleinen findet, die sie seit ein paar Wochen trifft. Umgekehrt versteht sie es noch weniger. Sicherlich geht es schon länger, Simone hat nicht nachgefragt. Natürlich hat die kleine Ali ihren Reiz. Muskulös, olivenfarbene Haut, androgyn und strotzend vor jugendlicher Energie – und vor reaktionärer Blödheit, die sich als Wokeness gefällt.

Ali ist Eleonoras Konnex zur nächsten Generation geworden, zu ihrer eigenen Jugend, die sie nie in dieser Unbeschwertheit hatte. Sie haben sich im Juni im Stadtpark kennengelernt, Ali hat sich neben sie ins Gras gelegt und sie angequatscht. Du siehst aus wie eine ehemalige Nonne, hat sie zu Eleonora gesagt und breit gegrinst. Ali ist aus Paris, Ende zwanzig, pansexuell, sie tanzt derzeit in einer kleinen Wiener Off-Produktion und schwebt in einer schillernden Seifenblase, in der sie bald wieder weiterziehen wird, nach Neuseeland oder Kanada oder Mauritius. Sie gehört niemand anderem als sich selbst, hat Eleonora geschwärmt. Die genießt die Stunden in Alis Ikea-Bett in deren WG-Zimmer, oder im Kino, oder an der Donau. Simone ist nicht eifersüchtig. Dazu nimmt sie Ali nicht voll genug. Es ist keine Beziehung, ich weiß schon, hat Eleonora gesagt. Ich weiß nicht, was es ist. Damit gibt sie sich zufrieden, sie nimmt, was sie kriegen kann.

Zu Politik hat Ali immer etwas zu sagen, auch, wenn sie nicht gefragt wird. Simone hat sie auf Instagram gestalkt, und sie hat sie plappern gehört, in der Küche. Mit südamerikanischer Revolution kennt sie sich besser aus als mit dem europäischen Stillstand. Geschlecht ist ein Konstrukt, Feminismus ist eine sterbende Ideologie usw. Lauter schlaue Glaubensbekenntnisse oder Schlachtrufe, die universal und global sind. Österreich ist für so eine sowieso nur Zwischenstation. Hier dreht sich alles im Kreis, meint sie. Auch Europa: ein fader Brei. Politik muss Spaß machen, findet Ali, und vielleicht hat sie recht.

Ich hab schon lange keinen Spaß mehr an der Art, wie sich die Politik in unser Privatleben einmischt, hat Eleonora gesagt, als Simone sie mit ihrer jungen, woken Freundin gehänselt hat. Im Gegenteil. Die Politik hat unsere WG zerstört, unsere Mitbewohnerinnen verjagt, und sie vergiftet jeden Tag aufs Neue, wenn man sie lässt.

Gibst du mir die Schuld?, hat Simone gefragt. Natürlich nicht, hat Eleonora gelogen.

Simone geht an der geschlossenen Küchentüre, aus der leises Lachen dringt, vorbei und in ihr Zimmer. Sie öffnet das Fenster, eine Böe bläst über den fast leeren Schreibtisch und weht eine Rechnung auf den Boden. Eigentlich mag sie nicht duschen. Dieser herrlich vergeudete Tag klebt auf ihrer Haut, der Schweiß, ein paar Grashalme, das Plankton der alten Donau. Sie zieht ihr Kleid aus und schlüpft in ihren Kimono. Die rechte Schläfe pocht. Vielleicht das Gewitter, das gleich ausbrechen wird. Wie ein Atompilz ballen sich die Wolken über Wien. Sie setzt sich auf ihren Bürosessel und schließt die Augen.

Der Blick auf den Platz würde ihr fehlen. Eleonora würde ihr fehlen. Marens Fürsorglichkeit. Bis jetzt hat es noch keine Wohnung gegeben, die einen Balkon hat. Ohne Balkon geht es nicht. Eine Gemeindewohnung, in einer der Trutzburgen außerhalb des Wiener Gürtels. Manche haben schöne Innenhöfe mit alten, ehrwürdigen Bäumen. Ein Wort zum Minister, und sie wird vorgereiht. Da ist sie sich sicher. Sie stellt sich vor, wie der Minister den befreundeten Wohnbaustadtrat anruft und der Wohnbaustadtrat die zuständige Magistratsabteilung. Wie sie in die nächste freiwerdende, schöne kleine Gemeindewohnung mit hofseitigem Schlafzimmer einziehen kann. Eleonora und Maren wissen nichts von Simones Träumen vom Alleinleben. Das schlechte Gewissen, das sie gleich bekommt, fühlt sich gar nicht mehr so schlecht an, wenn sie überlegt, was sich die beiden ersparen. Wen sie statt ihr aufnehmen können. Studentinnen aus aller Welt. Immer wieder neue Gesichter. Vortragende. Öko-Pionierinnen. Gewaltopfer. Künstlerinnen. Flüchtlinge. Mit denen sie sich die große, solidarische Welt in ihre alte Schule hineinholen können. Und Simone könnte auf ihrem Balkon in Fünfhaus dahindämmern, den Männern beim Saufen zusehen, den Kindern beim Raufen und den Musliminnen beim Ratschen, die sich bestenfalls um die Politik in ihren Herkunftsländern scheren und keine intersektionalen Ansprüche stellen. Das ganz normale Leben eben.

Ihr Magen knurrt. Zeit für ein Stück Speck und ein Glas Rotwein. Zeit für Smalltalk mit Ali und Eleonora. Draußen fallen die ersten Tropfen. Sie schließt das Fenster, rafft den Kimono enger und geht in die Küche, ohne zu klopfen.

Der Geruch nach Gras hängt in der Luft. Eleonora wirkt überrascht, Simone zu sehen. Ali und sie sitzen am Fenster, zwei Stühle gegenüber, jede hat ihre Füße auf der Sitzfläche der anderen hochgelegt, und Eleonoras große, knochige Hände sind damit beschäftigt, Alis Zehen zu kraulen. Zwei Gläser Rotwein stehen am Fensterbrett, ein Aschenbecher. Hallo Simone, sagt Eleonora gutgelaunt. Sie fragt nicht, ob sich Simone dazusetzen will.

Darf ich dir zum Frauenpreis gratulieren, sagt Ali.

Simone geht zum Kühlschrank, nimmt Speck, Butter und Essiggurken heraus, schneidet sich eine Scheibe Brot vom Laib und setzt sich an den Küchentisch.

Nur, wenn du die Petition nicht unterschrieben hast, sagt Simone etwas verspätet.

Selbst wenn ich es hätte, sagt Ali, würde ich dir gratulieren, weil den Preis kriegst du ja so oder so.

Sicher, sagt Simone. Sie entfernt die Schwarte und schneidet den Speck in feine Streifen. Das Messer gleitet durch die gestreiften Fett- und Muskelschichten, eine Scheibe nach der anderen.

Den Preis hol ich mir und stelle ihn zu den anderen Komplizinnen, sagt sie und deutet in den Winkel.

Ali hebt die Brauen, dreht sich mühelos um, sondiert die Figuren und nickt.

Komplizinnen also, sagt sie spöttisch.

Simone blickt auf. Eleonora hat die Hände nervös in den Schoß gelegt.

Was passt dir nicht an meinen Komplizinnen?

Hm. Eine sexualisierte Schwarze, ein aristokratisches Burgfräulein, eine prähistorische Fruchtbarkeitsgöttin, eine … was ist das … eine Heilige, und eine abstrakte Figur mit großen Brüsten …

… eine Nana, sagt Simone. Niki de Saint Phalle.

Ich verstehe es trotzdem nicht.

Natürlich versteht sie das nicht. Simone nickt, legt die Speckscheiben überlappend auf das Brot, legt die blättrig geschnittenen Essiggurken darüber.

In der realen Welt habe ich ja keine Komplizinnen, sagt sie. Ich sitze nämlich im Graben zwischen den Feminismen, weißt du das nicht?

Ali hebt wieder die Brauen.

Du weißt es nicht. Macht nix.

Simone betrachtet das Brot. Wunderschön, sagt sie, schneidet es in Spalten und schiebt sich eine in den Mund. Einen Schluck Rotwein dazu.

Darf ich dich was fragen?

Nur zu, sagt Simone.

All die Kritik, sagt Ali. Prallt die an dir einfach so ab?

Simone legt das Brot zur Seite.

Es ist doch ganz egal, was ich gesagt habe. Was wir zwei miteinander besprechen. Es ist nie richtig, und es kommt nichts dabei raus. Außer für die Männer natürlich. Die lehnen sich bequem zurück, machen sich ein Bierchen und Popcorn auf und sehen uns grinsend beim Mud Wrestling zu.

Eleonora sitzt blass da. Ihre Mundwinkel zeigen nach unten.

Simone schiebt sich die zweite Spalte in den Mund.

Schade, dass man mit dir nicht diskutieren kann, sagt Ali.

Nein, ich diskutiere nicht mehr, sagt Simone mit vollem Mund. Nicht mit den Männern oder den linken Feministinnen, reaktionären Katholikinnen oder den biederen Hetero-Frauen, die einen großen Haufen auf mich und meinen verstaubten Feminismus scheißen. Mit dir auch nicht, liebe Ali.

Warum nicht?, fragt Ali.

Ach Ali, erstens würde ich deinen Safe Space besudeln. Und zweitens – du gehörst zur Fraktion Einhorn. Sorry, sagt Simone.

Pfoah, sagt Ali. So viel Bitterkeit.

Bitter macht lustig, sagt Simone vergnügt, isst ihr letztes Brot und spült den Wein hinunter, bevor sie aufsteht, ihren Teller in den Geschirrspüler stellt, sich noch ein Glas einschenkt und aus der Küche geht.

In ihrem Zimmer setzt sie sich auf den Stuhl. Simone weiß jetzt, was sie morgen Abend machen wird. Sie wird tief in die Scheiße greifen, vor der sie immer gewarnt wurde. Bis an den Grund wird sie hineinlangen und umrühren. Und dann wird sie sich gründlich die Hände waschen, bevor sie diese Statue entgegennimmt.

Im Vorzimmer hört sie den Boden knarren, Schritte, ein Gespräch, das erst stakkatoartig hin und hergeht, dann von langen Pausen durchzogen ist und schließlich versandet.

Du darfst es ihr nicht übelnehmen, hört sie Eleonora noch draußen sagen.

Leck mich, sagt Ali, bevor die Türe zugeschlagen wird.

# 20
# Lilly
*September*

Mama hat das Fleisch schon gestern mariniert, damit es sich mit Aromen vollsaugen kann. Die Glasboxen stehen gestapelt im Kühlschrank: das Lamm in Knoblauch und Zitrone, die Lachs-Spieße in Soja, Knoblauch und Honig, und die magere Hühnerbrust für Lilly extra in einer Marinade aus Ananas und Kokos, ohne Knoblauch, auch wenn sie kaum etwas davon essen wird. Für Augusts Zwillinge kleine Würstchen. Lilly hat die Torte unerlaubterweise gesehen, im Getränkekühlschrank, als sie Papa ein Bier geholt hat. Es ist ein riesiger Semi-Naked-Cake, mit echten Ranunkeln geschmückt; sicher von einem Profi gebacken. Wer soll das alles essen? Mama hat die Tische zwischen Pfirsichbaum und Rosenhecke aufgestellt und weiße Hussen für die Gartenmöbel besorgt. All dieser Aufwand.

Es ist nur eine Verlobung, Mama, hat sie gesagt.

Ich hab nur ein Kind, und das feiert hoffentlich nur einmal eine Verlobung, hat Mama geantwortet.

Lilly sitzt im Schatten, sie hat ihr puderfarbenes Sommerkleid aufgeknöpft. Rosa nuckelt unter der Stoffwindel. Papa, Aaron und Papas Bruder August bewachen den Griller, tapfer trotzen sie dem beißenden Rauch, mit aufgekrempelten Hemdsärmeln und Bierflaschen in der Hand. Die Zwillinge wühlen sich durch den neuen Sandkasten. Ohne Bier geht das natürlich nicht, aber Aaron wird sich zurückhalten, er hat es versprochen.

Zweimal ist er laut geworden, einmal hat er einen Schuhkasten kaputtgemacht, der aber, das musste sie schon zugeben, sehr desolat war. Sie weiß nicht, was schlimmer ist, wenn er laut wird oder wenn er sich zurückzieht und schweigt. Wenn er laut wird, weiß sie wenigstens, dass sie etwas falsch gemacht hat. Auch wenn sie oft nicht weiß, was genau. Seine kühle, stille Art hingegen macht sie völlig ratlos; dann muss sie im Kaffesud lesen. Mittlerweile kann sie seine sarkastischen Bemerkungen besser deuten, seine abschätzigen Blicke. Er mag die rote Hose nicht, er mag nicht, wenn sich das Geschirr in der Abwasch stapelt oder wenn sie ihre Bücher von der Uni am Küchentisch liegen lässt. Passiv-aggressiv, so nennt das die Fachwelt, durch die sie sich gegoogelt hat, und natürlich wäre eine Therapie gut; eine, die er nicht abbricht, so wie die letzte. Noch weiß sie nicht, wie und wann sie das ansprechen wird. Zum richtigen Zeitpunkt das Richtige zu sagen, ist ein Eiertanz geworden. Da muss schon mal das eine oder andere Ei daran glauben.

Wenn sie ehrlich ist, diese Verlobung ist so ein Ei, das ihr Aaron gelegt hat. Sie hat Ja gesagt, nach einem Streit, der Ring kam am nächsten Tag, er ist aus Weißgold, schlicht und klassisch, und er passte auf Anhieb. Er hat Trüffel vom Markt mitgebracht, Avocados, Baguette, Crémant. Ein schöner Abend, wie früher, Rosa schlief tief und fest, Aaron und sie schafften es nicht mehr ins Bett, sie kam am Küchentisch, zweimal. Das ändert nichts daran, dass die Verlobung ein Unfall ist, so wie Rosa ein Unfall war, und auch Aaron war ein Unfall. Nichts davon war geplant, ein Impuls folgt dem anderen, was ist als Nächstes dran? Irgendwann muss diese Kette an Unfällen ein Ende nehmen. Das schuldet sie Rosa, das schuldet sie sich und ihren eigenen beruflichen Plänen. Sie möchte es natürlich mit Aaron probieren, aber heiraten? Sie kann Aaron nicht heiraten, sie weiß aber noch nicht, wie sie es ihm sagen wird, oder ihren Eltern. Sie denkt an die monströse Torte im Kühlschrank, an die obszön geschwollenen Ranunkeln darauf.

Rosa ist eingeschlafen, aber Lilly legt sie nicht ab. Mama stellt die Salate auf den Tisch, die Soßen, den Brotkorb, alles leise und mit diesem Lächeln auf dem Gesicht. Vom Griller vernimmt sie Wortfetzen einer Diskussion, es geht um Presseförderungen und Medienlandschaft.

Macht dir das keine Angst, dass wir jetzt gleich zwei linke Zeitungen weniger haben?, sagt Papa. Wenn das so weitergeht.

Aber die hast du ohnehin nicht gelesen, sagt August. Aaron sagt nichts, er trinkt aus seiner Flasche, Politik ist ihm egal, Gespräche darüber sind ihm unangenehm, vielleicht langweilt er sich nur.

Ja, aber wenn es so geht wie in Ungarn …

Ach, lass stecken, du kannst die Länder doch nicht miteinander vergleichen. Ungarn ist ein Entwicklungsland gegen Österreich, beschwichtigt August. Und Polen …

Oder die Gebetsstunden. Im Parlament! Hast du mitgekriegt, dass die jetzt immer öfter sind?

Mama kommt dazu. Lass sie doch beten, sagt sie und nimmt einen Schluck Crémant. Österreich ist ein katholisches Land.

Papa legt ein Kotelette nach dem anderen auf den Rost, Lilly kann es zischen hören, dann riecht sie das Lammfleisch, ihr wird übel, jetzt das Schwein, dann der

Lachs. Ein ganzer Tierfriedhof in ihrer Nase. Am liebsten würde sie nur Brot essen, aber ihrer Mutter zuliebe wird sie ein Stück Hühnerbrust probieren. Aarons Telefon läutet, er geht ran, sein Gesicht bekommt sofort diesen beruflichen Ernst, er dreht sich vom Griller weg und geht langsam über die Wiese, setzt sich auf die Schaukel im hinteren Teil des Gartens, schwingt langsam und konzentriert vor und zurück, während er spricht und horcht und spricht. Seine freie Hand gestikuliert verhalten und Lilly wird von einer Liebe zu ihm überschwemmt, von einer Hoffnung, dass alles gut wird.

Wieder ein Zischen vom Griller, jetzt kommt ihr Huhn und gesellt sich zur illustren Familie der Tiere, die für ihre Verlobung, die vielleicht nie zu einer Hochzeit führen wird, sterben mussten. Lilly hat nämlich einen Plan. Sie wird Zeit gewinnen, sie will im Mai heiraten, in der Wachau, und Aaron findet das gut. Und er weiß nicht, dass sie die Umstände so in Stellung bringen wird, dass es terminlich schwierig werden wird, denn alle wollen in der Wachau im Mai heiraten, an einem Samstag, alle wollen in der schönen blauen Kirche in Dürnstein heiraten, alle wollen im Hotel Richard Löwenherz übernachten, alle, außer ihr. Es ist das Märchen von der Traumhochzeit, das sie aufbauschen kann, zu einem Zeitpolster, den sie zwischen sich und diese Hochzeit schieben darf. Auf den sie sich immer noch gemütlich betten kann, wenn alles gut geht, Aarons Therapie beginnt, Rosa älter wird und alles im Lot ist. Alle sind zufrieden und alles ist offen. Sie ist ein bisschen stolz auf sich, dass sie da selbst draufgekommen ist, denn so etwas kann man mit niemandem aushecken als mit sich selbst. So etwas, was sie mit Aaron durchmacht, kann man auch mit niemandem besprechen, außer anonym in einem Forum, aber so weit ist es ja noch nicht gekommen.

Es war ja nie so, dass sie alles besprechen konnte. Weder mit den Eltern noch mit den Mädels, nicht im Bienenstock und auch nicht bei den Queeren. Immer musste sie sich auf einen anderen Bereich ihrer Zunge beißen. Als gäbe es bestimmte Arten von Frausein und sie stünde dazwischen; egal ob alleine, mit Samu oder Aaron, in Beziehung oder WG, mit oder ohne Kind.

Papa kommt mit einem Teller dampfenden Fleisches, Mama und August folgen, die Zwillinge, auch Aaron hebt den Kopf, beendet sein Gespräch und kommt zu Tisch. Es ist Mama, die erst die Gläser mit Crémant befüllt und dann feierlich das Glas hebt und auf die Verlobung trinken will, und alle halten ihre perlenden Sektflöten ins Sonnenlicht und trinken auf das Wunder Familie. Lilly ist das ein bisschen zu dick aufgetragen, aber bitte, denkt sie sich, sollen sie ihre Zeremonien doch haben, wenn es sie glücklich macht.

Wisst ihr schon, wo ihr heiraten werdet?, fragt Mama.

In der Wachau, sagt Lilly.

Nicht in der Südsteiermark?, fragt Mama.

Lilly schüttelt den Kopf. Es wird die Wachau. Die ist mehr… Urlandschaft. Außerdem ist die Venus von Willendorf dort entdeckt worden. Sie grinst.

Ein gutes Omen, nehme ich an, sagt Mama süffisant.

Aaron ist schon wieder am Handy.

Sie kostet ein Stück von ihrer Hühnerbrust, die ihr Mama sorgsam vorgeschnitten hat wie einem Kind. Das Fleisch ist zart und das Kokos nimmt ihm etwas von dem Hühnergeschmack, was ihr entgegenkommt. Aaron kaut auf dem Lamm herum, er scrollt durch die neuesten Nachrichten, muss das sein, denkt sie und ärgert sich, dass er es nicht einfach wegsteckt und präsent sein kann, aber sie sagt nichts. Jetzt legt er das Besteck abrupt weg.

Da schau her, sagt er plötzlich. Die Hebenstreit haben sie verprügelt.

Lilly blickt irritiert auf. Was? Sie nimmt Aarons Handy und liest. Die Feministin Simone Hebenstreit ist heute Nacht mit einer schweren Kopfverletzung aufgefunden worden. Fremdeinwirkung kann nicht ausgeschlossen werden. Weitere Einzelheiten sind nicht bekannt. Lilly springt auf, drückt Aaron das Kind in die Arme, schnappt ihr Handy, läuft in den hinteren Bereich des Gartens und versucht, Eleonora zu erreichen. Maren. Flora ist es, die abhebt.

Lilly hört sie wie durch Watte. Jemand hat Simone mit etwas Schwerem auf den Kopf geschlagen, sie hat einen Schädelbasisbruch und liegt im künstlichen Tiefschlaf. Man weiß nichts. Gar nichts, sagt Flora.

Als sie zum Tisch zurückkommt, sind ihre Beine weich. Sie wiederholt mechanisch, was sie erfahren hat.

Das ist ja schrecklich, sagt Mama. Wer tut so etwas.

Sie hat so viele Feinde, murmelt Lilly. Aber sie hat einen Dickschädel.

Kann ich etwas für dich tun?, fragt Aaron.

Lass nur, antwortet Lilly. Gib sie mir wieder, sagt sie zu Mama, die Rosa in den Armen hält.

Mama blickt auf das Baby. Aber sie schläft doch so gut, sagt sie siegessicher.

# 20,5
# Simone

Simone liegt in ihrem Krankenbett, mitten in einem grauen, feuchten Luftschutzkeller, eine Deckenleuchte flackert. Sie kann sich nicht bewegen, sie kann nicht sprechen, und sie hat große Mühe, die Augen offenzuhalten. Mit ihrem Kopf stimmt etwas nicht. Er fühlt sich schlaff an, pulsierend, wie ein Luftballon, der schon ganz weich geworden ist. Ein Summen und Rascheln liegt in der Luft, und von der Decke tropft es.

Sie hat Angst, aber sie ist immerhin nicht alleine. Alle sind sie da: die Schwebende, die Nana, die Schwarze Galionsfigur, die Venus, die aristokratische Engländerin und auch die kleine Bronzefigur, die sie zur Preisverleihung bekommen wird. Sie sitzen um sie herum gruppiert auf Besucherstühlen, genauso unbeweglich wie sie, aber größer und bunter als in Wirklichkeit. Simone hört Flieger, Bomben, Schreie. Krieg, denkt sie panisch.

Nur Krieg in deinem Kopf, sagt die Schwebende.

Wo bin ich?, fragt Simone.

Im Koma, sagt die Schwarze.

Warum?, fragt Simone. Sie erinnert sich an nichts, nur daran, dass sie aus dem Studio getreten ist, noch ganz beseelt von dem Interview, in dem sie einfach reden durfte, bis sie fertig war: ohne unterbrochen zu werden, ohne Gegenfragen, ohne Angriff und Kritik. Die Halbritter hat nur ganz kurze Brücken gebaut, Simone am Reden gehalten. Wie viele Stunden ist sie eigentlich im Studio gewesen? Simone wusste gar nicht, wie friedfertig sie sein kann. Wie gut sich so eine Bilanz anfühlt, wenn wenigstens eine fette schwarze Null dasteht und kein rotes Minus. Zum Schluss war sie ganz leer, und dann kam noch dieser eine Satz, eine ganz klare Botschaft, den hat sie gesagt. Sie erinnert sich nicht mehr, sie wollte die Worte aufschreiben, daheim, doch dann kam der Schlag.

Krieg der Frauen, sagt die kleine Bronzefigur.

Bin ich tot?, will Simone fragen, aber sie traut sich nicht.

Nein, sagt die Aristokratin.

Was ist passiert?, fragt Simone.

Du hast es übertrieben, aber das Übertreiben gehört dazu, sagt die Nana.

Was ist das hier, denkt Simone.

Wir ziehen Bilanz, gemeinsam. Jetzt spricht die Schwebende.

Simones Kopf wummert, es fühlt sich an, als würde eine Qualle versuchen aufzusteigen, in ihrem Schädel, nach oben.

Ich kann nicht reden, ich kann nicht denken, sagt Simone.

Musst du auch nicht, sagt die Venus. Jetzt sind die anderen dran.

Von draußen ist ein Stampfen zu hören, das näherkommt.

Eleonora, stöhnt Simone. Wo ist Eleonora. Wo ist Hannah.

Sie sind alle da, sagt die Schwebende. Hab keine Angst.

Auf der anderen Seite des Kellers öffnet sich eine Türe, Simone will wissen, wer jetzt kommt, aber es ist nur ein Wabern in der Luft zu erkennen, das sich zu einem Trugbild verdichtet, eine Person, es ist eine gute Person, eine Frau, aus einem Buch? Aus der Geschichte? Eine Freundin? Sie weiß, sie kennt sie, aber der Name fällt ihr nicht ein.

Die Türe fällt zu.

## 21
# Lilly
***September***

Das ist doch nicht Simone, war der erste Impuls, als sie ins Krankenzimmer eingetreten war. Das schiefe, blau angelaufene Gesicht mit den orangen Flecken, der Kopfverband, die Schläuche, das maschinelle Pumpen und Piepsen. Viel zu klein sieht sie aus in dem großen Bett, und um zehn Jahre älter. Wie eine Hülle von Simone Hebenstreit. Nur die Hände sind unverändert. Kühl und trocken sind sie, denkt Lilly, als sie sie kurz berührt.

Sie haben sie von hinten überrascht, auf dem Weg vom Rundfunk, sie hat dort eine Aufzeichnung gehabt, niemand kann davon gewusst haben. Oder doch? Bis auf die Geräusche der Geräte ist es ganz still, außer ihr und Simone ist nur eine weitere Komapatientin auf der Station. Vielleicht hört sie mir ja zu, denkt Lilly. Und tut man das nicht, sollte man das nicht, sie ansprechen, sie beruhigen, mit einer bekannten Stimme, die sich durch die gequetschten und geschwollenen Gehirnwindungen und die Drogen im Blut durchschummelt? Sie kann sich nicht überwinden, laut zu sprechen. Sie weiß gar nicht genau, warum sie ins Krankenhaus gekommen ist.

Ein E-Roller mit Blutspuren und Haaren wurde in einer Seitenstraße sichergestellt, der wird jetzt untersucht, aber was wird man schon finden. Und was daraus rückschließen. Es gibt so viele Frauenmorde in diesem Land, so viele Gewalttaten, es ist nur eine weitere Frau, die schon irgendwas angestellt haben wird, diese Hebenstreit, ungestraft provoziert man ein Patriarchat nicht in so einem Land zu so einer Zeit.

Es ist, als wären Simones Gedanken in Lillys Kopf, sie hört sie sprechen:

Die Solidaritätskundgebung hat mich jedenfalls in die Reihe der Frauenmorde und versuchten Frauenmorde gestellt, als ob es eine ganz normale Beziehungstat gewesen wäre. Was für eine dämliche Themenverfehlung.

Aber vielleicht ist es das ja auch, widerspricht Lilly. Vielleicht war es eine Hassbeziehung, die da jemand mit dir eingegangen ist, ein wütender Mann, den du bis aufs Blut gereizt hast, weil du immer das Richtige gesagt hast, immer den wunden Punkt in seinem wehleidigen Männerego getroffen hast, bis es ihm unerträglich war. Oder vielleicht war es auch eine radikale Feministin, die eine Transgenderfeindlichkeit in dich hineingedichtet hat, die du vielleicht sogar manifestiert hast.

Lilly kennt sich schon lange nicht mehr aus mit den Feindes- und Freundeslinien, sie hat den Anschluss verloren, seit Rosa geboren ist, eigentlich schon früher. Auch das Waffenarsenal ist so unübersichtlich geworden, das Liken und Disliken, das Haten und Drohen, das Dissen und Himmelhochjauchzen, das Richtig und Falsch; und nirgendwo eine Grauzone, in der man mal eine Sekunde lang verschnaufen kann.

Maren ist ganz verzweifelt, sie haben sie nicht vorgelassen, sagt Lilly plötzlich laut. Ihre Stimme verliert sich im Piepen und Röcheln der Maschinen. Es ist gar nicht schwierig, laut zu sprechen. Sie sagt, ich soll dich abbusseln, aber ich trau mich ehrlich gesagt nicht. Und Flora und Eleonora schicken dir viel Kraft. Eleonora wird später kommen, sie hat all die Mails an die Polizei übergeben, die ermitteln jetzt. Angeblich. Was soll ich sagen. Tausend Fingerabdrücke, keine Kameras, und so viele kommen da in Frage, jeder zweite Mann hat dich gehasst, die Regierung hat dich gehasst, die Kirchenleute, so viele Frauen.

Aber so etwas ist doch schon oft passiert, sagt Simone jetzt in Lillys Kopf. In China und in Russland und Mexiko ist das ganz normal, aber auch in Österreich oder in Deutschland und der Slowakei. Um eine unangenehme, lästige Person zum Schweigen zu bringen, braucht es kein totalitäres Regime. Aber vielleicht sind wir das schon? Ich habe das Maß verloren.

Dabei warst du doch gar nicht mehr gefährlich, denkt Lilly jetzt im Stillen. Simone war schon halb kaputt, bevor ihr jemand den Rest gegeben hat. Nach den Wahlen hat sie sich aus der Öffentlichkeit zurückgezogen. Dann ist auch noch Flora ausgezogen. Aus der Traum von der feministischen WG, in der alle einander unterstützen. Wäre nicht dieser Preis gewesen. Der alles wieder angefacht hat, was doch schon vergessen war. Der so viel Widerspruch erzeugt hat. Nur mehr dieses eine letzte Interview hat sie gegeben, in dem Kultursender, eine Sendung, in der sie unwidersprochen eine Stunde lang erklären konnte, was sie antreibt, was sie umtreibt, was sie zum Aufhören gebracht hat. Ein Abgesang auf Simone Hebenstreit, gesungen von ihr selbst. Lilly ist neugierig auf das Interview, das nächste Woche ausgestrahlt werden wird. Wenn sie es jetzt überhaupt ausstrahlen. Die Preisverleihung wird verschoben werden müssen. Ist das nicht alles furchtbar geschmacklos? Ich möchte dein Interview hören, sagt Lilly laut. Wie das wohl klingt, wenn du eben noch gesprochen hast und jetzt im Koma liegst. Nun, es ist ein künstliches Koma. Die Ärzte sagen, dass alles davon abhängt, was passiert, wenn du aufwachst, sagt sie jetzt leise. Von deiner Konstitution und deinem Kampfgeist. Und du darfst erst aufwachen, wenn dein Hirn abgeschwollen ist. Vorher musst du schlafen, ob du willst oder nicht. Hannah ist auf dem Weg hierher, zu dir, sie musste nur noch ein paar Dinge vorbereiten und will dich dann so bald wie möglich mit nach Berlin nehmen, sie will dich dort pflegen und vor den wahnsinnigen, mörderischen Österreichern beschützen. Ihr reicht es, hat sie zu Eleonora gesagt. Wer weiß schon, ob das geht mit der Versicherung, ob man einfach so einen kranken, pflegebedürftigen Kostenfaktor importieren darf in ein anderes Land. Dabei würde Eleonora dich gerne zu sich nehmen, sie sagt, ihr könntet es euch in einer kleinen, leistbaren Wiener Gemeindewohnung gemütlich machen, irgendetwas Barrierefreies findet sich schon. Was sollst du denn in Berlin! Vielleicht wirst du ja auch wieder ganz gesund und wir können im Stadtpark spazieren gehen und ein Eis am Schwedenplatz essen. Zu fünft, wie früher.

Zu wem soll ich für ein Wunder beten, liebe Simone? Soll ich in die Kirche gehen? Ha, ich kann dich schnauben hören. Also nicht. Fällt dir eine andere Heilige ein? Mir auch nicht. Schade, dass sich darum niemand gekümmert hat. Um eine spirituelle Ankerfigur, die man anheulen kann, wenn man mit den weltlichen Hoffnungsträgern fertig ist. Wir haben uns ja nicht mal auf eine Figur einigen können, die in der Küche hängt. Vielleicht zu allen gemeinsam? Das wäre eine Idee.

War es das wert?, denkt sich Lilly. Haben wir dich nicht gewarnt?

Das passiert doch vielen, die das Maul aufreißen, sagt Simone in Lillys Kopf. Früher wurden sie verbrannt und in die Psychiatrie entsorgt, woanders werden sie eingesperrt, und bei uns werden sie vergessen oder, wenn es eben sein muss, erschlagen.

Du, was anderes, denkt Lilly: Maren hat sich in eine Baugruppe eingekauft, dort ist jemand zurückgetreten und sie hat zugeschlagen. Um ehrlich zu sein: Ihr wurdet gekündigt. Sie bauen dort, wo der Bienenstock war, ein interreligiöses Dialogzentrum, reg dich jetzt bitte nicht auf. Ha! War das ein Zucken im Finger? Reg dich wieder ab. Maren wird ein verwunschenes, bolivianisches Hexenamulett, das sie schon besorgt hat, im Keller vergraben, damit die patriarchalen Geistlichen, die dort ein und aus gehen werden, alle Hämorrhoiden kriegen, und Schwanzfäule. Außerdem bekommt Maren eine schöne, große Wohnung mit Balkon und einen mitbenutzbaren Dachgarten, Freiluftkino, Sauna und einen Meditationsraum. Das würde dir gefallen, vielleicht gehen wir sie einmal besuchen, wenn du wieder gesund bist? Es ist eine Baugruppe, in der alles konsensual entschieden wird, du weißt schon, Soziokratie, lauter nette Altemanzen, Musiker und langhaarige, feministische Familienväter, akademische Mamas und süße Bio-Kinder. Und ein Öko-Garten, und sie haben sich auf Kleintierhaltung geeinigt! Fast so schön wie bei den Beginen in der deutschen Doku, erinnerst du dich? Maren darf jetzt nicht nur einen Hund, sondern auch Hühner haben. Das ist es doch wert, oder? Dort muss sie ihr Häschen nicht verstecken. Eigentlich ist das die beste Alternative zur Kleinfamilie, keine

Streitereien, nur Fachgruppen und Untergruppen, und so viele reflektierte Diskussionen, dass allen das Streiten vergeht. Sagt Maren.

Eleonora hat mich gebeten, ihr beim Packen zu helfen, falls Hannah dich mitnimmt. Deine ganze Star-Garderobe haben wir gewaschen, deine schöne rote Königinnendecke und deine grüne Robe. Ich wusste gar nicht, wie viele Bücher du hast, ich war ja nie in deinem Zimmer. Meine Güte, das sind nicht wenige! Und von deinem Fundus an jungsteinzeitlichen Göttinnen hast du ja nie was erzählt … Sag nur, du hast Rituale und Göttinnen-Betkreise geplant! Und deine Notizen, und all die Zeitungsartikel über dich, alles wild verteilt im Zimmer. Wir haben sie nicht angerührt, bis jetzt. Vielleicht machst du das bald selbst. Und schreibst ein Buch über unser verrücktes Bienen-Jahr, oder lässt eins schreiben. Sicher interessiert sich irgendein Archiv dafür, und irgendeine junge, schlaue Wissenschaftlerin macht sich mal an die Analyse, was eigentlich falsch gelaufen ist. Vielleicht kommt ja auch mal eine Autorin und schreibt einen Roman über uns, wer weiß?

Lilly steht auf und sieht aus dem Fenster. Sie würde es gerne öffnen, aber die Griffe sind versperrt. Die Luft darf nicht einfach so ins Krankenhaus. Die muss zuerst durch die Filter. Vor dem Krankenhaus wälzt sich der achtspurige Nachmittagsverkehr über die Straße.

Und wenn ihr Leben vorbei ist, denkt Lilly. Was dann bleibt, von all dem Opponieren und Provozieren. Vom Engagement. Ob es einen Keim in die Leute gelegt hat, in ihre Ohren, die ein paar Worte aus Simones Mund gehört haben bei den Diskussionsrunden.

So eine feministische Revolution, die erledigt sich nicht in einer Generation, und auch nicht in zwei, hört sie Simone in ihrem Kopf. Ich weiß, denkt Lilly, manchmal geht es auch zurück. Sie spürt die Tränen einschießen, und gleichzeitig die Milch. Sie hat, bei allem Schmerz, keine Sekunde darauf vergessen, dass ihre Zeit läuft, dass die nächste Stillsession ansteht, und sie meint zu spüren, dass Rosa gerade aufgewacht ist und gleich zu weinen beginnen wird, nach ihrer Mutter, nach ihrer Milch.

Schnell wischt sie sich das Gesicht trocken, bevor sie aus dem Raum eilt.

## 22
# Lilly
*Oktober*

Die Rednerin war Eleonoras Idee. Sie hat glattes, schneeweißes Haar, trägt eine blutrote Jacke und einen spöttischen Ton in der Stimme. In der Stille steht sie auf den Treppen vor der Aufbahrungshalle, wartet auf ihren Einsatz, inzwischen bläst ihr der Wind immer wieder dieselbe Strähne ins Gesicht, die sie mit wachsendem Unmut zurückstreicht. Dass sie nicht verbrannt werden soll, hat Hannah entschieden. Mama ist kein Feuerwesen, hat sie gesagt. Sie hat orange und gelb nie mögen. Simone liebte die Farben des Wassers, hätte Lilly gerne entgegnet. Aber eine Seebestattung, die geht nicht ohne Meer. Sie dreht sich um. Wahnsinn, wie weit die Menschentraube sich zurückstaut. Sogar der Minister ist gekommen, und das muss Jürgen, ihr Ex-Mann, sein. Und da sind die Queeren, und die Grannys, und die Halbritter, und ein paar Politikerinnen und Journalistinnen, die Lilly erkennt. Und viele Junge, nicht nur Frauen, sondern auch Männer, die sie noch nie gesehen hat, sie sieht das Ende der Menschenmenge gar nicht. Sind sie alle aus Neugier da?

Ich darf Sie zur Verabschiedung und Beisetzung von Simone Hebenstreit begrüßen, ist plötzlich aus den Lautsprechern zu hören. Die Rednerin steht da wie eine Priesterin. Simone Hebenstreit hat viele kluge Dinge gesagt, in fühlbaren, einzigartigen Metaphern, sagt sie jetzt. Sie hat uns die Welt und das Geschlechterverhältnis neu erzählt, sie hat uns daran erinnert, worum wir uns kümmern müssen. Und sie ist dafür bestraft worden. So ist das in einem Krieg, hat sie in ihrem letzten Interview gesagt. Lassen wir sie doch noch einmal selbst zu Wort kommen.

Lilly kriegt Gänsehaut. Und mit einem Mal ist da Simones Stimme aus den Lautsprechern zu hören:

Das Patriarchat ist ein Krieg der Männer gegen das Weibliche. Und ein Kriegsende gehört gefeiert. Das haben wir verabsäumt. Wir haben nichts in Stein gehauen, nicht einmal irgendetwas Heroisches auf Papier geschrieben. Keine Denkmäler, die uns an die Wunden erinnern, an die Verluste oder an die Leiden. Keine Büsten und Statuen von Heldinnen, an die wir unseren Dank richten dürfen und unsere Bitten. Die uns ermahnen, wachsam zu bleiben und widerständig zu werden, wenn die Schwerkraft des Patriarchats wieder spürbar wird – wirtschaftlich, kulturell, privat, religiös, reproduktionsmedizinisch. Da war kein Lärm, der uns vergegenwärtigt hat, dass so ein Krieg nie wirklich aus ist, sondern sich nur schlafen gelegt hat. Da war nur eine trügerische Stille und weit und breit nichts Greifbares. Keine Opferstelen, an denen wir uns an die ganz normalen Gräueltaten erinnern dürfen. Kein Narrativ, das in Schulbüchern die Jungen ganzheitlich bildet. Keine Symposien, die die Geschichte der Frauenbewegung wieder und wieder durchkauen und vor den Anfängen mahnen. So geht man doch nicht mit Kriegen um! Man überlässt sie nicht dem Vergessen. Sonst passiert das, was wir jetzt haben: die alte Scheiße, die wieder und wieder ausgelöffelt werden muss.

Dann ein Lachen, rumpelnd und laut, wie Simone eben gelacht hat, ein paar Sekunden lang, bevor es in ein kleines Schnaufen mündet, das schließlich verhallt.

Lilly spürt, wie sich Simones Worte und ihr Lachen über die Menschenmenge spannen. Außer einer Krähe ist nichts zu hören. Die Rednerin schweigt in diese Pause hinein, bevor sie wieder spricht.

Vielleicht müssen wir hier einen Anfang machen, sagt die Frau jetzt. Vielleicht darf das Grab von Simone Hebenstreit so ein Ort sein, der uns all dies ermöglicht: das Mahnen, das den Lauten und Unbequemen von uns drohen kann. Das Erinnern daran, wie übel es für Frauen stand, bevor die Wellen des Feminismus Besserung gebracht haben. Das Feiern dessen, was erreicht wurde. Das Erinnern daran, dass es uns jederzeit weggenommen werden kann. Vielleicht darf dieses Grab ein Knoten von vielen sein, an denen sich ein Gedächtnis vernetzt, das wir bitter nötig haben. Ein solidarisches Gedächtnis und kein gespaltenes, das sich gegenseitig die Wahrheit streitig macht.

Jetzt setzt Musik ein. Der trillernde Frauenchor, mit dem der Song beginnt. Auch das war Eleonoras Idee. *You Can't Always Get What You Want.* Lilly lächelt und wischt sich die Tränen ab. Das würde dir gefallen, denkt sie. Und dann setzt die Gitarre ein, und dann das Waldhorn, und endlich ergreift Mick Jagger das Wort.

Ende

Die Arbeit an diesem Roman wurde unterstützt durch ein Projektstipendium des Bundes und die Stadtgemeinde Baden.

Baden
bei Wien

www.kremayr-scheriau.at

ISBN 978-3-218-01382-6


Schutzumschlaggestaltung: Christine Fischer
Unter Verwendung einer Illustration von
shutterstock.com_1676218276_Elen Koss
Lektorat: Marilies Jagsch
Satz und typografische Gestaltung: Ekke Wolf, typic.at
Druck und Bindung: Finidr, s.r.o., Czech Republic

Gedruckt mit freundlicher Unterstützung
durch die Kulturabteilung der Stadt Wien
und das Land Niederösterreich

Stadt Wien | Kultur

KULTUR NIEDERÖSTERREICH